전생치유

그리고

기통

무영(無影), 무인(巫人)

전생치유

그리고

기통

무영(無影), 무인(巫人)

도서출판
곰단지

머리글

*

<u>이 책을 읽으면 인생이 바뀝니다</u>

다음 카페에 전생원격치유를 검색하면 마음! 이라는 카페가 나옵니다. 그 카페 내용을 일부 발췌해서 책으로 옮깁니다.

전생 치유 사례들과 우리 존재에 대한 물음들, 기통, 기통이 된 사람들의 이야기, 절법, 명상법, 치유하거나 치유받은 사람들의 체험담 등이 주요 내용입니다.

전생은 과연 있는가, 나는 누구인가, 사는 것이 왜 이리 힘이 드는가, 어떻게 사는 것이 나다운 삶인가 등은 누구나 예외 없이 갖는 물음입니다. 이 책은 거짓도 과장도 없는 우리 회원들의 이야기입니다. 전생에 뿌리를 둔 이야기들을 읽으며 막연하게 생각했던 물음들이 많이 풀리리라 생각합니다.

구도자나 관심이 있는 사람들은 이미 알고 있겠지만 기통이란 특별한 일입니다. 백회와 하늘문(제8차크라)이 열려 우주와 하늘 기운이 폭포수처럼 쏟아져 들어옵니다. 말라가던 마음과 몸에 물길이 연결되는 것과 같습니다. 몸과 마음이 살아납니다. 전생치유를 하고 절과 명상을 하면 기통이 됩니다.

이곳에서 기통자가 2020년 9월 24일부터 나오기 시작하였습니다. 2년이 되어가는 2022년 6월 25일 현재 241명이 되었습니다. 앞으로도 계속 나옵니다.

기통의 의미를 알고 온몸으로 체험하면 나의 존재와 삶에 새로운 눈을 갖게 됩니다.
1. 마음이 편해집니다.
2. 몸이 건강해집니다.
3. 일이 풀리고 좋은 일이 일어나기도 합니다.
4. 전생을 보거나 몸속을 보고 치유도 하는 등 능력들이 생깁니다.

이런 일은 누구나 예외없이 바라는 것들입니다. 그래서 이 책의 내용들이 왜곡되거나 굴절없이 전해진다면 누구나 기다리는 소식이 되리라 확신합니다. 이런 특별한 일이 일어나는 곳으로 여러분을 초대합니다. 꿈같은 이야기가 현실이 됩니다.

　카페에 있는 글을 그대로 옮기고 잘 다듬지는 못했습니다. 틀린 글은 바로 잡고 빠진 것은 메우고 늘어진 것은 줄이고 부족한 것은 채우며 읽으십시오. 글 사이에 숨어 있는 것들도 챙기십시오.

　읽고 읽고 읽기를 권합니다. 그러면 세상사를 바라보는 눈이 바뀝니다. 생각의 변화들이 일어납니다. 행동들에도 변화가 옵니다. 막힌 물꼬가 트이듯 일이 풀리고 좋은 일들이 일어나기도 합니다. 인생이 바뀔 수 있습니다.

　가재를 잡다가 도랑도 치고 금덩어리도 줍는 아주 드문 일이 있습니다.
　이 책 속에서 그런 행운 잡기를 기대합니다.

하늘동그라미 기통수련원에서
무영(無影), 무인(巫人)

차례

2부 기통

1부

전생치유

전생치유란

명상을 통하여 전생을 찾아가

사람 속에 있어서는 안 될 빙의나 헛것들을 걷어내고,

많은 생을 살며 받은 상처를 치유하고

마음에 자리잡은 바위들을 덜어내는 것을 말합니다.

1장

치유과정과 원리

*

1. 치유과정

1 가장 먼저 현재의 상태를 파악합니다.

예를 들어 두통으로 오랫동안 고생하는 사람이 찾아와 원인이라
도 알고 싶어 합니다. 이럴 때는 두통의 원인을 찾아 전생으로 들
어갑니다. 어떠한 상황으로 인하여 머리통이 깨져 있습니다.

2 전생의 뿌리를 찾아 들어갑니다.

머리통은 왜 깨졌을까? 뿌리를 찾아 들어가면 500여 년 전 산에
나무를 하러 갔다가 벼랑에서 떨어졌습니다. 깊은 산골이라 주변

에 아무도 없습니다. 그 누구의 도움도 받지 못해 홀로 고통 속에 죽어갑니다. 육체에서 분리된 혼이 머리가 깨져 죽어있는 자기의 모습을 봅니다. 머릿속 뇌까지 으스러졌다고 생각합니다.

3 빙의를 제거합니다.

빙의의 종류는 혼, 수, 체, 만신, 채널 등 여러 가지가 있습니다. 이를 일일이 확인하여 제거합니다.

4 치유를 합니다.

500년 전 현장으로 가서 뇌와 깨진 두개골을 깔끔하게 치유한 후, 안전한 곳으로 데리고 가서 마음을 진정시킵니다.

5 기억을 지웁니다.

500년 전 현장에서의 기억들을 그 시점에서 지웁니다.

6 현생으로 돌아와 전생기억의 파동을 지워냅니다.

머릿속에 손을 넣어 기억과 남아있는 뿌리들을 말끔하게 제거합니다. 현생에 영향을 미치는 파동들이 소멸됩니다.

7 치유되는 경과를 체크합니다.

전생치유 1주일 후, 통증이 얼마나 줄었는지 환자 자신을 통해 확인합니다. 대부분은 절반 이상으로 줄어있습니다. 그러나 한 번으로 해결되지 않는 경우도 있습니다. 치유한 그 원인 외에 다른 원인이 더 있는 경우입니다. 같은 방법과 순서대로 찾아서 해결합니다.

8 결과를 확인합니다.

단 한 번의 치유로 명쾌하게 낫는 경우도 있습니다. 반 이상 좋아지면 나머지는 시간에 맡깁니다. 위 사례는 뿌리를 2~3개 더 찾아 통증을 어느 정도 극복했던 경우입니다.

2. 치유방법

1 명상으로 치유

명상은 시간과 공간의 제약을 받지 않습니다. 시공을 초월합니다. 명상 속에서는 몇천 년 전의 일도 현재에 일어나는 것처럼 보고, 미국이나 유럽처럼 대륙을 넘어서도 바로 앞에 있는 것처럼 느낄 수 있습니다.
어떤 것을 보고 느낄 수 있을까요?

① 사람의 몸속을 보고 치유할 수 있습니다.
② 몇백 년, 몇천 년 전 전생으로 들어가서 현생 문제의 뿌리를 찾아 해결할 수 있습니다.
③ 혼, 수, 체 뿐만 아니라 사람 속에 있어서는 안 될 것들을 찾아 뽑을 수 있으며, 특히 죽은 사람의 혼을 치유하여 하늘로 올릴 수 있습니다.

서울이나 부산은 물론 아시아, 아프리카, 유럽 등 지구상 어느 곳에 있어도, 심지어 지구 밖에 있어도 원격으로 치유가 가능합니다.

시간과 공간의 제약을 받지 않는 3차원 이상의 세계가 존재합니다. 그곳에 들어가면 전생을 볼 수 있습니다. 명상으로 들어갑니다. 몇천 년 전 일도 지금 일처럼 볼 수 있습니다. 지구 반대편에서 살고 있는 사람의 병도 이웃집 사람처럼 보고 치유할 수 있습니다.

현생문제의 뿌리를 찾아 명상에 들어갑니다. 두꺼운 사전 속에서 낱말의 뜻을 찾는 것과 비슷합니다. 잘못된 낱말을 넣으면 전혀 엉뚱한 뜻이 나올 겁니다. 핵심 키워드로 해당 장면을 찾는 것이 중요합니다. 몇백 년, 몇천 년 전으로 가는 경우가 허다합니다. 다른 나라가 배경이 되기도 합니다. 사진처럼 보입니다. 전후 맥락을 따라 이으면 동영상처럼 볼 수 있습니다. 좀 더 가까이 가면 해당 장면 속에 합류하는 것처럼 분위기와 느낌이 생생합니다.

사고가 났으면 수습합니다. 상처가 있으면 치유합니다. 오해가 있으면 풀어줍니다. 원수처럼 쌓인 앙금도 화해시킬 수 있습니다. 불안, 공포, 분노들의 원인을 제거하고 마음을 안정시킵니다.

최종적 치유는 간뇌의 역할입니다. 모순이 발생한 원인, 치유 과정, 그리고 그 결과를 뇌 깊숙이 자리 잡고 있는 간뇌에게 결재를 맡아야 합니다. 머릿속은 다섯 겹입니다. 다섯 겹에 손을 넣어 지우개로 지우듯 기억을 지워내야 합니다. 그래야 간뇌까지 결재를 맡는 것입니다. 문제가 된 기억 자체가 없어집니다.

사고나 외과수술 같은 육신의 문제는 치유자 혼자서 합니다. 하지만 마음의 상처나 사람 관계의 뒤틀림 등은 교육이 필요합니다. 환자의 초의식(초아)을 데리고 가서 현장을 보여주고 상대의 입장이 되어보게 하는 등 교육을 통해 깨닫게 합니다. 최면과는 달리 의식을 데리고 가서 보여주는 것이 아니어서 이때 환자는 어떤 일이 일어나고 있는지 모릅니다.

해결하는 과정에서 한 장면을 해결하고 나면 또 다른 문제 장면이 있는지 살핍니다. 두 번째 세 번째 쭉 나오다가 벽 같은 것이 나타나면 더 이상 다른 장면이 없다는 것입니다. 한두 번의 시도로 문제를 해결하는 경우도 더러 있습니다. 반면, 치유를 해도 별다른 효과가 없으면 핵심장면을 못 잡았거나 치유과정에서 중요한 것을 놓쳤을 가능성이 있습니다. 문제가 되는 장면을 찾는 키워드를 다른 각도에서 생각하여 접근하는 노력이 필요합니다.

간혹 일정 기간 치유효과가 유지되다가 재발하는 경우가 있는데 이는 잔여 뿌리가 있는 경우입니다. 처음부터 다 발견되어 한꺼번에 해결하면 좋은데 반드시 그렇지는 못합니다. 때가 되어야 보이는 경우가 있기 때문입니다.

2 원격 전생치유와 다른 치료와의 차이점

무당들은 전생을 볼 수 없습니다. 명상을 하는 사람들 중에서 소수의 사람들이 전생을 봅니다. 이들도 전생을 보는 정도의 차이가 많습니다. 녹슨 청동거울에 비유할 수 있습니다. 녹이 닦인 정도에 따라 선명도가 차이가 납니다. 어렴풋이 보는 사람, 겨우 보는 사람, 보기만 하는 사람들의 말을 들으면 답답합니다. 말은 그럴 듯한데 확인을 할 수 없습니다.

전생을 볼뿐만 아니라 해당 장면에 관여하여 문제를 해결할 수 있는 예외적인 경우가 있습니다. 비디오를 보고 말만 하는 것이 아니라 비디오 속 장면의 내용을 바꿔 현재의 문제를 해결합니다. 환자나 이야기를 듣는 사람은 비록 보지 못하더라도 현재의 문제가 해결된다면 전생에 문제가 있었고 해결되었다는 것을 추정할 수는 있습니다.

인터넷에서 전생치유라는 키워드로 검색하면 최면으로 하는 치료가 많이 나옵니다. 명상으로 전생을 보고 치유하는 것은 노력한다고 되는 것은 아닙니다. 최면치료는 보통 사람도 충분한 훈련으로 도전할 수 있을 듯합니다.

최면치료는 의사가 최면상태인 환자의 눈으로 전생 해당 장면을 찾아 문제를 해결하는 과정입니다. 의사의 역량이나 환자의 상태에 영향을 많이 받습니다. 의사는 장님인 상태에서 환자의 눈으로 전생 문제를 찾아 해결해야 하는 한계가 있을 듯합니다. 의식을 데리고 가기에 여러 가지 간섭현상이 있을 수 있어서 실패하거나 정확하지 않을 수 있습니다.

지구 반대편에 있는 말이 통하지 않는 사람도 멀리 떨어져 앉아서 명상으로 직접 보고 바로 치유하는 것과는 차이가 있습니다.

3. 전생치유 후 좋은 약 좋은 인연

치유는 대부분 환자를 직접 대하지 않고 멀리 떨어져 환자는 모르는 상태에서 합니다. 치유 후 효과가 나와도 그대로 인정하기가 쉽지 않은 모양입니다. 예전에 경험하지 못한 것이고 치유 과정 자체가 눈에 보이는 것이 아니기 때문인 듯합니다.

오랜 세월 고질적으로 해결되지 않던 병이나 문제가 전생치유 후 마침 좋은 약을 먹거나 좋은 인연을 만나 해결되기도 합니다. 그런 경우 환자나 가족은 그 약이나 인연 덕이라고 생각합니다. 그 생각이 합리적인 것은 분명한데 전생치유 후 이런 일을 자주 대하다 보니 다른 생각도 하게 됩니다. 전생의 업으로 물려있던 문제가 전생문제가 풀리니까 해결되는 것은 아닌가? 그 누구와도 진실을 다툴 수 있는 문제는 아니고 그저 그러리라 생각합니다.

4. 치유율

난치병이나 고질병은 전생에 있었던 일이 문제의 중심 원인인 경우가 대부분이긴 하나 빙의, 현재 마음가짐이나 환경 등이 복합적으로 작용한 결과입니다.

전생문제만 해결한다고 깔끔하게 낫기를 기대하는 것은 합리적이지 않습니다. 빙의를 처리하고 심리적 환경을 개선하는 노력을 함께 하는 것이 필요합니다. 잘린 것을 잇고, 찢어진 것을 깁고, 깨진 것을 복원하는 등 오늘날 외과수술에 해당되는 전생 몸의 상처들을 치유하는 것은 효과가 빠릅니다. 한두 번의 치유로 낫는 경우가 많습니다. 마음의 상처는 시간과 노력이 더 많이 필요합니다. 일주일에 한두 번, 한 달 정도면 대부분의 병이나 문제가 정리됩니다. 6개월이나 1년 이상 걸리는 경우도 있습니다. 성격적인 부분이나 사람 관계의 모질고 질긴 뒤틀림은 바로잡기가 힘들고 시간이 걸립니다.

치유 시작 전 불편한 정도를 10으로 하고 반 이상 악화되면 15, 3정도 좋아졌으면 남은 것이 7이니 7, 7정도 좋아져 남은 것이 3이면 3, 이런 식으로 말하기로 약속합니다.

치유를 하면서 환자를 만나거나 직접 물어보지 않더라도 어느 정도 좋아지고 있는지 가늠할 수 있습니다. 반 정도 좋아졌을 때 환자나 보호자에게 물어보면 대답은 차이가 많이 납니다. 어떤 사람은 다 나은 듯 말하고 어떤 사람은 조금 나았다고 말하고 어떤 이는 전혀 낫지 않았다고도 말합니다. 감응이 없고 반응이 무덤덤하면 난감하기도 하고 답답하기도 합니다. 이런 경우 치유 속도가 느리고 치유율이 낮게 나올 확률이 높습니다.

　　전생치유는 불편한 10을 0으로 만들겠다고 덤비면 무모합니다. 반쯤 좋아지면 좋겠다는 마음으로 시작해야 합니다. 그 어디에서도 해결하거나 원인조차 몰라 몇 년 몇 십 년 앓아오던 고질적인 문제를 조금이라도 덜어낼 수 있다면 참으로 다행입니다. 불편한 10이 5가 되기를 소원하는 소박하고 간절한 마음이 그 이상의 결과로 보답 받는 경우를 자주 봅니다.

5. 치유가 잘 되는 사람

대부분은 원격으로 치유합니다. 환자가 모르는 것이 좋습니다. 전생치유의 원리를 이해하고 마음을 활짝 열어 협조할 수 있다면 환자가 아는 것도 무관합니다. 지금 이 세상에 명상으로 하는 전생치유의 원리를 이해하는 사람은 없습니다. 명상으로 한다니까 목사나 스님이 기도 정도 하는 것으로 알면 다행입니다.

무당이 업장소멸이니 어쩌니 하는 것으로 알고 반감을 갖고 방어기제를 펴면 치유 효과가 반감됩니다. 환자와 술자 사이에 소통의 도로가 넓을수록 좋습니다. 있는 도로도 끊어 없애려고 하면 치유가 어렵습니다. 그럴 바에는 환자는 모르는 것이 낫습니다.

세상에는 맑고 밝은 선한 사람들이 있습니다. 이런 사람들은 긍정적이고 낙관적입니다. 최선을 다하되 결과에 집착하지 않습니다. 이치에 순응합니다. 남을 탓하지 않고 문제의 원인을 자기 속에서 찾습니다. 온유하고 이타적입니다. 자기 속에 갇히지 않고 열려 있습니다. 이런 사람들은 전생치유를 하면 치유율이 매우 높습니다.

2장

전생치유 사례

*

1. 카미카제 특공대

인연이 된 지도 삼 년이 되어가는 70대 부부입니다. 처음 오셨을 때가 생각이 납니다. 동네에서 이장을 십 년이나 하고 살아도 누구 하나 불만이 없습니다.

큰선생님 말씀으로는 우리가 살면서 평소 남에게 조금 손해 보듯 사는 게 아주 잘 사는 방법이라고는 하지만 그 불만 없애기가 쉽지 않은데 어떻게 일 처리를 해야 그리될 수 있을지 궁금하기도 합니다. 아들 셋도 아버지를 존경한다고 서슴없이 이야기하는 것을 보면 아주 선하게 잘 살아오신 듯합니다. 이렇게 선하

고 바르게 살아온 남편에게 아내는 아픈 손가락입니다

아내가 병이 있긴 한데 무슨 병인지 온갖 병원을 들락거려도 병명도 없이 점점 더 심하게 아파합니다. 사랑하는 아내를 위해서 남편이 할 수 있는 건 병원 갈 때 차 태워주는 것, 보험 들어주는 것, 무당 찾아가 굿하고 좁은 방 장롱 위에 신주단지 모셔두는 것뿐입니다. 방이 좁아서 바로 위에 보이는 신주단지가 너무나 눈에 거슬리는데 아내를 위한 것이라서 꾹 참고 살아가는 남편입니다.

원인 없이 아파 죽을 것 같은 건 대개는 마음이고, 그 마음의 끝은 전생입니다. 지난 전생의 기억들이 현생과 파동이 맞을 때 현생을 살지만 전생을 사는 것처럼 영향을 받습니다. 이렇게 되면 현재를 살지 못하고 과거를 살게 됩니다. 전생의 기억들이 너무나 강렬하여 새 몸 받아 왔음에도 불구하고 지금인 현생을 살지 못하고 전생 고통의 기억 속에서 나오지를 못하게 됩니다.

여자들은 전생이라고 하면 호기심과 관심을 갖고 다가오는데 남자들은 눈에 보이는 것 아닌 이상은 관심 뒷전이 됩니다. 그런데 이 분은 아내가 조금이라도 나아질 수 있는 기회가 생긴다면 무슨 일이든 해보겠다는 적극적인 마음입니다

남편의 부축을 받고 들어오는 아내는 통증으로 얼굴이 일그러져 있습니다. 눈은 다크써클이 심하고 퀭하니 들어가서 초점이 없고 몸은 중심을 잡지 못해 이리저리 흔들립니다.

"아주 어지러워서 정신을 못 차리겠어요. 몸도 어디가 딱히 아픈지도 모를 정도로 전부 다 아파요."

그러자 남편이 나섰습니다.

"선생님, 우리 내자가 가슴이 벌렁거린다네요. 다리도 오그리지도 못하고 펴지도 못합니다. 힘든 것 보면 너무 가슴이 아픕니다."

가쁜 숨을 내쉬며 자기에게 의지하고 있는 아내를 바라보던 남편은 어떤 대답이 나올지 잔뜩 긴장한 표정입니다. 이곳에서 어떻게든 아내의 병을 고쳐보리라 하는 마음도 보입니다.

영상으로 보이는 아내는 만신이 온몸을 다 차지하고선 좋아라 낄낄거리고 있습니다.

"만신은 사람도 아니고 혼도 아닙니다. 그렇기 때문에 차지한 몸속에다 알을 낳으려고 해요. 이미 무당알도 여러 개 있습니다. 믿을지 안 믿을지 모르겠지만 본 그대로, 있는 그대로 말씀드릴 수밖에 없습니다."

"어떻게든 아픈 게 조금이라도 나아졌으면 소원이 없겠어요."

초조한 마음으로 작은 말도 놓치지 않으려고 집중하는 남편입니다.

"먼저 만신을 제거하는 게 우선이고요. 전생을 찾아서 문제되는 부분을 치유해야겠어요."

"아이고, 그렇습니까?"

걱정과 달리 순순히 받아들이는 남편입니다. 속으로 모든 남편들이 이 분 같기만 하다면 생활 속의 문제점을 해결하기가 참 쉽겠다는 생각이 듭니다.

"명상으로 전생 보고 모순이 된 것 정리하겠습니다. 열심히 미고사하세요."

"아이고, 그람 우리 내자가 낫나요? 그렇게만 된다면 할 수 있는 거 다 하지요."

"네. 명상으로 치유한 것 다음 주 상담 때 말씀드릴게요."

뭔가 희망을 보는 듯한 표정을 짓던 남편이 조금 당겨 앉으며 목소리를 낮춥니다. 마치 비밀스러운 이야기를 하려는 듯 합니다.

"실은 선생님…. 우리 집 안방에 신주단지가 있어요."

"예 알겠습니다. 그것도 정리해야겠어요."

남편이 아내를 바라보며

"그거 모시면 우리 내자가 좋아진다고 하니 나는 그런 거 싫지만 몇 년을 모시고 찜찜하게 잠을 잤지요."

"신주단지를 모신다는 것은 귀신을 모시고 살겠다는 뜻입니다."

"그거 없으면 마음이 아주 개운할 것 같습니다."

"없애야지요."

뽀얀 아기귀신이 날름 올라가서 살고 있는 게 보입니다.

"거기 든 아기귀신을 올라가라 할 테니 며칠 후에 그냥 버리세요."

그러자 아내가 걱정스런 얼굴로 묻습니다.

"그래도 괜찮을까요?"

"좋은 몸 만들어서 올려 보냈는데 어때요?"

남편이 반색을 하고 나섭니다.

"아이구 감사합니다! 내가 신주단지 처리하는 게 숙제였어요. 선생님 몇 마디 말씀하시는 거 보고 아주 믿음이 갑니다. 그리 하겠습니다."

남편은 아주 신이 났습니다. 부모가 어린 자식을 좋은 학교 선생님에게 맡기는 표정입니다.

그날 밤, 아내의 전생을 찾아갑니다. 먼저 심한 어지럼증의 뿌리부터 찾아 들어갑니다. 울렁울렁합니다. 더 깊이 들어가니 누군가 비행기 조종을 하고 있습니다. 시기는 2차 세계대전, 미군의 요새를 폭파하려고 선발된 일본의 자살특공대원 중 한 명입니다. 현생의 아내인 자살특공대원은 죽는 연습을 수없이 합니다. 언제 출동 명령이 내릴지 모르지만 연습 중에 죽을 수도 있습니다.

'조국을 위해 내 한 몸 기꺼이 바치리라.'

충성을 맹세했지만 깊은 내면엔 공포가 엄습합니다. 밤이면 밤마다 죽음을 생각합니다. 두고 온 고향과 부모님이 그리울 때면 충성을 맹세한 마음이 흔들립니다. 억지로 접어둔 마음 한쪽에는 억울함도 박혀있습니다.

'왜 여기까지 왔을까? 무섭다. 고통스럽다. 나로 인해 많은 사람들이 죽을 텐데 그 업은 또 얼마나 많을까?' 밤마다 베개가 젖을 때가 많습니다. 나로 인해 다른 동료들에게 피해를 입힐 수 없는 상황입니다. 아무리 어렵고 무섭고 고통스러워도 전진뿐이라는 것도 압니다. 드디어 출동 명령이 내려졌습니다. 결연한 의지 밑바탕에는 다시 볼 수 없는 하늘과 산과 들, 두고 온 고향과 사람들이 깔려 있습니다. 이제는 작별입니다. 죽으러 갑니다. 산산이 부서지려고 하늘을 날아갑니다.

한참을 날자 아련히 미군 기지가 보입니다. 아래로, 아래로 내리꽂힙니다. 두려움과 공포가 뼛속 깊이, 세포 하나하나에 새겨집니다. 꽝! 살과 피가 튀어 순식간에 가루가 되듯 흩어집니다. 죽어가는 미군들의 몸뚱아리들도 비명소리들과 함께 공중으로 튀어 오릅니다. 미군의 피와 자신의 피가 공중에서 섞이는 것이 보입니다.

그들의 놀란 영혼과 원망도 자신의 몸속에 각인됩니다. 그 기억 속에 갇혀버린 병사(아내)의 부서진 살점과 핏방울들을 모두 모아 사람의 형체로 다시 만듭니다. 그리고 세포 하나하나에 새겨진 공포와 뼛속 깊이 각인된 기억들을 지웁니다. 너무 극심했던 공포와 고통이었기에 기억에서 벗어나기까지 보름 정도의 시간이 필요합니다.

다음 상담일에도 부부는 같이 찾아왔습니다. 명상 속에서 본 전생과 치유과정을 설명하니 아내가 한결 가벼워진 표정으로 말합니다.

"무엇 때문인지 이유라도 알았으면 좋겠다 생각했어요. 고맙습니다, 선생님."

"현대 의학으로 안 되는 병들의 뿌리는 대개 전생에 있습니다. 다행히 이유를 알았으니 자신에게 미고사하시면 됩니다."

참 희한하다는 표정으로 아내가 말합니다.

"그래서 그랬는지 이상하게 비행기 사고만은 남일 같지 않았어요."

"당연히 그럴 수밖에요."

신기한지 아내가 다시 입을 엽니다.

"아, 그래서 내가 오늘 죽을지, 내일 죽을지 모르겠다는 생각이 자꾸 났나 보네요."

대부분의 사람들은 무의식 깊은 밑바닥의 생각들을 퍼 올려 현재를 살아갑니다. 현재는 아무 문제가 없는데 왜 이런 증상이 있을까, 생각해 봐야 원인을 알 수가 없습니다. 그러므로 하루하루 탈 없이 살아가는 것이 얼마나 귀한지를 알아야 합니다. 그러면 감사하는 마음이 저절로 생깁니다.

"요새 사람들이 내 얼굴색 밝아졌다고 다들 그래요. 거울을 봐도 얼굴이 많이 좋아 보여요."

"예! 마음이 고우면 치유가 잘 됩니다."

"참, 돌아보면 어떻게 살았나 싶어요. 이제 남편이 들었던 보험 다 깨고 즐겁게 살기로 했어요."

"그러세요."

인사를 하고 나가려다 아내가 또 돌아섭니다.

"선생님께서 못 올라간 우리 조상님들 천도 다 해주셔서 그동안 지내던 제사도 안 지내는데 괜찮겠죠?"

"제사는 지내든 안 지내든 자유예요. 지내셔도 빈 제사예요. 오르지 못한 조상 찾아서 하늘로 올려드렸으니까요."

집중 치유 기간에 추석이 있었는데 추석 상도 차리지 않는 믿음이 가득한 남편입니다. 추석이 코앞이라서 지내던 대로 할만도 한데 무를 싹둑 자르듯 그날로 모든 제사 정리하고 자유롭고 편안하게 살기로 했습니다. 그리고 2년이 지난 지금, 남편은 기통을 했습니다. 우리 '새싹회'에서 가장 연장 기통자가 되었습니다. 2년 동안 열심히 단전호흡 절법에 맞춰 꾸준히 해 온 덕분입니다.

아내에 비해 아픈 곳은 없었으나 어릴 때 젖배를 너무 곯아서 어른 밥 한 공기를 나눠서 하루를 먹었으니 가장 취약한 부분이 위장입니다. 기통이 되고 찾아온 부부는 신이 납니다.

"선생님, 기통자들 기공유 할 때요, 뭔지 모르지만 배를 확확 휘젓는 것 같다가 주물주물 주무르는 것 같기도 하고 그랬어요."

"하늘 기운은 우선순위를 정해서 급한 것부터 치유해요."

살면서 듣도 보도 못한 경험들이 요 몇 년 사이에 벌어지고 있답니다. 아주 살맛이 납니다.

"요새는 마누라보다 밥을 더 많이 먹고 소화도 잘 되고 똥도 잘 싸니 이게 무슨 행운인지 모르겠습니다."

기통을 했으니 이제는 밤마다 아내에게도 기운을 보낸다며 자랑이 이만저만 아닙니다.

"근데 선생님. 아무래도 궁금해서 물어봐야겠어요."

"뭔데요?"

"사람들이 그러는데 기통이라는 게 몇 년에 되는 게 아니라고 하대요?

산에서 굴 파고 들어가 이십 년, 삼십 년 수련해도 안 되는 거라는데 우리는 왜 이리 쉽게 되나 싶어요."

"그렇죠?"

"아니, 절 몇 달 했다고 백회가 열리는 게 신기해요."

"신기하죠. 엄청 신기해요. 기통은 큰선생님과 관련이 있어요. 사람이 사람답게 살았으면 하는 게 소원이셨거든요. 그래서 기통이 되나 봐요."

'새싹회'에서 최고령 기통자가 되어 자가치유를 넘어 타인까지 도울 수 있게 된 호산님. 사람이 사람답게 살 수 있고 다른 사람들을 기운으로 도울 수 있으니 노후에 복이 가득하다며 얼굴에 기쁨이 넘치는 하루를 살고 있습니다.

며칠 전 전화가 왔습니다.

"아내와 산 정상에 도착해서 너무나 감격스러워 전화를 드립니다. 선생님 이런 세상에 살줄은 꿈에도 몰랐습니다. 아내와 등산을 와서 정상에서 선생님께 감사 전화를 할 수 있다니 눈물이 납니다. 선생님 감사하고 하늘에도 감사 올립니다. 진짜 감사합니다."

흥분된 목소리가 지금도 귀에 들리는 듯합니다.

남편이 기통이 된 후, 이 세상 나와 함께 평생을 같이 가야 하는 아내야말로 보석보다 더 귀한 존재라는 생각에 밤마다 기운을 빵빵 공유하더니 아내도 기통이 됩니다. 제대로 걷지도 못하고 만신의 놀음에 맥없이 당하고 놀아났던 아내가 눈이 똘망똘망하게 되었고 말속에 활력의 에너지와 지혜가 넘칩니다.

기통이 되면 20년은 젊어진다는데 스스로 하루하루 증명해주고 있습니다. 절을 못하는 대신 와공을 성심으로 하더니 8개월 후 기통부부가 됩니다. 하늘님 감사합니다.

2. 남편이 달라졌어요

'나는 참 바르게 살아왔다. 나는 남에게 폐 안 끼치고 살아왔다. 나는 내가 봤을 때 거짓 없이 바르게 참 괜찮게 살아왔다.'

이 자부심으로 직장생활을 멋지게 마감한 ○○님입니다.

이곳 전생치유 받으면서 자신의 삶이 이렇게나 해부당할 수 있을까? 집중치유 한 달 내내 분노와 울분으로 붉으락푸르락… 이곳에 오기 전 마음공부를 꾸준히 한 이유로 이곳에 끈을 놓지 않고 그 동안 참아준 세월에 참으로 감사합니다. 이제는 마음이 걸리는 듯하면 알아차리는 눈치도 빠르고 참 보기에 좋습니다.

○○님이 어느 볕 좋은 가을, 학교 후배를 동행해 찾아왔습니다. 자신이 자랑스럽기까지 되었기에 볼 때마다 얼굴이 반짝이고 편안해지는 것이 보기 좋은데 그 날은 얼굴에 윤기가 날 정도로 더 좋아보였습니다. 어쩌면 곁에 서 있는 후배라는 분과 비교가 되어서인지도 모르겠습니다.

"선생님, 그간 잘 지내셨어요?"

인사를 하는 ○○님의 손을 잡아주면서 곁에 선 분께 눈으로 인사를 했습니다. 무언가에 쫓기는 고단한 얼굴입니다. 아토피인지, 일시적인 현상인지 얼굴 피부가 벌겋게 부풀어 울퉁불퉁합니다.

"그래요. 편안하시지요?"

"그럼요. 선생님께 전생치유 받고 마음이 편안해지니 제일 먼저 권유하고 싶은 후배가 있어 같이 왔습니다."

산 속 깊은 곳의 일반 가정집에서 상담을 하니 처음 오시는 분들은 이리저리 보게 됩니다. 어떤 분들은 이곳에 모셔놓은 불상이라도 있는지 물어보기도 합니다. 안으로 안내하자 여기저기 두리번거리며 따라 들어옵니다.

"어떤 게 힘이 드세요?"

뭐부터 말을 해야 할지 난감한 듯 여전히 어정쩡한 표정으로 눈치를 보고 있는 후배 대신 ○○님이 먼저 대답을 합니다.

"남편 성격이 좀 그래요, 선생님."

"성격이요? 성격이야 저도 그렇잖아요?"

살짝 긴장감을 풀어주려 농담으로 받아봅니다.

"그게… 실은 얼마 전에 퇴직교사들 부부모임을 했어요. 큰 맘 먹고 들어놨던 곗돈 털어서 해외여행을 갔는데….'

○○님의 말을 다 듣고 나니 조금은 심각합니다. 그때 간 여행에서 후배의 남편이 다른 팀도 있는 자리에서 크게 화를 내며 행패를 부려서 여행을 끝까지 못하고 중간에 돌아왔다는 겁니다. 그리고 계모임 자체가 깨져버렸답니다. 부부 둘만의 문제가 아니라 계모임 해외여행이 파토가 나고, 모임 자체가 해산되는 지경이라면 일반적인 성격의 문제가 아닌 것 같았습니다.

"뭐 때문에 화가 났을까요?"

그제야 후배인 당사자가 저간의 사정을 털어 놓습니다.

이야기의 내용은 이랬습니다.

여행 중 아주 고급스러운 식당에서 다함께 저녁을 먹었답니다. 하루의 일정도 마쳤겠다, 외국에도 나왔겠다, 기분도 좋고 하니 와인 한 잔씩을 마시면서 담소를 나누었는데 후배가 턱을 괸

채 이국적인 광경에 마음을 빼앗겼지요. 마음속으로 음률을 타면서 손가락을 까딱까딱 했답니다. 그러자 그 광경을 보고 있던 남편의 얼굴이 변하더랍니다. 남편의 싸늘한 표정으로 함께 있던 계원들의 기분까지 싸늘해질 수밖에 없었습니다.

그날 저녁, 숙소에 들어간 남편은 밤새 아내를 들볶았습니다.
'어떤 놈한테 준 사인이냐? □□냐? 아니면 △△냐? 언제부터 그렇고 그런 사이였느냐? 그 손가락 사인은 무슨 뜻이었냐?'
기가 찬 아내는 말도 안 되는 소리라고 했지만 말대꾸 말라며 고성이 터지고 욕을 해대는 지경까지 이르러 모두들 여행을 마치지 못하고 돌아오게 되었습니다.

참으로 기가 찬 노릇입니다. 아내 입장에선 계원들의 여행을 망쳤으니 얼마나 속상하고 미안했을까요.
"평소에도 욕을 하고 그러시나요?"
"네. 욕도 하고 집어 던지고 말대꾸하면 당장 손이라도 올라올 지경입니다."
후배는 한숨을 푹 내쉽니다.
"함께 살아온 세월이 40년이에요. 돌이켜 보면 너무 힘든 세월이었습니다. 같이 맞벌이를 하며 살아도 집안일은 전부 제 차지에요. 남편이 자정 전에 들어오는 날이 한 달 중 손에 꼽을 정도였습니다."
게다가 남편은 밖에서는 호인으로 정평이 나있다고 합니다. 다른 사람이나 동료들의 일은 오만가지 궂은 일도 발 벗고 도와주면서도 집안일을 하는 건 종것들이나 하는 짓이라며 손끝 하나 안 거든답니다. 남편에게 집은 왕국이었습니다.

"아이고, 그렇군요. 많이 힘드셨겠어요."

"뭐. 그냥저냥 살았어요. 어떻게 하면 이 사슬에서 벗어날까 궁리만 하면서요."

당사자의 얼굴에 묘한 이중적 감정이 비칩니다. 남편의 그런 행태를 체념한듯하면서도 그래도 받아들이지 못하는 듯한 감정에 얼굴빛이 시커멓습니다.

"전생치유를 하면 좋아진다고 하니 선배님을 따라 오긴 왔지만…."

"그러면 지금부터 남편의 눈빛, 표정, 말투, 의심, 욕설 등이 얼마만큼 줄어드는지, 또 아내를 대하는 태도에 변화가 있는지를 기준으로 전생치유 전과 후의 변화를 관찰해 보세요. 일단은 절반만 줄어드는 것을 목표로요."

그러자 얼굴에 일말의 희망이 비칩니다.

"네. 그리만 되어도 좋겠습니다."

"그럼, 자신에게 미고사 열심히 하시고, 하늘에 감사하세요. 절하고 발끝치기 하는 것도 잊지 마시구요."

"제 가슴에 손 얹고 '미안합니다, 고맙습니다, 사랑합니다.'하면 되는 거지요?"

욕심도 없는데다 선하고 착한 마음이 묻어나는 말투입니다.

"네. 말로만 하지말고 진심으로 자신을 사랑하는 마음으로 하셔야 해요. 아무리 이타적인 행위를 해도 자기를 사랑하지 않으면 소용이 없으니까요."

"예, 선생님. 꼭 그렇게 하겠습니다."

대답하는 마음을 들여다보니 전생치유가 어떤 건지 궁금하기도 할 텐데, 그냥 믿고서 시키는 숙제를 잘 할 생각입니다. 저런 경우 치유가 잘되지 싶어서 마음이 참 좋습니다.

두 사람이 돌아가고 명상에 들어갑니다.

여섯 살짜리 여자 내면아이가 보입니다. 기분이 좋았다 짜증이 났다가 자기 마음대로 해도 되는 왕국의 공주(남편)입니다. 그런 공주를 키우는 유모(아내)도 있습니다. 공주는 유모에게 모든 것을 의지합니다. 잠시만 눈에 띄지 않아도 불안해하고, 가는 곳마다 따라가려 합니다. 그 마음속에는 세상 모든 사람이 자신을 버려도 유모만 나를 지켜주면 된다고 하는 마음이 있습니다.

날카롭고 까다로운 성격을 스스로도 알기에 모두 자신의 곁을 떠날지도 모른다는 두려움이 있지만 그래도 유모만은 자신을 끝까지 지켜 줄 거라는 믿음이 있습니다. 유모는 공주마마의 모든 비위를 다 맞춰 주며 살지만 힘이 듭니다. 그래도 이것이 자신의 운명이라 생각하며 묵묵히 그 많은 욕의 배설을 다 받아가며 살고 있습니다.

사람 관계는 서로를 길들이는 측면이 있습니다. 아내는 남편을 길들일 의지가 없었습니다. 전생 온갖 강짜를 부리는 공주를 운명처럼 받들며 살아온 습대로 현생을 살아갑니다. 아닌 건 아니라고 했어야 합니다. 설사 목숨이 없어진다 해도 공주의 도를 넘는 행동은 제지를 했어야 했습니다. 그러지 못했기에 그 습이 무의식 깊숙이 자리 잡고 있다가 현생까지 고스란히 안고 왔습니다.

인간은 서로 배려하고 존중하며 살아야 합니다. 한쪽의 일방적인 희생은 끝내 서로를 불행하게 합니다. 해결되지 않은 숙제는 두고두고 따라다니며 다음 생으로 이어집니다.

남편의 몸속을 봅니다. 우아하지만 날카로운 여자 귀신이 남편을 조종하고 있습니다. 빼내고 나서 명상에 듭니다.

드라마를 만들어 봅니다.

함께 외국여행을 했던 사람들을 등장시킵니다. 모임이 없어져서 외로워진 자신의 역할자도 만들고, 욕 찌꺼기를 다 받아내며 이렇게 살아서 뭐하나 힘들어하는 아내의 역할자도 만들어 그 역할자 하나하나의 감정을 남편이 느껴보게 합니다. 그리고 좋은 사람이 되려면 어찌해야 하는지를 생각해보게 합니다.

내면에 있는 부정적인 것들을 찾아봅니다. 집착이 많습니다. 10개 중에 7개나 됩니다. 그 집착이란 게 전생에 못된 공주로 살면서 멋대로 한 습이란 것도 알게 합니다.

'니가 뭔데 내 말을 안 들어준단 말이야?'

유모에 대한 괘씸한 마음에 속이 벌벌 떨렸고 그 떨리는 마음이 독한 말로 변해 입으로 배설되는 것을 바라보게 합니다. 남편의 입에서 나온 배설물들을 귀로 담아내기에는 너무나 힘든 세월을 산 아내의 마음도 바라보게 합니다. 그럼에도 자식들을 위해, 집안을 위해 분란을 일으키지 않으려 무던히 애쓰고 산 아내의 감정을 바라보게 합니다.

다시 전생으로 들어가 공주에게 물어봅니다.

'모든 게 만족한데 감사해야지 왜 울고 있지?'

'엄마가 일찍 내 곁을 떠났어요.'

'그래서 마음이 아픈 거야?'

'아프지 않아요. 유모가 엄마를 대신해준다고 했으니까요.'

'그러니? 그럼 유모에게 잘해야지.'

'아무리 그래도 엄마는 아니잖아요! 난 가짜가 아닌 진짜가 필요하다고요. 그래도 뭐 아쉬운 대로 쓸 만하니까요.'

명상 속이지만 헉 소리가 나려 합니다. 아 이런 마음으로 아내를 대하고 살았구나. 얼마나 고달팠을까! 이 마음 그대로 복사해서 남편의 마음에 넣습니다.

이번에는 현생 남편의 마음으로 들어가 물어봅니다.

'왜 저 사람을 아내로 선택했을까요?'

'그 때 미안했던 마음 균형 잡으려고요. 하지만 지금도 그 때처럼 마음이 그래요.'

'마음을 고쳐먹으면 되지 않을까요?'

'고쳐먹자 하니 내가 아깝다는 생각이 드네요. 그러면서 또 나를 버리면 어쩌지? 하는 두려움도 있고요. 여러 감정이 섞여 있어요.'

'왜 집안일은 안 도와줄까요?'

'그건 종이나 하는 짓거리지요.'

참 아무리 명상속이지만 전생이나 현생이나 둘 다 기가 막힙니다. 그래도 이야기를 이어가 봅니다.

'요즘 세상에 종이 어디 있나요? 귀한 아내를 종이라 생각하면 아내가 얼마나 슬플까 생각해 보셨어요?'

그러자 고개를 푹 숙였다가 대답합니다.

'생각해보니 그렇긴 하네요.'

'그럼 생각을 바꾸면 되겠군요. 유모가 아닌 귀한 아내라고.'

'생각해 보죠.'

꽤 오랜 대화를 나누는 동안 사과 크기만 한 아만 덩어리가 항문으로 푹 빠져나가는 것이 보입니다. 냄새가 아주 고약합니다. 아만이 나갔으니 아내를 대하는 게 달라질 것을 기대하며 명상을 마쳤습니다.

다음 명상의 내용입니다.

남편의 심장이 절절 끓고 있습니다. 몸이 타들어갈 정도로 분노가 치솟고 있습니다. 자신을 볶아대고 있습니다. 자신의 몸이 활활 타고 있는 모습을 보게 합니다. 그리고 주위 사람들은 자신을 어떻게 생각할까도 바라보게 합니다.

'멀쩡한 사람이 왜 저러고 살까?'

'마누라가 불쌍타. 얼마나 힘들까?'

모두들 콧방귀를 뀌고 있네요. 여러 사람들의 마음이 느껴지자 다리에 힘이 풀립니다. 털썩 주저앉아 생각합니다. 내가 아내에게 너무 한 거 같아. 우리 집사람은 정말로 어떻게 살았을까 싶어집니다. 지나온 삶이 필름처럼 스치고 갑자기 아내가 보고 싶어집니다. 그러자 6세였던 내면아이가 고등학생으로까지 커갑니다. 내친김에 모든 것을 자신 이로운대로 해석하고 판단했던 마음들을 손에서 놓게 합니다. 머릿속의 때를 벗겨내고 머릿속을 다섯 겹으로 리셋합니다.

이제 나쁜 기억들은 자동으로 지워지고 치유한 내용들이 뇌간을 향해 달려갑니다.

사람의 마음도 크기가 있습니다. 남자는 큰 계란크기이고 여자는 중란 크기인데 이 남편의 마음 크기를 보니 소란처럼 쪼그라져 있습니다. 대란 크기만큼 넓혀봅니다. 담을 살펴보니 위쪽에 딱딱한 것이 있어 녹여냅니다. 머리를 봅니다. 수시로 치밀어 오른 화가 용광로 위에서 녹아내린 것처럼 물렁물렁합니다. 풍을 일으키는 폭탄 세 개가 보여서 없앱니다.

없는 자리에 시원한 바람이 들어가게 합니다. 장기는 가장 필요한 곳이 기운을 먼저 끌어당기게 됩니다. 이제는 좋은 기운이 어디로 들어가는지 봅니다. 폐와 간으로 들어갑니다. 폐와 간이 싱싱해졌습니다.

또 다른 전생에서 남편이 생명을 구해주고 키워준 인연이 있습니다.

전쟁 중입니다. 타다 만 연기가 군데군데 피어오르는 을씨년스러운 마을 전경입니다. 마을로 관리가 시찰을 옵니다. 어디선가 젖먹이의 지친 울음소리가 들립니다. 소리 나는 곳으로 가보니 죽은 엄마 품에서 아기가 며칠을 굶었는지 눈은 감겨있고 숨만 쌕쌕거립니다. 오늘 밤을 넘기지 못할 것 같다는 생각이 듭니다. 하지만 전체 마을 상황을 살펴야 하기에 그곳을 떠나 걸어갑니다. 가는 도중, 자꾸만 아이의 모습이 밟힙니다. 결국 관리는 돌아와 아이를 안고 집으로 돌아갑니다. 그리고 자식처럼 키웁니다. 현생에서 내담자는 아이이고, 관리는 남편입니다. 그랬기에 그토록 힘든 결혼생활을 끝내지 못하고 살아갑니다. 그래도 자기의 생명을 구해준 남편이기 때문입니다.

다음 전생은 친구사이입니다.
폭풍우로 마을이 쓸려 내려갑니다. 한 친구가 물살을 이기지 못하고 떠내려갑니다. 그것을 본 친구가 한 손으론 나뭇가지를 잡고 한 손을 내밉니다. 쓸려 내려가던 친구가 손을 꽉 잡습니다. 그러자 먼저 손을 내민 친구가 손을 놓고 맙니다. 잡고 보니 자기까지 쓸려 갈 것만 같아서입니다.

쓸려 내려가는 친구는 자신의 손을 놓은 친구를 이해합니다. 살기 위해서는 어쩔 수 없다고 생각합니다. 자기라도 그랬을 것 같습니다. 손을 내밀었다가 놓아버린 사람이 현생의 남편이고, 쓸려 내려가면서도 이해하는 남자가 아내입니다.

2주일이 지나 당사자가 내방을 하였습니다. 지난번에 본 붉은 기운은 그대로지만 울퉁불퉁한 것은 많이 가라앉았습니다.

"선생님 남편이 달라졌어요."

"그러세요? 어떻게 달라지셨을까요?"

"정말 신기한 게요. 이젠 제가 어딜 갔다 와도 캐묻지를 않아요."

참으로 다행입니다. 착한 마음을 가졌으니 의심치 않고 잘 따라해 보겠다고 한 생각을 실천한 모양입니다.

"남편이 설거지도 해 주네요."

"축하드려요. 그럴수록 남편에게 많이 고마워 하셔야 합니다. 고맙다는 말 외에는 남편을 성장시킬 수 있는 말이 없어요."

"네. 열심히 칭찬할게요."

내담자는 신이 났습니다. 이제껏 따뜻한 말 한마디는 고사하고 입에서 욕이나 안 나오면 다행이라 스스로 위안하고 살았던 세월이 40년이니 왜 안 그렇겠습니까.

"얼굴은 왜 그럴까요?"

"아, 이거요. 아토피예요."

마음을 오래 쓰고 살았던 탓인가 봅니다. 이번에는 피부랑 관련해서 전생을 보아야 할 것 같습니다.

내담자가 돌아가고 나서 명상으로 살펴보니 공주와 유모로 살아갈 때에 마음에 안 든다며 유모 얼굴에 뜨거운 물을 확 뿌리는 게 보입니다. 피부의 표피, 진피, 근육 모두 화상을 입었습니다. 화상 자국을 지우고 매끈한 피부로 만든 후 기억을 지우고 불안한 마음을 없앴습니다.

이번에는 아내의 마음이 어떤지 명상으로 들여다봅니다.

'가족과 주변이 행복해야 하는데 자신으로 인해 불행하다면 견딜 수 없어'라는 생각을 합니다. 안타까워서 오장마다 기운을 줘 봅니다. 기운이 맨 먼저 심장을 향해 내리꽂힙니다.

'심장이 많이 아팠나 봐요.'

'예. 속으로만 삭히다 보니 심장이 많이 상했어요.'

아내의 살아온 전생 이력은 '모든 것 이해하며 살아가자'였습니다. 그 습으로 현생에서도 남편과 아들 인생을 대신 살아가고 있었던 겁니다. 사실 그렇게 하는 건 분별없는 사랑입니다. 자신을 사랑하지 않는 마음입니다. 주변을 키우려면 나부터 바로 서야 합니다.

지난번에 고등학생이었던 남편이 이제 청년까지 자라있습니다. 그래도 명상 속에서는 아직 자신밖에 모르는 것이 보입니다. 아내가 받았을 상처를 치유해줄 수 있는 아량을 넣어보고 아내의 마음이 되어보게 합니다. 다른 사람들에게 창피했던 기억을 갖고 있는 아내를 느껴보게 합니다.

자기 말에 말대꾸를 하면 물건을 던졌고, 휴대폰을 보면 채팅하냐고 의심하고, 외출하고 돌아오면 바람 피웠냐고 추궁하고, 문 여는 소리만 들어도 마음이 두근거리는 불안한 아내의 마음을 고스란히 느껴보게 합니다.

다른 사람이 일하며 땀 흘려도 도와줄 생각을 못했던 전생이었습니다. 그런 자신을 타인은 어찌 생각하는지 역지사지하는 마음을 넣어봅니다. '나도 다른 사람들에게 덕이 되는 삶을 살아보면 어떤 마음일까?'를 느껴보게 합니다. 마음 그릇이 반짝거리고 너그러운 마음으로 아내를 보살피는 자랑스러운 남편이 되어가게 합니다.

'아, 자랑스러워.' 가슴이 활짝 펴지는 게 보입니다. 가장 친하고 가까운 사람을 의심하는 게 얼마나 에너지를 고갈시키고 질리게 하는지도 알아가는 게 보입니다.

이번에는 남편을 어찌 보는지 아내의 마음을 들여다봅니다. 포기하고 살아가고 있습니다. 어쩔 수 없는 사람이라고 생각합니다. 그 생각을 지우고 서로 응원하는 마음이 되도록 지혜를 넣습니다. 머릿속에 지난 기억들을 없애고 말썽부리기만 하는 남편이라는 생각의 감옥을 지웁니다. 그리곤 훌륭한 남편이라 입력하고 그렇게 되게 응원하는 마음을 넣습니다.

치유한지 한 달이 지났습니다. 내방한 아내의 얼굴에 웃음이 환합니다.

"선생님, 정말 신통방통합니다. 우리 남편이 완전히 달라졌어요. 전생치유한다고 저렇게 달라질 거라고는 생각도 못했습니다."

"착해서 미고사 열심히 한 덕입니다."

그러자 손사래를 칩니다.

"아닙니다. 아니에요. 모두 선생님 덕분입니다."

"그렇지 않아요. 이 치유에서는 착한 게 제일 경쟁력이 있습니다. 똑같이 치유해도 치유가 더딘 사람들은 착한 척해도 그렇지 않은 경우거든요."

그러자 내담자가 부끄러운 듯 웃습니다.

"진짜로 전생 치유하고부터는 우리 남편 단 한 번도 욕을 안 했어요. 밥 먹으면 설거지도 으레 자기가 하는 줄 안다니까요."

"아, 그런가요? 그렇다면 카페 활동명을 '***'로 바꿔야겠네요."

"와, 좋아요. 아, 참. 그리고 좋은 소식이 또 있어요."

"그래요?"

"그렇게 팔려고 내놓아도 안 팔리던 집도 팔렸어요, 선생님."

아토피로 울룩불룩 했던 얼굴도 어느 정도 정리되어 환하게 웃는 웃음이 그대로 드러납니다. 어깨에 가득 짊어진 짐을 내려놓은 듯 돌아가는 ***님의 뒷모습이 봄볕마냥 가볍습니다.

3. 태아의 상태와 마음치유

어느 날, 전화가 걸려 왔습니다.

"선생님, 저예요."

칠원 사는 복단지입니다.

"우리 딸이 임신을 했는데 기형아 검사에 문제가 있대요!"

성격이 밝고 긍정적이어서 주변에 에너지가 넘쳐 보기 좋았는데 걱정이 묻어있는 목소리입니다.

복단지와의 인연은 4년 전으로 거슬러 올라갑니다. 사돈인 포셀님이 먼저 전생치유 해보고 마음에 때를 많이 벗겨내고 마음이 편안해져서 사돈에게 권유합니다. 사돈지간 어려운데 서로 맺힌 것 없이 마음이 통하는 것 보면 좋습니다.

처음 전생치유 시작했을 때는 집이 변변하지 않아 내방하시라 하는 것도 여의치 않아서 직접 방문을 했던 시절이 있었습니다. 부산, 창원, 마산, 진주, 의령, 함안 등등 나들이처럼 치유가 잘되면 돌아오는 길이 뿌듯하고 하늘에 감사함이 절로 나오고 치유가 더디면 문제를 다시 볼 수 있게 마음을 다지기도 했습니다.

복단지가 사는 아파트에 갔을 때, 딸이 결혼을 했다면서 결혼사진을 보여줍니다. 사진 속의 딸과 사위는 그야말로 선남선녀였습니다. 같은 과 선후배로 만나 불같고, 물 같은 사랑을 하여 평생의 동반자가 되었습니다.

시집간 딸이 임신을 하고 한 달 반 정도 지났을 무렵, 병원에서 하는 기형아 검사를 했는데 양성반응이 나온 겁니다. 혈중 수치로 봐서 기형아 가능성이 높다는 것이었습니다. 의사 말로는 우리나라에서는 정확한 원인 검사가 안 되니 미국까지 혈액을 보내야 한다고 했답니다.

명상으로 보니 태아 상태는 나쁜 건 없는데 그래도 병원에서 정확한 검사가 필요하다니 기다리는 수밖에는 없지만, 첫 아이 이다 보니 딸의 근심이 깊습니다. 딸의 마음속에 걱정으로 주먹 쥔 손을 펴게 하고 느긋하게 기다릴 수 있게 합니다. 이럴 때 외할머니인 복단지가 할 수 있는 미고사를 권합니다.

시간이 흐르고 검사결과에서 이상 없음을 전해 듣고 임신 5개월이 되어, 태아의 마음을 명상으로 보니 태아의 마음이 읽혀집니다. 태동이 느껴지기에 집중을 하니 아이가 방긋거리기도 하고 키득거리기도 하며 얼굴 가득 웃음입니다. 엄마가 무슨 생각을 하는지 곰곰이 연구를 하더니 '내가 엄마를 지켜 주겠어' 하며 엄마의 흑기사가 되기로 작정합니다.

열 달을 채워서 세상에 나오니 또 다른 맛입니다. 모두 나를 신기하게 쳐다봅니다. 친가, 외가 할머니, 할아버지, 고모, 외삼촌 모두 엄청 친절하고 나를 보고 무척 행복해하니 나는 얼마나 행복하고 좋겠습니까?

아기가 태어나고 4개월인가 전화가 걸려옵니다.
"그래, 애기는 잘 크지요? 지금 몇 개월이죠?"
"4개월이에요. 근데….."
"왜요? 무슨 문제라도 있나요?"
"애가 밤낮이 바뀌어 버렸어요. 선생님, 우리 딸이 너무 힘들어 하는데 무슨 사연이 있겠지요?"

뱃속에 있을 때도 방긋거리고 키득거렸던 아기입니다. 그래 선지 태어나서도 사람만 보이면 웃는다고 합니다. 모두들 웃는 아기 얼굴만 보면 웃음이 넘칩니다. 그런데 불을 끄면 안 됩니다. 불만 끄면 자지러지게 웁니다. 불을 끌 수가 없으니 엄마와 아빠는 큰일입니다.

"밤새 업혀서도 억지로 눈을 뜨려고 하는 거 보면 무슨 사연이 있지 않을까요?"

경험으로 보면 이런 건 필시 이유가 있을 것이라고 알고 있는 복단지님! 아기의 전생을 찾아가 봅니다.

흰 가운을 입은 한 남자가 연구실에서 무언가를 연구하고 있습니다. 밖은 깜깜한 밤이지만 연구실의 불빛은 환합니다. 눈꺼풀이 떨어지지만 잠을 잘 수 없습니다. 하루 빨리 연구결과를 내야 합니다. 남자는 무리하게 몸을 혹사시켜서 51세에 삶을 마감합니다. 시간이 조금만 더 있었어도…. 죽어가면서도 모자랐던 시간을 안타까워합니다. 관이 보입니다. 들어가기 싫습니다. 마무리하지 못한 연구를 아쉬워하면서 관 뚜껑이 닫힌 게 현생 불을 끄는 것과 같다고 생각합니다.

전생에 매듭짓지 못한 연구결과에 대한 집착을 놓아버리게 했습니다.

사람들은 잠을 자야 한다, 잠을 자야 놀라운 기적이 일어난다고 이야기해 주었습니다. 그렇게 작업을 마치고 아기 행동을 관해 보았습니다.

'아, 밤에는 잠을 자야 하는 거구나!'까지는 되었는데 욕심이 많습니다. 욕심이 많은 사람은 간이 부어 보입니다. 외할머니와 엄마에게도 아기에 대한 욕심을 조금만 내려놓게 해봅니다. 그리고 다음 날, 복단지님께 전화를 했습니다. 평상시처럼 환한 웃음으로 대답합니다.

"어젯밤에는 잠을 잤대요."

"잘 됐네요. 아기 엄마가 좋겠어요."

"선생님께서 치유하고 있다고 딸에게 이야기하니 딸이 좋아라하며 웃어요!"

"정말 다행입니다. 어린 아기가 밤낮이 바뀌어 울어대니 얼마나 힘이 들었을까요. 오늘부터는 자기 간을 외손자의 간이라 생각하고 미고사 하세요."

그렇게 하겠다는 대답이 바로 돌아옵니다. 워낙에 긍정적이고 받아들임에 걸림이 없어서 잘 실천할 겁니다. 미고사를 잘 실천하면 커져서 흥분되어 있는 간이 차분해져서 너그럽고 그릇이 큰아이로 자라는 게 보입니다.

큰아이가 두 살 무렵 작은아이를 임신하게 됩니다. 작은 키에 임신 8개월 배를 안고 같은 회사에 다니는 남편과 미국 연수를 갑니다. 벌써 태아 합쳐 4명입니다. 자식을 다섯을 낳아 키우고 싶어 하는 자식 욕심이 많은 새댁입니다. 큰손자 태아 때 치유한 경험이 있는 외할머니가 태중에 있는 작은손자 문제로 의논을 합니다.

"선생님, 배 속에 있는 아이가 태동을 너무 심하게 합니다."

"어떻게요?"

"사무실 옆자리에 있는 사람이 눈으로 볼 수 있을 정도로 발길질이 심합니다."

명상으로 들어갑니다.

작은아이는 뱃속에서 엄마를 최대한 힘들게 합니다. 발로 배를 차도 힘을 다해서 아프게 찹니다. 엄마 배 껍데기를 어떻게 하면 아프게 할까를 고민하는 모습이 보입니다. 엄마가 아프면 낄낄거리는 소리가 들리는 듯도 합니다. 얼굴 가득 웃음이 퍼지고 온몸에 세포들이 춤을 춥니다.

이 아이는 엄마와 무슨 인연으로 찾아와 뱃속에서 이렇게 난동을 부리는가? 전생에도 현생과 같이 첫째가 큰아들, 둘째가 작은아들입니다. 자식을 위해서라면 목숨까지 내놓을 수 있는 마음을 가진 엄마가 복단지 딸입니다.

전쟁이 나서 침략군이 앞잡이를 물색합니다. 둘째가 스스로 앞잡이가 되어 동네를 휩쓸고, 출세를 위해 엄마도 죽이는 장면이 보입니다. 엄마는 아들에게 죽임을 당하면서도 아들을 용서합니다. 형이 나중에 작은아이를 죽여 원수를 갚습니다. 형과 성격이 반대입니다.

전생에 했던 행동으로 보면 이기적이고 악랄하고 패륜적입니다. 자기의 성공을 위해 부모형제도 없습니다. 특히 자기 형과의 관계가 원수지간입니다. 이대로 두면 걱정이 됩니다. 뱃속 아이와의 전생의 악연을 풀고 아이의 못된 성격을 치유합니다. 전생 죽어가면서도 자신을 용서했던 엄마의 마음이 되어봅니다.

복단지님께 부탁합니다.
"태아의 성격이 순해진다, 머릿속으로 그리세요."

좋은 인연으로 오는지 나쁜 인연으로 오는지, 성정은 어떠한 지를 태어나기 전에 미리 알아 풀어주고 태교의 방향을 잡으면 좋습니다. 이럴 때 엄마의 마음가짐과 처신이 중요합니다.

딸이 회사 내에서 판을 읽는 능력이 있어 누구에게 어떤 말을 해야 하는지를 압니다. 그래서 자신에게 유리하도록 살아왔던 삶이기에 딸에게 약간 손해 보고 사는 삶을 살아보라고 권합니다.

"우리 딸 착해요."

"그건 엄마 입장이지요. 다른 사람들 눈에는 그렇지 않습니다."

딸에게 전달됩니다. 아이를 위해서는 뭔들 못할까요. 그래서 착함을 실천합니다. 마음을 더 내고 나누고 더 양보하는 노력, 참 머리가 뛰어납니다. 그런 노력을 하라고 해도 느릿느릿 하는데 빠릿빠릿하게 실천해서 결과를 내고야 마는 딸입니다. 빠른 시일 내에 힘 받아 뱃속 아이가 착해지기로 마음먹습니다. 아이의 태동이 순해집니다.

"선생님 말씀 듣고 생각해보니 엄마 눈과 다른 사람들의 눈은 다를 수 있겠다 싶어 딸에게 이야기했어요. 교만을 정리하고 다른 사람들에게 더 친절하려고 노력했더니 아기 태동의 강도가 수영하는 것 같은 느낌을 받았대요."

전화기 너머 들려오는 친정 엄마의 목소리에 신기함이 담겨서 이야기를 이어갑니다.

"그 전에는 일하느라 정신이 없어도 아야 소리가 나왔는데 이젠 발길질이 워낙 순해져 딸이 엄청 신기하다고."

"그렇게 주변 사람들에게 이익 챙기지 말고 선하게 덕을 쌓아 살다보면 그건 오롯이 자신에게, 자식에게, 내 주변 사람들에게 돌아옵니다."

"네 선생님 알겠습니다. 고맙습니다."

전화를 끊고 생각해 보면 자기 마음 하나 조금 착해지려고 노력했는데 태아의 발길질이 순해졌다? 아는 사람만 아는 것입니다. 이 모든 것이 하늘의 은혜입니다.

4. 돈 뜯어가는 아들

코로나로 대면상담이 어려워 전화 상담을 합니다. 핸드폰 너머로 들리는 목소리가 급합니다.

"우리 아들이 너무 돈을 많이 쓰는데 그것도 고쳐지나요?"

"아들이 몇 살입니까?"

"오십이 넘었어요. 어미가 칠십 다섯이나 먹어서도 떡집을 하는데 얼마나 고되겠어요. 그렇게 번 돈을 가져가선 친구들 불러다 하루 저녁에 오십만 원 백만 원 술값으로 탕진해요."

답답하고 기가 막힌 일입니다.

"언제부터인가요?"

"오래 되었어요. 아무리 부탁을 해도 말 안 들어요. 바쁜 낮에는 자고 뒤집어 밤만 되면 나가서 2~3일 들어오지도 않고요."

"어떻게 치유되기를 원하시나요?"

"모르지요. 소개한 사람이 여기 가면 모든 게 다 바로 된다고 해서 전화했어요. 우리 아들 좀 고쳐주세요."

"이곳에서 할 수 있는 것은 아들 마음이 편안해지는지, 철이 드는지 전생을 찾아가보는 거예요. 찾아보고 모순된 게 있으면 손을 봐드리는데 모든 것이 좋아지리라고 기대를 많이 하면 실망이 커요."

"네 알고 있어요."

말은 알고 있다고 하는데 전생치유만 하면 다 고쳐질 거라 생각하는 게 느껴집니다.

"다시 말씀드리지만 이곳에서는 단지 도와드리는 것이고 엄마가 마음공부를 많이 해야 하는데 가능할까요?"

"아유, 너무 바빠서 시간도 없고 차도 없어서 갈 수도 없어요. 여긴 마산이거든요."

"좋아요. 전화상담으로 하구요. 일주일에 한 번씩 전화로 상담하기로 해요. 다시 말씀드리지만 여기 와 힘을 합해서 노력해야 합니다."

"알겠습니다. 그렇게 하겠습니다."

가장 먼저 망자가 된 조상들과 가족관계 가계도를 그리고 전화를 끊은 후 치유를 시작합니다.

문제의 뿌리는 엄마입니다. 뺀질거리는 마음이 세포에 가득합니다. 순수해지게 합니다. 아들을 이용하려는 마음이 있습니다. 뿌리가 깊습니다. 아들이 제 길을 가게 뒤에서 돕는 게 아니라 어떻게 하든지 자기 일에 끌어들이고 싶어 합니다. 아들의 행복보다는 자기 마음대로 부려 먹고 싶은 마음뿐입니다.

순하고 선한 마음이 어떤 건지를 엄마에게 교육시킵니다. 아들을 믿고 자기 길을 가게 놓아줘야 합니다. 겉모습에 치중하는 것들을 놓아야 합니다. 그래야 엄마 정신 차리라고 아들이 스스로를 학대하며 괴롭게 사는 것을 멈출 수 있습니다. 가슴에 만신도 있습니다. 밀착되어 있어 뜯어서 하늘로 올립니다.

아들과 엄마의 전생을 찾아 들어갑니다. 방바닥에 박 바가지를 냅다 던지는 억척같은 아내(엄마)를 보면서도 늘어져 있는 남편(아들)이 보입니다. 오늘 아내는 진짜 박 바가지를 깨버리는 마음으로 하루를 시작했습니다. 이래도 저래도 맘에 안 든다고 툴툴거리는 억척같은 아내에게 남편은 그래도 할 말이 있습니다. '남편이 있으니 니가 과부 소리는 안 듣지 않느냐'는 것입니다. 그것만으로도 자부심 짱입니다.

현생 엄마가 억척같이 벌어들이는 돈으로 늘어져서 살았던 전생 삶을 복사라도 한 듯 살아가고 있는 아들입니다. 아들은 집안의 돈 되는 것들은 모두 팔아서 놀고먹고 마시며 다른 여자 탐하는 것으로 살아갑니다. 전생도 현생도 한 생을 그렇게 허비하며 삽니다.

이 한평생 그렇게 살다가 엄마가 정신을 못 차리면 끝까지 애먹이고 살아가겠다는 마음입니다. 그러나 생각 없는 로봇 같은 자신이 마음 깊은 곳에서는 한탄이 됩니다.

엄마 마음에 슬픔의 정도가 6입니다. 내가 하는 행동과 말이 모두 옳기에 나는 변할 수 없고 내 주변 사람들만 변하면 되는데 그게 안 되는 게 슬프다고 생각합니다. 아만이 6이나 됩니다.

'나는 나여야만 해' 하는 마음으로 감사가 전혀 없습니다. '내 손으로 벌어먹고 살기에 아쉬울 거 없다'라는 마음으로 살아갑니다. 세포에 감사를 넣어봅니다. 악의 정도는 6입니다. 악의 뿌리를 찾아 전생으로 갑니다.

자신의 집안을 살리기 위해 죄를 뒤집어 씌워 상대 가문을 음해해서 몰살시킨 전생이 보입니다. 사병을 시켜서 집안사람들을 모두 도륙합니다. 그곳에서 살아남은 단 한 사람, 6세 아이(아들)입니다. 아이는 떠돌이 생활을 하며 살다가 내담자인 현생 어머니의 집안에 신분 세탁되어 양아들로 들어갑니다.

아이는 자라서 그 집안의 자랑이 되고 장군으로 커나갑니다. 그러나 전쟁에 나가 전사합니다. 자신이 죽은 것은 양어머니 때문이라 생각합니다. 그리고 억울한 불씨가 남은 상태로 이생에 와서 엄마를 선택합니다. 자신의 가문을 몰살시켰음에도 불구하고 엄마를 선택해서 서로 성장하고자 했던 계획이었지만 엄마는 엄마대로 아들은 아들대로 전생의 무의식을 잊지 못해 원수처럼 눈을 감고 살아갑니다. 애초에 올 때의 숙제는 까맣게 잊어버렸습니다.

아들을 세팅해 봅니다. 몸속에 늘어진 혼이 있어 걷어 올립니다. 쓸데없는 곳에 정신을 두고 있어 머리가 혼란스럽습니다. 이곳저곳 연결한 채널이 8개입니다. 가위로 잘라냅니다. 성기에 무당알이 박혀 있습니다. 무당 만신도 뜯어 올립니다.

7살 여자 내면아이가 있습니다. 전생에 이리저리 끌려 다니면서 유린당한 기억을 갖고 현생을 살아가니 제 정신일 수 없겠습니다. 무조건 현실을 피해서 살아야 한다는 현실도피의 삶을 살아갑니다. 상처의 기억을 어디까지 지워야 그 지옥 같은 기억이 지워질까요.

지금의 나이로 키워봅니다. 한참을 키워서야 겨우 중학생이 됩니다. 자신의 삶을 방관하며 살았던 삶의 기억을 지우고 어른의 눈으로 더 키워봅니다. 속도가 안 납니다. 내면아이가 좀처럼 크지 않는 이유가 있을까 찾아봅니다. 어른이 되면 아이가 생길 것이고 당연히 부양해야 합니다. 그 부담감으로 어른이 되고 싶지 않다고 합니다.

너무나 고통스럽게 배를 곯아서 죽어가는 자식들을 바라보며 다시는 아이를 만들지 말아야겠다고 다짐을 한 전생이 있습니다. 내 한 몸 술 마시고 싶을 때 술 마시고 잠자고 싶을 때 잠자면 그만이라는 생각을 합니다. 끔찍하게 몸이 말라비틀어져 죽어갔던 전생의 기억이 있습니다. 말끔하게 지웁니다.

엄마의 욕심으로 자신을 조종하는 것에 대한 반감이 있습니다. 엄마가 싫어하는 게 뭘까? 돈 쓰고 일 안 하는 것이네. 그럼 돈을 더 많이 써봐야지. 친구들을 모두 부르면 하룻밤에 돈 백만 원은 우습지. 배고프면 밥 사먹고 여관으로 불러서 같이 놀 수 있는 여자는 돈만 주면 된다는 마음이 있습니다.

전생에 당했던 것처럼 여자 불러서 성질부리고 싶은 것 모두 부리면 된다는 마음도 있습니다. 슬픔의 정도는 5입니다. 전생 내가 엄마인데 자식이 배곯아 죽어가요. 그 자식들 밥만 얻어 먹여서 살릴 수만 있다면 이 몸뚱어리 아무것도 아니라 여겼던 절박했던 아픈 기억을 지웁니다. 그 기억이 너무 끔찍해서 버릴 수 없다 여기기에 자식들을 훌륭히 키워낸 엄마로 살았던 생의 기억을 넣습니다. 내 손에 쥐어진 게 너무 적어 이걸로는 아무것도 못한다는 생각이 있습니다. 기억을 지우고 통장에 돈이 차곡차곡 모아질 수 있도록 새로운 기억을 심고 밝은 앞날에 감사하며 사는 모습을 보여줍니다.

아만의 정도는 6입니다. 사람들 살아가는 거 거기서 거기야, 라는 생각이 강합니다. 살아있는 것만으로도 하늘에 감사하는 삶이면 어떨지 교육합니다. 머릿속 기름때를 걷고 감사를 입력합니다.

공포의 기억은 살이 찢겨져 나갈 정도입니다. 어릴 때 유린당한 기억을 지웁니다. 물에 빠져서 죽어가는 장면에서는 손만 뻗어주면 살 수 있는데 사람들이 구경만 합니다. 어떻게 이럴 수가 있을까, 생각하며 공포에 몸을 떱니다. 그 공포와 분노는 삶을 바꿔 이생을 살면서도 기억을 하고 있기에 지웁니다.

분노는 배에 머무르는 분노가 있고 가슴까지 올라오는 분노, 입까지 올라오는 분노, 심지어는 머리 백회에서 뱅글거리는 분노가 있습니다. 이 경우 입에 올라와 있어 욕이 절로 나옵니다.

엄마 잔소리에 머리가 뱅글 돌고 있습니다. 엄마에게 짜증내고 욕하면 다른 사람들은 나를 어떻게 볼 것인지를 생각하게 합니다. 자신이 화를 내면 엄마 잔소리가 잠깐 멈추기에 엄마 입 막으려는 생각도 있습니다. 가슴에 평화와 감사를 입력합니다. 귓구멍을 열고, 머리를 깨끗하게 청소하고 기운을 보내니 목에서 걸립니다. 갑상선을 산뜻하게 정리하고, 간에 기름이 있어 걷어내고, 콩팥에 찌꺼기들이 많아 녹여서 내보냅니다. 돈 그릇에 똥물이 가득 들어 있어 비우고 깨끗이 씻어 반짝이게 합니다.

자신을 기분 좋게 만든 친구들의 말들이 실은 자기 돈을 갚아가기 위함임을 알아 결국은 친구들에게 호구였음을 알게 합니다. 내 인생 따위 휴지 같아서 마음 내키는 대로 살아 볼 거야라는 마음과 며칠씩 여관방에서 늘어져 있는 자신을 엄마는 어찌 생각하는지 엄마의 마음이 되어보게 합니다. 창자가 녹는 것이 느껴지니 깜짝 놀랍니다. 서로 각자의 삶 조금씩 도와가며 살아보면 어떨까 물어봅니다.

치유한 지 3주째입니다.

1, 2, 3주차 경과를 전화로 알려줍니다.

"좀 어떠세요?"

볼멘소리로 답을 합니다.

"하나도 변한 게 없어요. 어떻게 해야 해요?"

목소리에 불만이 가득합니다.

"왜 안 변하는지 모르겠어요. 일은 바쁘고 내 허리는 자꾸만 고꾸라지는데 여전히 돈 가져가고 집에 안 들어와요. 돈 가지고 나간 지 3일째인데 아직 안 들어와요."

"엄마가 안 변해서 그래요. 엄마가 변하는 만큼 아들이 변합니다. 아들에게 진심으로 하는 미고사가 가닿지 않네요. 엄마의 욕심을 내려 놔보세요. 아들에게 믿고 맡겨보세요. 아들이 잘하는 것에 마음을 두세요. 아들이 엄마 선택한 것은 효도를 하겠다고 선택한 것입니다. 그러니까 내 욕심 말고 아들의 행복에 초점을 맞추세요."

엄마는 아무것도 변한 게 없다고 하지만 아들의 마음은 이제 변해볼까 하고 생각합니다. 엄마가 자신의 완고한 고집을 인식하고 깰 수 있는 지혜가 필요합니다. 그렇게 내담자와 치유자의 전쟁 같은 한 달이 다 되어갑니다.

4주차 치유의 아들 부분입니다.

'너의 인생을 살아봐. 멋지고 당당하게!'

가슴에 희망을 넣어봅니다. 눌어붙은 누룽지 같은 가래들이 뜯겨져 나옵니다. 머릿속에서도 가래를 걷어냅니다. 지금의 판과 전혀 다른 새로운 삶의 판으로 이동시킵니다. 돈이 모아지고 자식도 낳고 오순도순 살아보는 것을 시연해봅니다. 엄마의 마음을 역지사지로 헤아리게 하는 힘을 넣어봅니다. 엄마의 창자가 녹아내리는 것을 느껴보게 하니 무릎이 꺾입니다. 친구들에게 자신이 호구가 되어있는 것을 보여줍니다. 친구들이 자신을 이용하는 것을 서서히 알아갑니다.

엄마 부분입니다.

하룻밤에 칠십만 원을 쓰고 온 아들에게 그래도 돌아와 줘서 고맙다 하라 이릅니다. 엄마의 마음에 어떻게든 아들 행복이 우선이게 마음을 넣습니다. 엄마의 주먹 쥔 손가락을 펴게 합니다. 아들에게 명령하지 말고 옆집 아저씨라 생각하여 어른 대접 해줄 것을 요구해 봅니다.

나쁜 행동에는 최소한의 반응을 할 것이며, 좋은 행동에는 과하게 반응하고 맛있는 반찬을 꼭 해줄 것을 요구해봅니다. 고맙고 자랑스럽다는 말을 하루에 한번 이상은 꼭 해 줄 것을 요구합니다. 잔소리는 징그러우니 입 밖에도 꺼내지 않게 요구도 하고 명상으로 교육도 시킵니다.

아들을 명상으로 보니 엄마 입장을 아주 조금은 헤아리기 시작합니다. 허리가 휘게 일을 하는 엄마 돈을 앗아간 자신이 부끄럽습니다. 엄마의 기뻐하는 모습을 생각해보게 합니다. 자신이 방앗간을 잡고 열심히 해보도록 가슴에 희망을 넣습니다. 일을 열심히 해서 통장에 돈이 모이는 기쁨을 느껴보게 합니다.

상담을 마치고도 만족스럽게 정리되지 않은 부분들이 남아 있어서 마음에 걸려 있는데 소개했던 '사슴이'가 일 년 만에 소식을 전해줍니다.

"선생님! 그 떡집언니가 시장에 가기만 하면 불러서 고맙다고 해요."

"아, 잘 살고 있나요?"

"네, 그 아들이 정신 차리고 일도 열심히 하고 좋아요. 선생님께 떡 보내주려고 해도 마음만 받겠다고 해서 고마운 마음을 전하지 못했다고 해요."

"소식 전해주어 고맙습니다. 엄마가 고집을 내려놓기가 쉽지 않았을 텐데요."

"언니도 많이 바뀌었어요. 그리고 제가 소개한 사람들이 매번 볼 때마다 고맙다고들 하네요. 그래서 저도 덕분에 감사합니다."

전생치유하고 인생이 완전히 바뀌었다는 사람들의 얼굴이 환하게 떠오릅니다. 하늘에 감사 올립니다.

5. 아토피 피부염

"저를 기억할지 모르겠습니다."

전화기 너머로 들리는 목소리가 공중에 붕 떠 있습니다.

"네. 잘 모르겠습니다."

"엄마가 돌아가신 아버지 천도한다고 얼마 전에 방문했던 적이 있어요."

가만 기억을 되살려 보니 알 것 같았습니다.

"아, 네 알겠습니다. 그때 동생과 엄마와 함께 오셨던?"

"네, 맞습니다, 선생님."

자신을 기억해주자 안도하는 느낌이 전해집니다.

"어머니는 잘 계시나요?"

"네, 아버지 천도하고 나선 편하십니다."

자기 편하면 전화할 리가 없는 것이 인지상정인데 또 무슨 문젯거리가 생겼나봅니다. 전화한 용건을 물었습니다.

"우리 딸 머리에 아토피가 심해서요. 온 머리에 덕지덕지 딱지가 붙어있어서 회사 초년생인데 스트레스가 너무 많아요."

본인과 통화할 수 있으면 그게 좋겠습니다. 옆에 있는지 물어봅니다.

"네, 바꿔드릴게요."

"여보세요?"

잠시 후 들리는 목소리에 어리광이 잔뜩 들어있습니다.

"많이 힘드나요? 어떻게 힘든지 이야기 해줄래요?"

"비듬도 아닌데 머리가 떡이 진 것처럼 그래요. 딱지를 떼면

피도 나요."

"그것뿐인가요?"

"아니요. 머리 말고도 목덜미 팔꿈치 등 쪽에도 계속 벌겋게 일어나서 가려워서 힘들어 죽겠어요."

어떤 이유인지 살펴서 잘 치유해보겠다고 하고는 엄마를 다시 바꿔달라고 했습니다.

"엄마는 딸을 위해서 자신에게 미고사하세요. 미고사 알지요?"

앞서 아버지 천도 때 이미 해본 거라 잘 이해할 줄 압니다.

"미고사 지극으로 하면 딸에게 좋은 기운이 갑니다."

"네, 선생님. 잘 해보겠습니다."

그렇게 전화를 끊고 정리를 해봅니다.

딸이 온몸 아토피가 있어 사회 초년생으로 생활이 괴롭습니다. 손발이 얼음장처럼 차갑고 소화가 잘 안 되고 벌컥거리며 화를 냅니다. 엄마와 관계가 좋아졌으면, 자신을 사랑하고 행복했으면 좋겠다는 것, 정리를 해놓고 보니 이 모든 게 엄마와 관련이 있음이 감지됩니다.

명상에 들어가자마자 천장 높이를 알 수 없는 유럽의 고관대작 저택이 보입니다. 백작부인이 특별히 부탁한 싱싱한 양고기가 도착했는지 보려고 주방에 들릅니다. 그 양고기로 맛있게 점심을 해먹기로 했습니다. 좋아하는 양고기 요리를 먹을 수 있을 거라 한껏 부풀어서 들어선 순간 양고기가 바닥에 떨어져 있는 것이 보입니다.

"누가 떨어뜨렸느냐?"

분해서 어깨가 바들바들 떨리고 얼굴이 일그러집니다. 당황한 한 여인이 돌아서있는 어린아이를 손으로 가리키며,

"이 아이가 떨어뜨렸습니다."

라고 대답합니다. 아이가 고개를 돌리는 순간, 백작 부인의 손이 아이의 얼굴을 가차 없이 내리칩니다. 분이 풀리지 않는지 뜨거운 주전자에 들어있는 물을 머리에 부으라고 명합니다. 여인이 망설이니 호통을 치며 자신이 그 여인에게 부을 태세입니다.

순식간에 벌어진 일입니다. 아무 죄도 없는 아이는 그 순간 머리위로 쏟아지는 뜨거운 물에 비명을 지릅니다. 옷을 타고 내려오는 뜨거운 물이 금세 온몸에 수포를 만듭니다. 아이는 그 양고기를 누가 떨어뜨렸는지, 왜 나를 지목했는지 이해할 수 없습니다. 화상으로 일그러진 얼굴과 머리피부의 통증을 느끼며 아이는 어른들을 원망합니다.

아이의 내면을 읽어봅니다. 아픈 과거에 머물러 있습니다.

'나(현생 딸)는 엄마가 없습니다. 내 또래 아이의 엄마(현생엄마)가 나를 지목하여 나에게 덮어씌운 것은 왜 일까요? 내가 그 아이(현생 남동생)보다 똑똑해서 미웠을까요?'

아이의 생각은 현생에까지 이어집니다.

'나는 항상 혼자인 것 같습니다. 엄마는 남동생에게만 환한 얼굴로 대하고 나는 자식 아닌 것처럼 무엇을 하든 동생이 먼저여서 엄마에게 벌컥거리고 화가 나면 주체할 수 없을 정도로 내가 무섭습니다. 그런 행동이 엄마에게도 힘이 든 것 같습니다. 하지만 왜 그렇게까지 당해야 했는지 이해할 수 없습니다. 원망과 분

노가 아직도 무의식에는 남아서 엄마와 매번 얼굴 붉히고 싸웁니다.'

'지나간 것은 용서하고 엄마 마음이 되어보면 어떨까?'

'…'

엄마는 상담하면서 딸의 마음이 어떤지를 조심스럽게 이야기합니다. 딸이 어려서 몸 둘 바를 모르는 것 같은 행동을 보입니다. 어떻게든 머리와 몸에 난 자국들을 고쳐주고 싶은 마음 간절하여 이것이 빚이든 사랑이든 해결하고 싶은 마음을 매번 전화 때마다 전합니다.

딸은 전화로 상담할 때 목소리를 들어보면 앵앵거리며 말을 합니다. 내면아이가 열 살입니다. 전생 그 고통스럽던 그 순간 나이에 멈춰서 엄마도 딸을 열 살로 보고 딸도 열 살에 멈춰서 서로 전생을 살아가고 있습니다.

명상으로 들어가 내면아이에게 물어봅니다.

'왜 열 살이야? 지금 나이가 28살인데.'

'난 안 크고 싶어요. 그래야 엄마가 정신을 차릴 수 있어요.'

'그건 지나간 전생인데 너의 인생이 너무 아깝지 않을까?'

'엄마에게 받을 빚이 좀 많아요. 내가 화상으로 얼굴이 일그러지고 피부가 데어서 상처로 얼마나 고생을 했는지 엄마는 알까요? 그 고생한 것 아직 열 개중에 2개도 못 받았어요.'

'그럼 너도 많이 고생이잖니?'

'괜찮아요. 엄마가 정신 차릴 수만 있다면야 뭐 나는 그냥 아프고 살지요.'

'부탁이야, 너의 빛나는 인생을 살아보면 어떨까?'

'흠, 생각해 볼게요. 그렇지만 아직 엄마가 고쳐야 할 마음이 너무 많아서 그걸 고치기까지는 시간이 필요해요.'

'엄마는 엄마 인생, 너는 너의 인생인데 한번만 더 생각해주면 안 될까?'

'흠, 또 생각해 볼게요. 어렵네요. 그만두자니 엄마가 성장할 기회가 없어지는 것 같고, 계속 하자니 내가 힘이 들 것 같고….'

'지나간 건 없는 것으로 해보자.'

딸의 깨달음은 잠시 유보해 두고 엄마를 그 전생의 상황에 데려가서 보게 합니다. 자신의 순간 잘못을 모면하기 위해 어린아이에게 그 많은 상처를 받게 한 죗값을 생각해보게 합니다. 그 상황을 본 엄마는 꺾어지듯이 무릎을 꿇습니다. 자신의 잘못을 인정하고 딸에게 용서를 구합니다.

피부 밑에 가시처럼 올라온 삐죽한 것들을 모두 제거하고 익었던 머리뼈, 머리피부 속 상처 입은 세포들을 깨끗하게 치유합니다. 용서하는 마음을 가슴 속에 넣습니다. 눈 밑에 검은 기미는 화가 나서 자꾸 얼굴을 비비다 보니 흔적이 남았습니다. 아픈 세포의 모양과 정상세포들의 모양이 달라서 정상세포 샘플을 보여주고 그 샘플로 일사불란하게 움직여서 새롭고 싱싱한 세포가 되게 만듭니다.

폐가 힘이 없습니다. 엄마에게 시위하는 것입니다. 두통이 심하고 머리가 깨질 것처럼 히스테리로 다가옵니다. 엄마 보는 앞에서 더 심하게 그래야 엄마가 반성할 것 같습니다. 소화할 때를 명상으로 보니 한 가지 생각을 놓지 않고 있습니다. 지나간 것을 놓아지게 주먹 쥔 손을 폅니다. 몸이 얼음처럼 하얗고 차갑습니다.

새로운 발견이라 다시 전생으로 들어가 봅니다. 옷이 벗겨진 채 나무에 매달려 얼어 죽었던 모습이 보입니다. 기억을 지우고 판을 이동해서 하와이로 옮겨 따뜻하게 합니다. 온천수 물로 몸을 따뜻하게 하니 얼음이 녹고 따뜻한 몸으로 변합니다. 온몸이 따뜻하다는 것을 머리가 기억하게 합니다.

판을 이동해서 따뜻하고 맑고 밝고 고운 마음이 되게 합니다.

다음 상담일입니다.

딸이 목과 팔 접히는 부분이 특히 가렵다고 합니다. 목을 맸던 선명한 자국이 보입니다. 자국을 지우고 화가 난 세포들을 안정시키고 정상세포와 같은 모양으로 만듭니다. 간을 보니 구멍이 나 있고 구멍 사이에 벌레가 가득하여 녹여서 싱싱한 간으로 만듭니다. 콩팥도 구멍이 보여 매끈하고 싱싱하게 만들어봅니다.

회사에서 스트레스 받는 상황을 한 발짝 물러나서 바라볼 수 있는 여유를 넣습니다. 목이 가렵고 머리가 가렵고 한 모든 것들을 손에서 놓아지게 합니다.

판을 이동해서 자신을 좀 더 사랑하는 방향으로 가보려니 분노가 가로막고 가지 말라고 합니다. 분노가 심장으로 번져있어 가슴에 불을 제거합니다. 폐는 허공이라 밀도를 촘촘하게 합니다.

엄마가 딸의 마음이 되어보게 합니다. 가슴 깊은 곳에서 우러나오는 미고사를 생활화하게 합니다. 딸은 마음이 너그러워지게 가슴에 환한 빛으로 채우고 세포에 감사하는 마음을 넣습니다.

몸은 어떤가? 거친 간을 매끈하게 세팅합니다. 소화는 어떤가? 명치에 걸려 안 내려갑니다. 명치를 뚫어줍니다. 머릿속에 가래를 걷고, 기계가 멈춰진 것 같은 모습이라서 빛을 가득 넣습니다. 타서 숯처럼 된 것들을 씻어내고 판을 이동해서 건강한 머리털이라고 기억을 넣습니다. 팔은 밧줄이 살 속으로 들어갔던 기억을 없애고 새살을 만들어봅니다.

억울하다는 마음으로 고통스럽던 기억을 지웁니다. 혀 짧은 소리가 애기짓이라는 것을 삼자의 눈으로 보게 하니 얼른 고치려고 합니다. 성장하는 자신을 보여주고 자랑스러운 마음이 되게 합니다. 자신이 귀한 존재라는 것을 알고 스트레스 상황의 본질을 보게 합니다. 한발 물러나서 볼 수 있는 여유를 넣습니다. 팔 안쪽의 가려움은 접히는 곳에 아직 상처가 10에서 6이 남았고 머리에 비듬은 10에서 4가 남았습니다.

엄마의 목소리에 딸의 피부에는 가시가 돋습니다. 엄마의 목소리를 사랑스런 엄마의 목소리로 들리게 합니다. 피부가 긴장하지 않고 편안해질 수 있게 합니다. 상담을 거듭할수록 좋아진 부분은 물어봐야 이야기하고 새로운 것들이 자꾸 나옵니다.

제일 급한 것이 정리되니 잔잔한 것들을 얼른 정리해주고 싶은 엄마의 마음입니다. 팔의 오금에 딱지가 남아있고 앞 목하고 눈두덩이 벌겋다는 말을 합니다. 한의원 가서 딸의 체질이 무엇인지를 알아놔야 한다는 당부를 합니다. 발진이 조금씩 일어나는 건 체질에 안 맞는 음식일 가능성이 있으니 체질검사 해서 꼭 피해야 할 음식은 피해서 건강관리 해가며 살도록 하라고 부탁합니다.

치유한 지 두 달, 상담횟수 10번째입니다. 전화 상담하기로 한 날입니다. 전화기 너머 밝은 목소리가 들립니다.

"우리 딸이 치유 전보다 눈에 띄게 좋아졌습니다."

"어떻게요?"

"머리에 떡진 것들이 없어지고 눈 밑에 벌건 거랑 목에 벌건 줄 같은 발진이 없어졌어요. 팔오금에도 하도 긁어대서 핏자국이 나 있었는데 거기도 핏자국들이 모두 없어지고 새살이 돋아요."

"네, 엄마가 정성을 들인 덕입니다."

"그리고요, 뒷목에 가려워 긁어서 두껍게 앉은 것들도 딱지가 정리가 되어 갑니다."

"네, 명상으로 보이는 딸의 모습이 예전과 다르게 회사에서 스트레스를 덜 받고 마음이 유해지고 착해진 것 같네요."

"맞아요, 저에게 말하는 투도 엄청 부드러워지고 화도 안 내고 얼굴도 밝아졌어요. 그런데 이게 계속 유지가 될까요?"

"그럼요, 엄마의 선한 마음을 계속 유지시켜 보세요. 조금 손해보고 살면 자식들이 잘 되요."

"네 알겠습니다."

한 가정이 살아나는 경험을 또 합니다. 하늘님 감사합니다.

6. 발꿈치에서 불이 난다

살아가는 면면을 보면 숭고해지다가도 또 때로는 안쓰럽기도 합니다. 지난 생, 또 그 지난 생들에서 지은 업을 결과물로 이생 100년을 받아서 사는 동안 그 누군들 힘겹지 않겠는지요. 잠시는 행복했다 해도, 또 많은 시간 힘에 겹게 사는 사람들이 많습니다.

이 60대의 내담자도 그렇습니다. 남편이 쓰러진 이후 집안에 누워 있어 간병을 하면서도 동네 일이 있으면 남자처럼 나서서 돕는 게 몸에 붙은 여인입니다. 일 잘하기로 소문이 나서 품을 팔아 살아도 오라는 데가 넘칩니다.

참 억척같이 살아갑니다. 옛말에 서방복 없는 여자가 자식 복도 없다는 말들을 합니다. 이 여인 역시 다르지 않았습니다. 아들이 영 변변치 않아 아들의 전생치유를 먼저 했습니다. 다행히 전생치유로 아들문제가 조금씩 풀려갈 즈음입니다.

"선생님, 발뒤꿈치가 왜 이렇게 뜨거울까요?"

급한 불을 껐다 싶어서인지 자신의 문제를 풀어놓습니다.

"어떻게 얼마나 뜨거울까요?"

"차를 타고 가다가도 발뒤꿈치가 뜨거워서 신발을 벗어야 해요."

들어보니 심각합니다. 발바닥이 땅바닥에 닿기만 하면 불이 날 것 같기도 하고, 어떤 때는 잠을 자면서도 너무 뜨거워 깬답니다. 그럴 때는 차가운 벽에다 발바닥을 한참 대고 있어야 조금 식는답니다. 당연히 잠을 설치게 되지요.

듣는 순간 짧게 집중을 해 봅니다. 영상으로 잠깐 보이는 장면에서는 발에 불이 활활 붙었는데 곧 뼈까지 닿을 지경입니다.

"뭔 이유 때문인지 이유라도 알면 좋겠어요."

명상으로 들어갑니다. 대감이 하인을 혼내주고 있습니다. 이유는 집안 도령이 어떤 잘못을 했는데 하인이 살피지 못해서입니다. 도령은 현생 아들이고 하인은 현생 어머니인 내담자입니다.

하인이 끌려갑니다. 허벅지와 발목이 묶인 채 말에 매달려 끌려갑니다. 신발도 없는 맨발의 뒤꿈치가 거친 땅바닥에 쓸려서 살점이 떨어집니다. 끌리며 지나간 자리에 피가 낭자합니다. 말은 자꾸만 달리고 하인의 발은 살이 쓸려나가서 뼈가 보입니다. 뼈가 불거져 나온 곳에 흙과 피가 섞여 있습니다. 지독한 고통에 몸부림치다가 그만 정신을 놓습니다. 그 징그럽고 아픈 기억을 마지막으로 의식이 멈춥니다.

지독한 고통의 기억들을 지웁니다. 묶여 끌려가면서 자신의 발뒤꿈치 살점이 떨어져 나가는 고통의 기억을 지우고, 하얗게 나온 뼈 위에 흩어진 살들을 모아서 새로 예쁜 발을 만들어봅니다.

전생치유에서 문제가 되는 기억을 말끔히 지워도 뼈와 세포에 박혀 습이 되어 버린 것은 대략 100일의 시간이 필요합니다. 사람마다 달라서 조금 빠르게 호전되는 경우도 있지만 고집이 세고 마음이 닫혀 있는 사람은 더 걸리는 경우도 있습니다. 옷을 갈아입듯 몸을 바꿔서 오지만 기억으로 가져온 전생은 현생을 살면서도 징그럽게, 끊임없이 영향을 끼칩니다.

일주일이 지났습니다. 변화를 물어보니 신기해합니다. 반 정도는 가라앉았다고 합니다. 부지런히 미고사하시라 조언을 했습니다.

한 달이 지났습니다. 정식 치유를 의뢰한 것이 아니어서 잊고 있었는데 다른 일로 내방을 하였습니다.

"발뒤꿈치는 좀 어떠세요?"

표정이 아주 잠시 의아해 하더니 이내 웃음기를 머금습니다.

"기억이 까마득해졌어요."

잠을 잘 때마다 시원한 시멘트로 되어 있는 벽에다 발뒤꿈치를 대고 잤던 시간이 까마득하답니다. 내게 그런 일이 있었나 싶을 정도로 아무렇지 않다 합니다. 예순 여덟 살이 되도록 살아오는 동안 피로했을 인생길에 이제 잠이라도 편히 잘 수 있게 된 것에 그저 감사할 뿐입니다. 하늘의 은혜입니다.

7. 엄마를 잃었어요: 공황장애

언젠가부터 전생상담 신청자들의 거주지 범위가 확장되고 있습니다. 처음에야 알음알음 근처 분들이 대부분이었는데 치유 경험자들이 입에서 입으로 전하나 봅니다.

그날도 안양에서 일찍 나서서 달려 왔다며 한 부부가 찾아왔습니다. 남편은 얼굴이 초췌하고, 아내는 씩씩한데 화가 잔뜩 나 있습니다. 부부의 얼굴에 피곤한 기색이 보입니다.

오기는 왔지만 어떻게 치유를 하는지, 명상으로 전생을 보고 치유를 한다는데 그런 걸로 치유가 될까 하는 마음까지 읽힙니다. 의료장비나 의료기구를 이용하거나 주사나 침, 약이 있어야 치료가 되는 것이라는 생각이 보편화되어 있으니 당연한 일입니다. 그래도 일말의 희망을 가지는지 속엣 생각을 털어 놓습니다.

"이 사람과 같이 살아야할지 말아야할지 분간을 못하겠어요."

먼저 말을 꺼내는 아내입니다. 그러니까 이 부부는 몸의 병이 아니라 부부관계 문제로 찾아온 것이었습니다. 아내가 말을 잇습니다.

"어떨 땐 다정했다가 어떨 땐 아무것도 아닌 것에 며칠씩 얼굴이 울그락불그락 염라대왕이 되어요. 도저히 비위를 맞출 수가 없답니다."

그래서 정신과 상담을 받아 공황장애라는 진단을 받았답니다. 지금은 정신과에서 주는 약도 먹고 있지만 소용이 없답니다.

"도저히 이 사람을 이해할 수가 없어요, 선생님."

씩씩거리는 아내를 노려보듯 바라보던 남편이 흥분을 합니다.

"나라고 그러고 싶겠어? 나도 내 마음이 너무 힘들다고!"

그러면서 방을 얻어 잠시라도 나가 살까도 싶었다고 털어놓습니다. 남편은 대기업에서 잘 나가는 직장인입니다. 연봉도 높아서 명품 아니면 바라보지 않는 생활을 하고 있습니다. 해외 골프 여행도 자주 나가고 자녀도 모두 커서 제 앞가림 하는, 걸릴 것 없는 삶입니다. 한 마디로 많은 사람들이 부러워할 꿈같은 인생살이입니다. 그런데 남편의 변덕스러운 마음 때문에 사는 게 지옥입니다.

언제 어린아이로 돌변해서 상황을 엉망으로 만들어 버릴지 모르니 하루하루가 불안합니다. 세상에 이해 안 되는 일이 있을까요? 행하는 사람은 행하고 싶어서 행하는 것이 아니니까요. 그렇지만, 함께 사는 사람 입장에서는 턱없는 행동을 하는 배우자를 곱게 보기가 힘든 것도 사실입니다. 그러므로 마음공부가 필요한 것입니다.

일단 부부를 안정시켜 봅니다.

"최고의 인생 황금기를 따로 살 필요까지 있을까요?"

남편이 손을 내젓습니다.

"아니요. 그렇게라도 안 하면 죽을 것 같아요. 아내가 너무 좋다가도 갑자기 곁에 있는 것 자체가 불안해요. 불안을 견디면서 같이 있는 것이 너무 고통스러워요."

집중을 하니 영상이 스칩니다.

6세 정도로 보이는 어린아이가 울고 있습니다. 바짓단 아래에서 오줌이 줄줄 흘러나오고 있습니다. 전쟁터입니다. 엄마를 잃었습니다. 아이는 자신을 찾아와 주지 않는 엄마가 원망스럽습니다. 아이가 남편이고 아이를 잃은 엄마가 아내입니다.

상황이 이해가 됩니다. 이런 전생 관계가 있으니 아내가 조금만 화가 난 듯해도 자신을 버리고 도망갈 것 같습니다. 그러다가도 조금만 웃어주면 세상을 다 얻은 듯 든든합니다. 남편은 현생에서 전쟁터에서 엄마를 잃은 아이의 마음으로 살아가고 있는 것이었습니다.

"모르겠어요. 안정이 안돼요. 죽을 것 같아요. 이 마음대로라면 한시도 못살 것 같아요."

원인이 되는 전생 이야기를 들려주었지만 귀에 들어오지 않는 듯 자기 상태만 이야기합니다.

잠시 시간을 두고 물었습니다.
"뭐가 어떻게 불안한지 상세하게 이야기 해 보세요."

남편의 이야기는 이랬습니다.

5년 전이었습니다. 그 전에는 늘 변함없던 아내에 대한 생각이 그때부터 변하더랍니다. 조금 전까지는 너무 좋았는데 돌아서면 미운 감정이 치솟아 갈피를 잡을 수가 없었답니다. 자기가 좋아하는 반찬 하나 만들어주면 한없이 고마워서 눈물이 날 것 같은데, 맛있다고 말해도 시큰둥하면 그만 죽을 것 같은 겁니다. 마치 자신을 죽은 사람 취급하는 것처럼 느껴지는 겁니다.

2년 전에는 과로로 병원에서 영양제를 맞았습니다. 맞고 나서 원무과에 계산을 하러 가다가 쓰러졌습니다. 그렇게 쓰러진 것이 6개월 동안 꼼짝 못하고 누워있었답니다. 그때 아내가 수발을 들어줬는데 정말이지 너무 고마웠답니다. 그런데 자기가 필요할 때 와주지 않으면 마치 하늘과 땅을 다 잃어버린 것 같은 마음이 들었답니다.

공황장애라는 것은 보이는 병이 아닙니다. 환자의 불안한 마음상태에서 오는 병입니다. 그래서 겪어 보지 못한 사람은 그 고통을 모릅니다. 공황장애를 겪는 사람을 볼 때, 정상적인 기준으로는 분명 문제가 있습니다만, 전생치유를 하는 사람 입장에서야 그 마음을 그대로 느끼지요.

백문불여일견이라 했습니다. 현상적인 것에 매달려 살아가는 사람에게 전생치유는 직접 경험하게 하는 것이 관건입니다.

"한 달 기준으로 하겠습니다. 한 달 후 지금의 상태에서 절반 정도 좋아지는 것을 목표로 해 보면 어떨까요?"

부부가 고개를 끄덕입니다.

"지금보다 반만이라도 좋아지면 좋겠어요."

"그래요. 그럼 지금에 비해 한 달 후에 내 마음이 얼마나 편해졌는지, 변덕스러워지는 마음이 얼마나 안정되는지, 내 자신을 다독이고 아내의 마음을 얼마나 헤아리는지를 관찰해 보는 겁니다."

제 말을 들으면서도 남편은 아내의 눈치를 살핍니다. 아내는 자신을 바라보는 남편의 시선을 극구 피합니다. 그간 이랬다 저랬다 남편의 감정상태를 받아내느라 만신창이가 된 마음이 읽힙니다. 전생에 잃어버린 엄마가 현생 아내이기에 남편은 엄마를 잃어 세상을 어찌 살아야할까, 공포를 느끼는 마음, 딱 그 마음에서 시간이 멈추어 버린 것입니다.

그날 밤, 명상에 들어 아이를 꼭 안아주고는 엄마를 보여줍니다. 아이는 잃어버린 엄마가 자신의 눈앞에 나타난 것만으로도 검은 세상이 빛으로 환해지는 듯 활짝 웃습니다.

아내와 관련된 두 번째 전생을 찾아 들어갑니다.
두 번째 전생에서도 남편은 엄마 잃은 아이입니다. 세 살 아이가 잠을 자다가 일어났는데 밖이 시끄럽습니다. 마당에 나가보니 엄마가 안 보입니다. 옆집 돌이네로 갑니다. 돌이 엄마와 아빠가 피를 흘리며 죽어있습니다.
뭔지는 모르지만 어린 마음에 큰일이 난 것 같습니다. 엄마가 있어야 되는데 엄마는 어디로 갔을까요. 어린 마음에도 울면 안 될 것 같아 꾹꾹 참습니다.
공포와 불안감을 참아내는 어린 가슴이 까맣게 타들어갑니다. 기다려도 나타나지 않는 엄마를 기다리며 아이의 머릿속은 하얘집니다. 그리고 그 순간이 영원히 박혀버립니다.
'아가, 그 시절은 다시 안 온단다.'
전생의 기억을 지우고 현생으로 빠져나오게 시간을 줍니다. 사랑하는 아내와 그림같이 아름다운 삶을 살아가고 있는 지금의 모습을 보여줍니다. 환하게 웃는 아내의 모습, 주변 사람들과 원활하게 지내는 모습, 그 속에서 평온한 남편의 모습을 그려 넣어줍니다.

그렇게 일주일이 흘러 전화상담하는 날입니다. 오전에 아내로부터 전화가 걸려옵니다.

"안녕하세요? 지금 도서관에 있다가 전화합니다."

도서관에 있다는 것은 마음이 그런대로 안정되었다는 뜻이니 마음이 좋았습니다.

"그러시군요. 일주일 동안 마음의 변화가 있었을까요?"

"그럼요. 진짜 신기합니다. 선생님 만나고 온 다음부터 남편이 너무 안정되었다니까요."

아내는 아주 신이 나서 이야기를 이어갑니다.

"치유 전에는 변덕이 죽 끓듯 하던 남편 마음을 아무리 다독이려 해도 안 되었지요. 그럴 때마다 남편을 이해하려고 책을 읽어봤지만 눈에 안 들어왔고요. 심리상담사를 찾아가서 상담도 많이 받았답니다. 하지만 아무리 노력해도 늘 그 자리에서 맴을 돌았어요. 그런데 일주일 만에 어떻게 이렇게 좋아질 수가 있을까요? 선생님은 도대체 어떻게 치유를 하세요?"

"다행입니다. 축하드려요."

그런데 이어지는 말에 그만 멍해집니다.

"그런데요. 이제 다 나았으니 남은 3주일 비용은 돌려주시면 안 될까요?"

난감한 마음을 추스르고 대답했습니다.

"치유가 빨리되면 감사해야 할 일이 아닐까요?"

"그거야 그렇지만….."

"그리고 그 비용은 천도되지 못한 조상님 천도해 드리는 비용입니다. 전생치유는 조상 천도하는 분에 한해 그냥 해드리는 것이고요."

그제야 머뭇거리며 대답합니다.

"아, 네에⋯."

"아직 3주 더 치유해드리니 다음 주에 전화상담 드립니다."

전화를 끊고 멍하니 앉았으니 소개해준 분의 전화가 걸려옵니다. 혹시 환불 이야기를 하더냐고 묻습니다. 그렇다고 하니까 한숨을 푹 내쉬며 하는 말이, 안 그래도 전화가 와서 환불받고 싶다기에 선생님께 결례 저지르지 말라고 부탁했는데도 그랬냐며 연신 미안하다고 합니다.

다음 주간은 아내의 얌체 같은 마음의 뿌리를 찾아 정리하기로 합니다. 전생에 나 하나만 잘 살면 된다며 다른 사람들의 마음을 살피지 않았던 마음의 뿌리가 깊습니다. 지금 누리고 사는 모든 것들이 다른 사람들의 노고로 이뤄진 것이라는 것을 전생 이곳저곳을 보여주며 알아가게 합니다.

조금 손해 보는 듯 사는 것이 잘 사는 것이라고 명상 속에서 일러줍니다. 남편에게도 비슷한 기운을 넣어 줍니다. 지금의 윤택한 삶은 내가 잘나서만이 아니라 수많은 존재들의 도움으로 살아가고 있다는 것을 보여줍니다. 그리고 꽉 쥔 주먹을 놓아 서로 양보하고 보살피고 좀 더 나누고 살아보도록 마음을 세팅해 줍니다.

내 입으로 들어가는 모든 것들에 대한 감사를 세포에 넣습니다. 그간 마음이 편안해진 것은 이런 기운을 세팅했기 때문입니다. 그렇지만 한 번의 세팅으로 만년 전생의 습이 다 지워지지는 않습니다. 이 부부에게는 치유 내내 이렇게 감사하고 사랑하고 나누는 마음을 입력합니다.

4주차에는 직접 내방을 했습니다.

처음 내방했을 때 부부 주변에 퍼져있던 뾰족함이 사라졌습니다. 각자 이익을 챙기려는 기운들도 없어지고 평온한 기운들이 주변을 채우고 있습니다.

"죄송합니다, 선생님. 제가 너무 옹졸했어요."

쭈뼛거리며 들어온 부부가 고개를 숙입니다.

"저희가 실수했어요. 정말 감사합니다."

아내의 말에 미소를 지어주고 나서 남편의 마음을 들여다봅니다. 이제는 슬프거나 아프거나 화나는 나쁜 감정이 일어나지 않습니다. 아내가 하는 말이 그저 사랑스럽다는 마음만 느껴집니다.

"선생님, 다시 신혼으로 살게 해주셔서 고맙습니다."

돌아가는 발걸음 뒤에 '내 것 조금 더 나누고 살아 보세요'라는 당부를 해봅니다.

그 뒤 남편이 '마음!' 카페에 올린 체험담을 옮깁니다.

공황장애를 벗어났어요.

아내가 전생에 전쟁터에서 아이를 잃어버린 엄마였기에 평소 원망과 분노가 많았습니다. 사소한 걸로 삐치고 화를 자주 내었습니다. 스스로 고쳐보려고 노력해도 잘 안 되었습니다. 처형의 소개로 두 분 선생님을 만나 상담과 치유를 받은 지금은 마음이 편해졌습니다. 삐죽이고 미워하는 마음은 사라지고 아내를 볼 때마다 너무 이쁩니다. 미안한 마음이 들고 고맙고 사랑하는 마음만 듭니다. 또한 선생님의 말씀을 실천하고 있습니다.

우리 둘 다 마음속에 큰 운동장을 만들어서 상대를 이해할 수 있도록 하시라고 하신 말씀을 실천하고 있습니다. 항상 '미안하고 고맙고 사랑합니다'를 새겨가고 있으며, 나만을 위한 삶을 넘어서 이웃을 돕는 봉사를 해야겠다는 마음이 살아나고 있습니다.

두 분 선생님께 너무 감사드리며 자주 찾아뵙지 못해 미안합니다. 고맙습니다. 사랑합니다.

8. 저는 성공하면 안 됩니다

　내담자는 일흔 여덟 되신 어르신입니다. 나이는 숫자에 불과하다는 말이 있는데 이 어르신을 두고 하는 말인가 합니다. 어르신은 지금도 현업에 종사하고 계신다고 합니다. 온갖 기계를 만지고 수리하는 업종입니다. 당연히 수입도 웬만한 젊은이 못지 않습니다. 아니지요. 오랜 경험으로 얻은 노하우로 젊은이들보다 더 많은 수입을 올리고 계십니다.

　일반적으로 나이가 들면 고민이 건강과 돈 문제입니다. 자식들은 지 새끼 먹이고 공부시키느라 부모 챙길 여력이 없는데 정작 당사자들은 노동능력이 없습니다. 그런 면에서 내담자는 상당한 능력자이고 복 받은 분입니다. 하지만 그게 다가 아니지요. 어르신에게는 우환이 끊일 날이 없습니다.

　"도대체 왜 그런 거요? 그 이유나 알아야겠소."

　할머니는 유방암에 자궁암으로 두 번이나 수술을 했고, 눈에 넣어도 아프지 않을 손주는 장성하더니 되는 일이 없습니다. 게으른 것도 아닙니다. 뭐든 연구하고 열심히 행동합니다. 그럼에도 도무지 하는 일마다 풀리질 않습니다. 게다가 며느리는 손주를 낳고 바로 집을 나가버렸습니다. 할 수 없이 두 부부가 평생 손주를 키웠습니다. 당연히 손주에 대한 마음이 안쓰럽기 짝이 없습니다.

　"우리 손주가 몸이 날래서 축구를 얼마나 잘하는지 모르요."

　할아버지는 손주의 축구 실력이 전국 3위 안에 들었다고 합니다. 여러 단체에서 손주를 스카우트하려고 했었죠. 그런데 데뷔

전을 치를 때마다 부상을 입었습니다. 한두 번이 아닙니다. 이후 몇 번이고 같은 일이 반복됩니다. 은근히 손주에 대한 기대감이 있었는데 늙은 두 부부는 점점 기대감이 무너집니다.

"할 수 없이 코치 쪽으로 가야 할 것 같다고 생각은 하고 있는데 그것도 바로 할 수가 없어요. 군대 영장이 나왔거든요. 참 속상하구만요."

할아버지의 한숨 섞인 상담을 끝내고 명상에 들었습니다.

할아버지의 손자는 스물다섯 청년입니다. 이 청년에게는 또래 청년들에게서 발견되지 않는 특징이 있었습니다. 슬픔이 너무 많습니다. 명상에서 사람의 마음방을 보면 여러 가지 감정들이 수치를 달리해서 있습니다. 수치가 높으면 높을수록 그 강도가 높습니다.

슬픔의 방은 모두 8개입니다. 보통은 2~3개가 있어요. 전혀 없는 게 정상이지만 2~3개는 대부분의 사람들이 가지고 있지요. 그런데 청년의 슬픔방 8개 중에 7개 방이 슬픔으로 차서 넘쳐나고 있었습니다.

슬픔의 뿌리를 찾아 들어갑니다. 엄마입니다. 어릴 때 자기를 두고 집을 나가버린 어머니에 대한 그리움이 차고 넘칩니다. 축구에 미쳐 산 것은 엄마에 대한 그리움을 잊기 위해서였습니다. 공이라도 미친 듯 차야 그나마 엄마에 대한 그리움을 잊을 수 있기 때문입니다. 그래도 문득문득 그리움이 차오르면 휴식시간에 잔디밭에 누워 하늘을 봅니다.

'엄마를 만질 수 있으면…. 품속에 안겨 엄마의 냄새를 맡을 수만 있으면….'

'그 말랑한 무릎을 베고 누워 저렇게 찬란히 빛나는 하늘을 슬픔 없이 바라보았으면…. 내가 잘하는 축구 이야기를 엄마한테 실컷 들려줄 수만 있다면….'

아무도 보지 못하는 가슴속 노트에다 하루에도 몇 번씩 적어넣으며 살았습니다. 이상하게도 엄마에 대한 원망은 단 한 조각도 없었습니다. 나를 버리고 간 엄마인데 말입니다. 그냥 그립기만 할 뿐입니다. 하지만 아무에게도 그 말을 할 수 없었습니다. 자신을 키워준 할머니, 할아버지가 슬퍼할 것이기 때문입니다.

이후에도 청년은 그리움이 올라와도 입술을 앙다물었습니다. 청년의 마음에는 독기가 생겨납니다. 언젠가 엄마를 만나게 되었을 때 최고의 축구선수가 되어 있어야 하기 때문입니다. 제일 잘 하는 축구로 엄마를 만나야겠다는 생각을 하니 마음속에 축구공만한 돌덩이가 생깁니다. 가슴속 돌공을 자유자재로 다룰 것이라 결심하며 더욱 훈련에 매진합니다. 더 빠르고 더 힘이 세고 더 몸이 가벼워집니다. 그러나 거기까지입니다.

깊은 내면의 무의식이 발을 잡습니다. 자기가 크게 성공해서 할아버지, 할머니를 기쁘게 해드리고 집안을 빛내서는 안 된다는 무의식입니다. 그런 알 수 없는 흐름이 청년의 가슴에 흐르고 있습니다.

왜 그럴까요?

더 깊은 전생으로 들어가 봅니다.

2천 년 전 전생입니다. 청년에게는 사랑하는 여인이 있었습니다. 현생의 어머니입니다. 둘은 불같이 사랑했고 미래를 함께 할

많은 꿈을 꾸었습니다. 그들을 반대하는 사람들이 있습니다. 부모님입니다. 부모님은 현생의 할아버지와 할머니입니다. 여자의 집안이 너무 가난하고 내세울 것 없다는 것이 이유입니다.

부모는 자기 집안보다 더 세력 있고 잘 나가는 집안에 장가를 가서 크게 성공하기를 원합니다. 그럴수록 두 사람의 사랑은 더욱 견고해집니다. 보다 못한 아버지가 집안의 무사들을 시켜 여인의 집안을 몰살시켜 버립니다.

청년은 울고 있는 여인에게 말합니다.

"우리 둘이 멀리 도망가서 살자."

"아뇨. 어머니 아버지를 죽인 집안의 자식과 제가 어떻게 살 수 있단 말입니까?"

여인의 단호한 표정에 청년은 미안하고 아파하며 찬바람을 느낍니다. 그런 청년을 두고 여인은 사라지고 맙니다. 혼자 남은 청년은 가슴이 찢어집니다. 사랑하는 여인이 여린 몸으로 홀로 살아갈 걸 생각하니 숨이 막힙니다. 저 사람 없이 내가 살아갈 수 있을까?

부모님이 원망스럽습니다. 그래도 낳아주고 길러주신 부모님입니다. 반발할 수 없어 속만 타들어 갑니다. 그게 운명이라면 아파도 받아들여야 합니다. 청년이 할 수 있는 일은 부모님을 대신해서 참회하는 삶을 사는 일입니다. 죄인으로 사는 일입니다. 결심을 합니다.

"난 절대 부모님이 바라는 성공한 삶을 살지 않을 거야. 이런 죄를 짓고도 성공을 하면 어찌 하늘을 볼 수 있단 말인가?"

더 클 수 있는 중요한 순간마다 일이 꼬여서 좌절할 수밖에 없었던 원인은 결국 전생의 굳은 결심이었습니다. 성공하게 되면 부모님을 잃고 한이 맺혀 사라져간 사랑했던 여인을 배신하는 행위입니다. 자기 자식의 성공을 위해 남의 집안을 몰살시킨 집안이 잘 되면 하늘을 대할 면목이 없어진다는 내면의 마음이 고비가 올 때마다 작용합니다. 집안을 일으킬 수 있는 좋은 조건에도 불구하고 집안에 벌을 가하듯 현생 할아버지 할머니의 기대를 무너뜨립니다. 이렇듯 전생의 업이 무섭습니다. 수많은 생을 거듭한 2천 년 후에도 파동이 맞을 때 그 흐름이 이어집니다.

전생치유는 어찌 보면 간단합니다. 그런 응어리, 매듭을 풀어내면 됩니다. 누구나 자신도 기억하지 못하는 전생의 굴레에서 벗어나면 마음이 가벼워집니다. 낯빛이 밝아집니다. 눈매, 표정, 말투가 긍정적으로 변합니다.

손자의 변화를 관찰하기로 하고 치유를 시작합니다.
할아버지가 손주를 데리고 내방했습니다. 청년의 얼굴에는 슬픔이 꽉 차 있는데도 교만한 느낌이 듭니다. 청년이 그간의 마음을 털어놓습니다. 최대한 공감하고 칭찬을 했습니다. 칭찬을 들을 때마다 청년의 턱이 위로 들려 올라갑니다. 집중해서 교만의 뿌리를 찾아 들어갑니다. 할아버지입니다. 할아버지에게 손자의 내면에 가득 찬 슬픔을 설명했습니다.
"그러니까 전생에 손주가 사랑했던 여인의 집안을 몰살시킨 일에 대해 깊이 사죄하고 용서를 구하면 어떨까요?"
할아버지가 고개를 주억거립니다. 때를 맞춰 손주를 두고 나간 며느리의 전생이야기를 들려주었습니다. 할아버지의 얼굴에 그늘이 드리웁니다.

"이제 며느리 이해하실 수 있지요?"

한참을 생각하던 할아버지가 마지못해 대답합니다.

"그것이 손주를 위하는 일이라면 그리 해보겠소."

저는 고개를 저었습니다. 그리고 단호히 말했습니다.

"아니요. 손주를 위해서 하지말구 며느리를 위해 하셔야 해요."

"네, 그렇게 하겠습니다."

그 후 들려오는 소식은 누구나 기다리는 내용입니다. 손자가 표정이 밝아지고 말이 많아졌다 합니다. 주변 사람들에게 인사도 잘 하고 친절하더라는 이야기도 전해집니다. 가슴에 응어리진 2천 년 된 슬픔과 한이 풀리는 것을 보고 있습니다. 하늘님 감사합니다.

9. 사랑이 사랑이 아니었음을

말은 참 중요합니다. 자신의 의사를 전달하는 수단으로 꼭 필요하지요. 말을 못한다고 의사전달이 전혀 안 되는 것은 아닙니다. 진정한 의사소통에서 가장 큰 비중을 차지하는 것이 표정, 몸짓 등이니까요. 하지만 그것은 상위적 개념의 대화를 말하는 것이고, 생활 속에서 단순한 의사전달에는 말만한 것이 없습니다. 그래서 아이가 말이 늦으면 어른들은 걱정이 이만저만 아닙니다.

한 해가 저물어가던 지난해 12월 무렵, 양봉교육을 같이 받게 되어 인연이 된 분이 찾아옵니다.

"선생님 손주가 일곱 살인데 말이 영 그래요. 어떻게 하지요?"

뭐 하나 버릴 것 없는 성격인데 얼굴에 걱정이 가득합니다.

"말이 어눌한가요?"

"네. 내년이면 초등학교 입학인데 저래 가지고 학교생활을 잘할 수 있을 지 걱정입니다."

"그렇군요. 할머니 입장에서야 당연히 그렇겠지요."

그러자 표정이 살짝 굳더니 다른 이야기를 합니다.

"실은요. 말이 어눌한 것도 문제지만 며느리가 애를 너무 예뻐해서 어쩔 줄을 몰라요."

저는 빙긋 웃으며 대답했습니다.

"엄마가 제 자식 예뻐하는 거야 어떻겠어요?"

"아유, 그게 아니라니깐요."

하면서 하는 말이 걱정스러울 법도 합니다. 아이가 내년에 학교 갈 나이가 되었는데도 엄마가 하나부터 열까지 모두 다 챙겨준다는 겁니다.

"그렇군요. 안쓰럽기야 하겠지만 그 마음을 좀 참고 손주가 할 수 있는 건 혼자 할 수 있게 해주면 좋은데 그게 잘 안 될 겁니다."

"맞아요. 그 무거운 애를 위로 아래로 둥개둥개 하면서 물고 빨아요 글쎄. 나도 애를 키워봤지만 그 정돈 아니었던 거 같은데 어찌된 일인지…."

잠시 며느리의 마음을 살핍니다.

며느리 마음에 자식을 자기세포라고 생각합니다. 한 방향이 아니고 쌍방향입니다. 아이의 머릿속에도 온통 엄마라는 단어 밖에는 없습니다.

"말이 느리니 몸도 걱정되는데 괜찮을까요? 그리고 학교 가면 다른 애들과 어울리며 사이좋게 지낼 수 있을까요?"

할머니의 마음이 이리저리 바쁩니다.

"아니, 시집이라고 왔으면 시에미한테 손주 한 번 안아보게 해야지 도무지 뺏길까 봐 그러는 것처럼 한 번 안아 볼 수도 없다니까요."

그렇게 시작된 전생치유는 다음 세 가지를 기준으로 해서 시작됩니다.

① 손자의 말이 또렷해지는가?
② 며느리의 지나친 아이 사랑에 변화가 있는가?
③ 손자가 엄마 외의 사람에게 다가가는가?

전생을 찾아들어갑니다.

첫 번째 전생은 중국 어느 작은 마을입니다.

5살 소녀(며느리)와 7살 소년(손주)이 한 마을에서 사이좋게 살고 있습니다. 5살 소녀는 현생 며느리이고 7살 소년은 현생 손주입니다. 둘은 겨울이면 얼굴 발갛게 얼도록 썰매를 타며 바라보기만 해도 좋았던 사이입니다. 그러나 너무 가난한 7살 소년의 집은 먹을 것을 찾아 마을을 떠납니다. 소년은 소녀를 두고 떠나며 눈물이 흐르지만 다음에 꼭 다시 만날 거라 마음속 약속을 합니다. 하지만 둘은 끝내 만나지 못하고 평생 가슴에만 담아두었습니다.

두 번째는 조선시대입니다.

나이가 14세 정도 되어 보이는 남자 아이(손주)의 심장이 너무 아픕니다. 얼른 커서 각시 삼으려 했던 사랑하는 12살 여자 아이(며느리)가 궁으로 들어갑니다. 그곳이 사람대접 받지 못하는 곳이라 해도 밥은 굶지 않는다며 어린 마음 콩닥거리며 얼굴이 발갛게 붉어졌던 기억을 버리고 한 번 들어가면 죽어야 나올 수 있는 궁으로 들어갑니다.

굶어 죽는 거보다야 소똥에 굴러도 이승이 좋다 하니 그렇게 하자며 궁을 소개한 남자가 집안에 아재벌 되는 병사(현생 아들)입니다. 남자아이(현생 손자)의 기억 속에 사랑하는 여친(현생 며느리)과 헤어지게 한 사람이 그 남자(현생 아들)라는 것 때문에 마음이 얼크러져 있어 균형을 맞춰 보고자 이생에 인연이 맺어진 것입니다.

그 후 남자아이는 5년 동안 궁으로 들어가기 위해 무술을 익힙니다. 익힌 무술로 시합에 이긴 후 궁으로 들어가 사랑하는 여인을 보는 순간 숨이 멎습니다. 뽀얗고 매끈한 피부는 온데간데 없고 꺼칠한 모습에 가슴이 메어옵니다. 지나가는 길에 쪽지를 나누고 밤에 도주하기로 약속합니다. 아무리 힘들어도 그녀와 함께라면 죽음도 불사하겠다는 마음이었고 알콩달콩 살 생각에 온몸의 세포들이 모두 살아나는 듯 활력이 돋습니다.

쪽지를 받아든 그녀도 매일 밤 그 날 만을 기다리며 지냅니다. 너무 소중한 쪽지를 매일 밤 보면서 님을 본 듯 마음이 설레고 뜬 눈으로 새워도 몸이 가뿐합니다. 오직 그 날 만을 위해 살아갑니다. 불안해하고 눈물짓던 평소와 다른 모습을 수상히 여긴 옆방의 궁녀가 그녀의 방을 뒤져서 쪽지를 발견하여 상전에 보고합니다.

약속한 여름 밤, 시원한 바람이 불어오는 상쾌한 밤에 약속한 장소에 설레는 마음으로 먼저 나간 사람은 남자입니다. 칠흑 같은 그믐밤이라 더 일찍 매복해 있던 병사들에게 그는 목이 찔립니다.

궁녀와 도주하는 건 대역죄인입니다. 포승줄에 손이 묶여 다가오던 궁녀는 목이 찔려 죽어가는 남자를 보고 털썩 주저앉습니다. 모두가 자신의 잘못입니다. 죽어가는 남자는 주저앉은 궁녀를 보며 하늘을 원망합니다.

"워, 워."

고통스러운 통곡이 검은 하늘을 맴돕니다. 마지막 남은 숨을 쉴 때마다 검붉은 피가 꿀렁거리며 쏟아집니다.

'너는 죽지 마. 너만은 살아야 해. 그리고 우리 다음 생에 다시

만나.'

남자는 쓰러지면서도 초점 맞춘 궁녀의 눈빛을 놓치지 않으려 애를 쓰다 결국 숨이 멎어갑니다. 궁녀는 죽지 않았습니다. 살아서 당하는 고통이 최고의 벌이라 합니다. 궁녀는 이후, 살아도 사는 것이 아닙니다.

그랬던 남자가 자식으로 왔으니 얼마나 기쁘고 좋았을까 생각해봅니다. 같이 있다는 그 자체만으로도 좋고 고맙고 사랑스럽습니다. 먹는 입은 또 얼마나 곱고 좋을까요. 이 모든 행동 하나 하나가 며느리에게는 기쁨이고 환희입니다. 자식이 뚱뚱하건 말건 말을 못하건 말건 내 눈앞에 있는 것만으로도 축복입니다. 그런 아들을 낳은 자신이 뿌듯할 뿐입니다. 아내가 생각하는 남편은 그냥 돈 벌어서 우리 모자를 먹여 살려야하는 사람이라는 생각입니다.

치유에 들어갑니다.

먼저 목에 찔린 단도를 빼고 흐르는 피를 닦고 찢어진 목의 절단된 부위를 잇습니다. 다음으로 몸을 씻기고 햇살 내려 평화로운 고운 잔디 위로 옮깁니다. 사랑하는 여인과 이룰 수 없는 사랑에 아파했던 심장의 검은 기운이 보입니다.

심장의 구멍은 혓바닥입니다. 손주가 말이 늦은 건 그때 상했던 심장 때문입니다. 혀가 잘 움직여야 말을 또렷하게 할 수 있기에 심장의 기운이 밝아지게 합니다. 전생에 원망하며 살았던 사람을 아버지로 선택한 이유는 그 때의 원망과 미움을 효로 승화하겠다는 의지였고 그것으로 영적 성장을 하기 위한 선택이었습니다. 또한 사랑하는 여인을 어머니로 선택한 것은 엄마와 함께 살면서 마음껏 정을 나누고 싶은 마음의 발현입니다. 그러기에 효를 다 할 수 있도록 마음을 열어줍니다.

마지막으로 말을 하기 전에 단어를 잘 조합해서 말하게 머릿속을 정돈합니다. 그리고 엄마(며느리)의 마음을 들여다봅니다. 온통 아들 생각뿐입니다. 세상에서 우리 아들 하나면 다 된다고 세포 하나까지 물고 빨 만큼 애착합니다. 아들은 내 살아가는 유일한 희망이고 삶의 이유라는 생각입니다.

주변 모든 사람들은 자신과 아들을 위해 존재합니다. 심지어 남편도 우리 모자를 위해 돈을 벌어야 하는 사람입니다. 그래서 타지에서 일을 하다가 한 달에 한두 번 오는데도 남편은 눈에 안 보이고 아들만 끌어안고 살아갑니다.

엄마(며느리)에게 전생을 살고 있다는 것을 인식하게 합니다. 현생에 아들로 왔다면 잘 성장시켜야 한다는 것이 이생 숙제라는 것도 인식하게 합니다. 그러기 위해 한 발 물러나 아들을 보게 해줍니다. 아들이 뚱뚱해서 숨을 헉헉거리는데도 자꾸만 먹이는 것은 사랑이 아니라 학대라고 인식하게 합니다.

엄마는 그때까지 아들이 작은 키에 비해 뚱뚱하다는 것을 까맣게 모르고 있습니다. 아들 생각이 문어발처럼 자리 잡고 있는 머릿속 생각들을 살살 떼어봅니다. 아들과 밀착도가 조금은 느슨해집니다.

아만의 정도를 살펴봅니다.

'내 생각이 최고야, 내 생각이 옳아' 하는 아만이 10중에 8이나 됩니다. 그렇게 많은 아만을 꼭 쥐고 있던 손을 펴지게 하고 다른 사람들의 말에도 귀를 기울일 수 있게 귓구멍도 엽니다.

공포의 정도는 1정도입니다. 아들 하나 잘 되어야 한다는 오직 한 마음에서 나오는 것뿐입니다. 분노의 정도는 상당합니다. 아들과의 비정상적 밀착을 부정적으로 말하는 사람들에 대한 분노입니다. 아들 이야기만 나오면 물불 안 가리는 자신을 보게 합니다. 아들에 대한 집착이 아들을 어찌 만드는지를 보여줍니다. 다른 애들과 소통을 못하게 막고 있는 엄마 자신을 보게 합니다. 엄마의 목적은 아들이 행복해지는 것입니다. 하지만, 당신의 사랑은 아들의 행복을 막는 것이라 일러줍니다.

역지사지로 남편의 마음을 읽게 합니다. 아내 주변에서 기웃거리고만 있는 남편에 대한 애처로움이 생기고 정신을 차릴 수 있게 얼음을 넣어줍니다. 손에 쥔 욕심이 많아 보입니다. 욕심 보따리를 풀어보니 오물이 가득합니다. 여태 오물을 부여잡고 있다는 것도 알게 해줍니다.

"아들을 사랑하는 건 좋은데 집착이 강해 보여요."

라며 분별 있는 사랑을 인식할 수 있도록 유도를 해봅니다. 그러자 역시 대답은 한결같습니다.

"전 아들이 너무 좋습니다."

"그렇군요. 그렇다면 아들이 성장할 수 있는 방향을 모색해 보아요."

"나는 어떤 일이든 그 아이의 생각을 먼저 읽을 수 있어요. 그리고 해 줄 수 있는 충분한 힘과 열정도 있지요."

말하는 표정에 아들에 대한 애착이 흘러넘칩니다.

"그래요? 그렇다면 오년 십년 후를 생각해봐요. 아들이 어떻게 될 것 같아요?"

라며 아들의 5년 후 모습을 보여줍니다. 그러자 엄마의 무릎이 푹 꺾입니다. 손에 힘도 풀려 덜렁거립니다. 또래 아이들과 어울리지도 못하고 한쪽 책상 아래 웅크리고 있는 뚱뚱한 4학년짜리 아들이 보였기 때문입니다.

"어떤가요?"

묻자 눈물을 주르르 흘리며 묻습니다.

"전 거기까지 생각 못했어요. 지금 당장 좋아서… 너무 좋아서…."

"그래요. 그러니까 엄마가 좋은 것 말고 아이에게 좋은 것을 해주어요. 아이가 성장할 수 있도록 돕는 게 좋은 거예요."

이제야 상황판단이 조금은 된 듯합니다.

"제가 어떻게 해야 할까요?"

"제일 먼저 할 일은 아이에게 조금의 결핍감을 선물하는 겁니다. 그래서 말로 요구할 수 있게 해야 해요. 또 할 것은 스스로 할 수 있는 일은 스스로 하게 맡겨 두는 겁니다."

"예에."

대답은 하면서도 서운함이 묻어납니다.

"또 한 가지 더 있는데 아들 음식 조절입니다. 좀 생각해 보세요. 어떻게 해야 할지."

그리고 엄마에게 지혜를 넣어주고 명상에서 빠져나왔습니다.

일주일 후, 내담자로부터 전화가 옵니다.

"며느리가 손주 식단조절에 들어갔답니다."

며느리의 마음이 어떤지 보니 홀가분합니다. 다른 아이들과 자신의 아이를 비교합니다. 다른 아이들에게 접근 못하고 머뭇거리는 이유가 몸이 뚱뚱하고 엄마처럼 잘해주지 않으니 '나는 엄마만 곁에 있으면 된다'라는 아이의 마음을 알게 합니다. 그 느낌 그대로 엄마에게 느껴보게 합니다. 엄마의 마음이 바빠집니다. 아들의 음식 조절에 들어갔습니다.

며느리는 시어머니를 어찌 보는가? 든든한 사람이라고 생각합니다. 자기 아들은 어찌 보는가? 어떻게든 성장시켜야 하는 것으로 시선이 바뀌어 갑니다.

"과체중인 건 어찌하나요?" 물으니

"그래도 먹는 게 이쁜데 어쩌죠?" 되묻습니다.

아이가 그냥 있는데도 숨이 차서 색색거리는 것을 느껴보게 합니다. 아이 몸속을 들여다봐서 세포가 늘어지고 넓어져서 다른 세포들을 누르고 있는 것도 보여줍니다. 학대라는 것을 깨달아갑니다. 내 욕심이 아닌 아이의 진정한 행복이 무엇인지를 생각해보게 합니다.

"남편을 어찌 봐요?" 물으니 남편으로 보인다고 합니다.

"아들은 엄마를 어찌 보나요?" 물으니

"내 애인이요!"라고 하여

"엄마야!"라고 시선을 바꾸어 줍니다.

아이가 말하는 것을 시연해보니 또박또박 말하고 싶어 합니다. 자신이 살 길이라고 생각합니다. 다른 아이들은 어떻게 이야기하는지 알아보게 합니다. 혀가 잘 움직일 수 있게 심장이 딱딱

한 것을 정리합니다. 전생에 심장이 아무것도 없다고 생각할 만큼 휑했던 기억을 지웁니다. 가슴 아프지 말자며 심장을 돌덩이로 만들었던 기억을 지웁니다. 혀가 돌처럼 되어 말이 안 나왔던 기억도 지우고 판을 이동해서 유창하게 말하는 자신으로 입력합니다.

머릿속에 말들이 조합이 되어갑니다. 무슨 말을 하는지 생각하면서 말하기 시작합니다. 다른 친구들에게 다가가는 대화를 익힐 수 있게 합니다. 엄마와 떨어뜨려서 생각해보게 합니다. 아버지와 엄마를 자기가 잘 이어주어 아들 노릇을 할 수 있는 마음이 들게 합니다. 아버지가 멀리 가서 자신을 위해서 일을 하는 것에 대한 고마운 마음을 넣고 먹는 것에 대한 집착을 없애봅니다. 자신의 뚱뚱한 몸을 보게 합니다.

착하고 바르게 살아보겠다는 생각을 마음에 새겨 넣었습니다. 며칠 후 다시 위와 같은 방법으로 청소를 해서 닦아내고, 닦아낸 후 마음을 봅니다. 친구들이 눈으로 들어옵니다. 엄마만이 온통 세상 전부였었는데 친구들이 눈으로 들어오는 것은 참 좋은 변화입니다.

자신이 친구들에게 어떤 행동을 해야 좋은지를 생각합니다. 자기 말소리를 귀를 열어 들어보게 하고 친구들은 어떤 말소리로 말을 하는지 귀로 들리게 합니다. 어떤 노력을 해야 말이 똑똑하게 들릴지를 생각해봅니다.

머릿속의 때를 손을 넣어 녹여봅니다. 아들에 대한 엄마의 집착도 10에서 6이 덜어져 4만큼 보입니다. 말소리가 또렷해지는 게 느껴집니다. 자신의 의견을 말하고 상대의 말이 소통이 되는 과정들이 시연을 통해 보입니다.

엄마가 아빠를 생각하는 마음이 달라집니다. 사랑이 가슴에서 느껴지고 잘 해야겠다는 마음도 느껴집니다. 아이의 몸무게를 생각해서 조절할 수 있는 힘도 생기고 서로 좋아집니다.

전생의 모순들은 그 장면으로 가서 개입하고 개선하고 조정해서 반복 작업을 합니다. 명상으로 이뤄지는 치유는 이 치유에 대한 내담자의 믿음이 중요합니다. 믿음에서 나오는 좋은 태도와 마음을 합치는 노력이 치유 성과에 좋은 영향을 줍니다.

며느리와 손주를 치유하면서 이곳에서 직접 본 적은 없습니다. 1주에 한 번씩 한 달 상담한 결과 아주 만족스러운 결과가 나옵니다.

"선생님, 설이라서 손자가 왔는데 그날 저녁 제가 손자를 꼭 안고 잤어요. 처음 있는 일입니다. 얼마나 기쁜지… 감사합니다."

"말은 어때요?"

"괜찮아요. 많이 좋아졌어요."

"먹는 거는요?"

"조절해서 주는 게 느껴져요. 며느리도 얼굴이 밝아졌어요. 고맙습니다. 호호."

"할머니가 기통도 하셨으니 기운을 원격으로 계속 줘보세요."

"선생님 궁금한 게 있어요. 손자 생각하고 기를 주는데 제 온몸을 정성껏 쓰다듬는 행동이 나왔어요."

"그건 손자가 친구들과 잘 지낸다는 표시를 한 것으로 해석이 됩니다."

"네, 선생님 고맙습니다. 손자가 학교 가서 잘 할 것 같아요."

"하늘의 은혜입니다."

"네, 선생님 만나서 일들이 착착 풀리고 얼마나 감사한지 몰라요."

"저도 고맙습니다."

보람찬 결과를 하늘의 은혜로 돌립니다. 감사합니다.

10. 둘째 아이를 갖고 싶어요

새싹회 초기 멤버인 법연님의 소개로 온 새댁입니다. 얼굴이 어찌나 고운지 배우처럼 아름답습니다. 문제가 무엇이냐 물으니 주저하다 대답을 합니다.

"방법이 있을지 모르겠습니다. 그래서 이야기하기가 조심스럽습니다."

그러면서도 꼭 드려야 할 말이라고 합니다.

"선생님 우리 남편이 큰 애 임신하고부터 부부관계를 안합니다."

젊은 여자로서 꺼내기 쉽지 않은 이야기이긴 합니다.

"아이가 몇 살이지요?"

"35개월 되었어요."

"그동안 한 번도 시도를 안했다는 말씀이세요?"

"네. 둘째를 꼭 갖고 싶은데….'"

그럼에도 자존심 때문에 말을 참고 참았다가 터트릴 때가 많다고 합니다. 세살배기 아들과 좀 놀아주면 좋을 텐데, 일 끝나고 퇴근해서 집에 오면 소파에 누워 밥 먹을 때까지 핸드폰만 보는 게 전부랍니다. 기력이라고는 찾기 힘들 정도로 늘어져서 눈이 항상 풀려 아내가 밥하는 동안에도 잠을 잔답니다.

"아들이 크는 동안 한 번도 실컷 놀아주지 않았어요. 아들이 불쌍해요."

자신도 맞벌이하고 있는 상태에서 퇴근하면 아이 돌보랴 집안일 하랴 바쁜데 조금도 도와주지 않는 사람이 야속하다며 속이 터진다고 합니다. 한 달 전에는 분위기가 달라지면 다가올까 싶어서 침대 시트도 갈았답니다. 조금은 야한 느낌의 시트였지만 소용없었답니다.

이번에는 사생결단이다 생각하고 자존심 팍 꺾었답니다. 아이 하나만 더 낳자고 울고불고 한 번만 관계해달라고 배란주기에 맞춰 통사정도 했습니다. 소용없었습니다. 그 날 밤 심하게 다툰 후, 아내는 남편과 살아야 하나 말아야 하나 고민 중이랍니다.

전생으로 들어갑니다.

배가 불룩한 임신한 어린 여자아이가 보입니다. 그 몸을 하고 있어도 칸막이가 있는 곳에서 남자들이 쉴 새 없이 들어오고 있습니다. 어제는 쉬었는데 오늘은 한 아이가 도망가서 자신이 그 일을 대신해야 한다고 합니다.

16세로 보이는 소녀의 얼굴에는 죽지 못해 살아간다는 표정입니다. 마음이 없는 상태로 늘어져서 아무 감각도 없이 아픔도 고통도 슬픔도 분노도 없는 얼이 빠진 상태로 하루를 살아갑니다. 전쟁이 언제 끝날지 어디로 왔는지 어디로 갈 건지도 모르는 하루하루가 계속됩니다. 왜 여기까지 왔는지, 왜 살아야 하는지….

아이가 뱃속에서 움직입니다. 6개월째입니다. 잠이 쏟아집니다. 먹는 것조차 목으로 넘어가지 않아 영양실조가 됩니다.

'살면 뭐 합니까? 이대로 죽겠습니다.'

마음 여린 조장이 어떻게든 살아야하지 않느냐 힘을 내라고 하지만 늘어진 몸이 다시 일어나기는 어렵다고 생각합니다.

하루는 온몸이 퉁퉁 부어 눈이 떠지지 않았습니다. 단백질 영양실조로 임신중독증이 되었습니다. 그런 와중에서도 양수가 터집니다. 마른 개구리처럼 뼈만 앙상해서 나온 아이는 사산상태입니다. 하혈이 멈추지 않습니다. 소녀는 죽어가는 자신을 느껴봅니다. 차라리 죽는 게 낫겠구나 싶습니다.

그렇게 생을 마친 소녀는 그 마음 그대로 현생으로 왔습니다. 미숙아를 낳고 몸이 퉁퉁 부어 죽었던 여자, 바로 내담자의 현생의 남편입니다. 여자로 사는 것이 너무 끔찍했기에 남자의 몸으로 태어났지만 아내가 임신했다는 소식을 듣는 순간 전생에 위안부로 산 기억이 떠올라 몸서리가 쳐진 겁니다. 성관계를 멀리해야만 자신이 살길이라고 생각합니다.

전생에 소녀를 살려보겠다고 마음 조였던 조장이 아내입니다. 아내가 이왕 임신을 하였고 출산을 하였지만 아이가 태어나 자라는 동안 무의식의 기억은 너무나 끔찍하여 거의 죽은 목숨처럼 살았습니다.

전생으로 다시 가서 얼이 나간 자신을 꼭 안아보게 합니다. 그시절은 다 갔으니 다시 오지 않는다. 힘들었을 자신을 꼭 안아서 보듬어 줍니다. 알고서도 받아들이기가 힘이 드는지 전생의 나와 현생의 나가 몸부림을 치며 괴로워합니다.

개입을 해봅니다. 안전한 곳으로 옮겨서 따뜻한 물로 목욕 시키고 마음에 상처를 씻기고 부드러운 옷으로 갈아입힌 후 평화로운 장면으로 화면을 변환시켜 줍니다. 보호받고 안전하다는 마음이 들게 합니다. 머릿속에 손을 넣어 거친 기억을 지웁니다. 순간 지워진 기억을 다시 살려보려고 시연해 봐도 기억이 없습니다.

이후 대면상담을 합니다.

남편이 전생에 위안부였고 자신도 함께 죽어갔던 인연이었다고, 남편을 이해하고 기다려 주자고 부탁을 해봅니다.

그리고 한 달 후에 찾아왔는데 얼굴이 환합니다.

"선생님, 남편이 아들과 함께 공 차러 학교 운동장에도 갔어요."

"그래요?"

제 마음이 다 환해집니다.

"그 뿐 아니에요. 힘이 생겨서 제가 밥할 동안 청소도 도와줍니다."

"하늘의 은혜입니다."

"네. 고맙습니다."

"부부 관계는 어때요?"

"관계는 아직 더 기다려야 할 것 같아요."

"그렇죠. 그 끔찍했던 기억이 사라지기까지는 마음의 준비가 있어야 해요."

그리고 두 달 후 소식이 옵니다

"선생님! 저 임신했어요."

행복해하는 목소리가 전화기 너머 들립니다. 또 1년 후에 출산소식이 전해졌고 이후에는 잘 키우고 있다는 소식을 소개자인 법연님으로부터 듣습니다.

현재 모습만 보면 도저히 이해가 가지 않지만 전생과 연결하면 퍼즐이 맞춰집니다. 살아야 하나 이혼해야 하나 갈등했던 시간이 지금이라도 알게 되어 기억을 지웠지만, 시대에 휩쓸려 모진 기억을 갖고 살아간 사람들에 대한 안타깝고 미안한 마음을 전합니다.

· 3장 ·

빙그레 단상

*

1. 아하, 그렇구나!

'아하, 그렇구나!'는 내가 알고 있는 것을 내 것으로 만드는 마술을 부립니다. 감탄을 많이 할수록 행복한 인생으로 저절로 살아집니다.

내 배로 낳은 아들이 나를 괴롭힙니까?
남편이 나를 힘들게 하나요?
상사가 나를 괴롭힐까요?
상대의 성격을 확 뜯어고치면 내가 편해질까요?

각자 살아온 세월이 만 년, 너도 나도 만 년인데 무슨 수로 만 년의 세월 동안 굳어진 성격을 고칠 수 있을까요? 상대 성격을 고쳐보겠다고 협박도, 고함도, 울룩불룩 화도 내며 하늘하고 맞장 떠봤자 답 아닙니다. 내 성격 하나도 고치기 힘이 드는데요….

상대는 그게 최선이었습니다. 더 좋은 방법이 있다면 그걸 선택했겠지만 이 방법 밖에는 모르기 때문에 그런 말을 하고 행동을 합니다.

'왜 저 따위밖에는 안되지?'라고 하지 말고, '그럼 어떻게 할까?'로 방향을 바꿔보세요.

하루 이틀이 모여 길을 들일 수는 있습니다.

마음 그릇을 봅니다. 마음 그릇이 고깔처럼 생겼는데 하루 마음에 담아둔 것 모두 소화시키고 내려보내면 그릇이 탄력 있고 야무지게 보입니다.

살아온 세월이 만년이라서 마음 그릇이 원형 그대로 남아있는 사람을 보면 신기합니다. 반대로 한없이 늘어져서 나이아가라폭포 깊이만큼 늘어져 그 속에 온갖 쓰레기들이 가득 들어있는 것을 봅니다.

수치로 10이라 정하겠습니다. 반까지 늘어진 것을 5, 2나 3정도 되면 오늘 하루 있었던 마음쓰레기를 자체 정화합니다.

계곡처럼 늘어진 곳을 평지로 만들어보면 온갖 오물들이 흘러 넘쳐 밖으로 나옵니다. 콜타르처럼 진득하기도, 음식물 쓰레기처럼 냄새가 고약하기도 합니다. 종이도 나오고, 동물의 형상들도 나옵니다.

계곡 옆에 오물들이 스며들어간 것도 모두 뽑아내면 참 보기 좋은 마음 그릇이 완성됩니다. 다음에 확인하면 쓰레기는 쌓이지만 유효합니다. 작업(심보청소)을 하고나면 참 좋습니다.

요사이 발견한 것이니 지금 집중 전생치유 하는 사람들은 이렇게 청소하고 있고 집중치유가 끝난 사람들은 자가로 치유할 수 있습니다. '어떻게?' '아하, 그렇구나!'로 하면 됩니다.

방광에 오줌이 쌓이면 밖으로 내보내면 되듯이 화장실가서 오줌 눈다고 생각하고 긴장을 풀고 소화되지 않는 생각이 있으면 '아하 그렇구나!' 하면 웬만한 건 흘러갑니다.

우리를 감싸고 있는 공간은 딱 두 가지 감정만을 기억합니다. 좋은 느낌(좋은 에너지)과 나쁜 느낌(나쁜 에너지)! 공간은 느낌을 먹고 삽니다. 좋은 느낌의 세력이 커지면 풍요롭고 행복하게 콧노래 부르며 살고 나쁜 느낌에 먹잇감을 충실히 던져주면 잘했던 것도, 소중한 것도 착착 빼앗아갑니다.

이제껏 살면서 공간(하늘님)에 어떤 느낌의 신호를 보내고 살아 왔을까요. 완벽하게 잘 만들어서 현생에 내보냈더니 징징거리기만 하면 하늘은 어찌 생각할까요. 내안에 완벽하게 세팅해 놓은 것을 보물 찾듯 찾아서 쓰기만 하면 됩니다.

'아하, 그렇구나!'

2. 느티나무

오늘은 쉬는 날 단성장에 갑니다. 장에 가면 이것저것 구경거리가 많습니다. 늘상 있던 자리의 아주머니가 안보이면 '아픈가? 왜 오늘 안 보이지?' 궁금해집니다.

단성 시장바닥 좁아도 말 한 번 안 섞었어도 생각이 납니다. 동태 두 마리 머리까지 챙겨서 손가락에 비닐봉투 끼고 황석어 젓도 씻어 짠기 빼고 밥에 쪄먹으려고 삽니다.

신나게 돌아오는 길에 태인님에게 전화가 옵니다.
"마당에 느티나무가 있는데 아무래도 주차장을 만들려면 정리를 해야 할 것 같아요."
"그 나무가 기운이 센데요."
"네 오래됐어요. 에너지가 많아 보인다 생각했어요."
"잠깐 나무에게 물어보고요."

길가에 주차해놓은 차들로 인해 민원이 들어왔다고 마당에 들마루도 제거하고 장독대들도 정리하는 김에 느티나무도 정리해야할 것 같아 전화했다며….

그 순간 전화기 너머 들리는 목소리에 맞춰 느티나무 속이 보이고 빵빵한 기운으로 에너지가 부산하게 움직이는 게 보입니다.
'이렇게 에너지가 빵빵한데 어떻게 말하지?'
속으로 생각하며 나무에게 말을 걸어봅니다.
"주차장을 만드는데 너 서 있는 공간이 필요한데 어쩌지?"

물었더니

"기꺼이 비켜 드려야지요"라고 합니다.

비켜준다는 뜻을 느티나무도 알 것인데 너무 순순히 말해서 깜짝 놀랍니다.

"어떤 의미인지 알아?"

"그럼요!"

그리고는 나무속에서 나무손이 나와서 스위치의 on버튼을 off버튼으로 내립니다. 그 순간 에너지 빵빵했던 기운들이 순식간에 어둠이 됩니다. 자신의 목숨도 순식간에 끊을 수 있는 마음을 들여다봅니다. 매해를 바꿔가며 잎이 나고, 무성하고, 낙엽지고, 내년을 기약했던 지난 세월들을 생각해냅니다.

사람들이 이곳에 와서 숨 한 번 들이쉴 때마다 맑은 기운으로 몸을 채운다는 것과 여러 사람들의 웃는 모습도 나무는 기억합니다. 주차장이 불편해서 도로 옆에 주차해 놓은 차들 때문에 사랑하는 주인이 곤란을 겪는다면 목숨을 기꺼이 내어놓겠다는 마음입니다.

앞으로 십 년, 이십 년, 삼십 년도 더 살 수 있는데 아무 망설임도 없이 스위치를 끌 수 있는 도대체 내 머리로는 생각할 수 없는 일이 순식간에 일어났습니다.

[균형과 조화]

자신이 희생해서
앞으로 방문할 사람들의 얼굴도 미리 그려보고 흐뭇해하며
스위치를 껐다는 생각에

차안에서 꺼이꺼이 소리까지 내며 울었습니다.

숭고한 사랑
자신의 목숨보다
다른 사람들의 성장에 한 몫 한다는 기쁨이 더 크기에
일초의 망설임도 없었다는 게
나를 부끄럽게도, 반성하게도, 눈물 흘리게도,
또
사랑을 생각합니다.

나무야
미안하고 고맙고 사랑합니다.
기억할게요.

3. 나는 참 운이 좋은 사람입니다

잘 살고 싶죠?
행복하게 살고 싶죠?
풍요롭게 살고 싶죠?

그렇게 살아갈 수 있습니다.

나는 두개입니다.
껍데기 나와
내 안에 나.

껍데기 나는 힘이 2개
내 안의 나는 힘이 98개
힘들이지 않고
행복하게 풍요롭게
느긋하게 살 수 있는 건
내 안의 나만이 할 수 있습니다.

98이나 힘이 세고 능력이 참 대단합니다.

나로 살지 말고
내 안의 나로 살아볼까요?

첫 번째
거울 보며 내 모습 그리기

가족
직장
친구
내가 원하는 모습을
머릿속에 그려서 거울을 봅니다.
보이는 내가 아니고
내가 그리는 그림의 나를 봅니다.
지금 내 모습이 찌질하다고
찌질하게만 보면 계속 지글거리며 삽니다.

비록 이 순간이 찌질하더라도
가슴 쫙 펴고
얼굴에 미소를 띄고
아무리 어려운 일도
'꼭 필요하니까 나타났다.'
'하늘은 참으로 은혜롭다.'
'이유가 있다.'
'내가 살았으니 사건은 일어나고
해석은 최대한 이롭게 긍정으로 결과가 달라진다.'

모든 세포들이 긍정이 되면
예전의 찌질이로 돌아갈 수가 없습니다.

활발해지고
행복해지고
감사가 생활이 되면
하는 일마다 운이 따르는 참 괜찮은 사람이 됩니다.

두 번째
잠들기 전 몽롱한 상태에서 17초 동안 자기 암시하기

절에 가서 비는 것보다
교회 가서 비는 것보다
강력한
내 속의 나에게 소원을 이야기해 주는 것
깨어 있는 동안
껍데기 나로 살다가
잠들기 바로 전이 내 속의 나와
바톤 터치하는 순간에
내 소원을 이야기합니다.
목숨이 달려있다 생각하면
자는 동안 기적이 일어납니다.
어지러운 정보를 정리 분류하고
필요한 자원을 끌어당기고
도움 줄 수 있는 사람에게 파장을 보내서 연락이 오게 합니다.
이런 엄청난 일을 누가 하겠습니까?
나보다 내 안의 나는 98의 힘을 가졌습니다.

세 번째
어떤 일이 일어나도
'나는 운이 참 좋아'라고 생각하고 말하기

살다가 너무 막막한 최악의 바닥은
새 푸대에 새 술을 담으려는 하늘의 계획입니다.
더 좋은 것으로 판을 바꾼다.
나는 운이 참 좋아
이런 생각을 할 수만 있다면
앞으로 다가올 날들이 찬란해집니다.
말대로 된다는데
입이 복되게 행복하다고 하면 행복해지고
한여름 늘어진 엿 같다고 하면 엿 같아집니다.
어떻게 살아 보실래요?

4. 메아리

메아리를 사전에서 찾아봅니다.

메아리란 울려 퍼져가던 소리(내 생각 내 말)가 산(내가 관계한 상대)이나 절벽 같은 데에 부딪혀 되울려 오는 소리입니다.

사람은 우리가 상상하는 그 이상으로 한 사람 한 사람 한없이 귀한 존재입니다. 그 한 사람 한 사람이 따로 각자이기도 하고, 또 나 자신이기도 합니다.

명상으로 원격치유를 하는데 내 몸이 치유되고 있어서 깜짝 놀랐습니다. 내 몸 세포 하나가 하늘의 별 하나에 해당되고, 내 몸 세포 하나가 지구인 중 어떤 사람이기도 합니다.

우리는 생각을 하는데 좋은 생각이든 나쁜 생각이든 생각의 체를 만들어 냅니다. 그걸 염체라고 합니다. '생각덩어리'입니다.

누워서 침을 '퉤' 하고 뱉어봅니다. 내 입에서 나오는 침인데도 내 얼굴에 떨어지면 얼른 닦고 싶은 마음이 듭니다. 달달한 설탕 먹고 뱉은 침이나, 쓴 나물 먹고 뱉은 침이나 찜찜하기는 매 한가지입니다. 뱉은 침이 남을 헐뜯는 것이든, 남을 판단하는 것이든, 상대를 향했던 그 모든 건 생각덩어리가 되어 에너지로 존재하다가 언젠가는 메아리가 되어 나에게로 꼭 돌아오고야 맙니다.

시어머니가 너무 미운데 그 미운 시어머니가 내 몸 어느 세포입니다. 하늘마음과 멀어지는 거라서 손상 받아지게 하늘은 장치를 해놓았습니다. 이렇게 놓고 보니 지나온 세월에 잘못한 게 많습니다. 그 소리가 나에게로 다시 돌아온다는 말이 좋은 말이든, 나쁜 말이든 입속에 침이 되어 누워서 침 뱉은 꼴이 되었습니다. 아들 걱정을 하면 걱정이 소원이 되어 사회 일원으로 똘똘히 못살아가는 모습으로 내게 돌아옵니다.

전생 치유하는 사람이면 귀신 올린다는 것 믿으면 되는데 하도 속아본 전생 현생 세월이 많아서 못미더워 죽은 동생이 자꾸 꿈에 보인다는 건 생각덩어리를 놓지 못하는 자신을 들여다 보아야합니다. 그렇게 못미더우니 지나가는 귀신 끌어들여서 새 동생 만들어 귀신 놀이판으로 꿈을 만들어놓고 괴롭습니다.
얼마나 손해인지 함정에서 빠져나와보면 지독히도 자신을 학대했다는 걸 알게 됩니다.
'나는 당뇨가 있는 사람이야!'
'우리 남편은 폐가 안 좋아서 항상 마스크를 쓰고 살아야 해!'
라며 끝없이 자신을 세뇌시켰던 사람이라면 그 걸어온 세월보다 더 많은 생각덩어리를 녹여야 나빠지는 것을 멈출 수 있습니다.

'우리 남편은 원래 철이 없는 사람이야!'라고 생각하면 우주가 알아차리고 항상 철없게 죄를 저지르게 만듭니다.

내 작은 생각 하나, 내 작은 말투 하나가 고품격을 만들기도,

저질(계속 아프고 속상하게)의 인생을 만들기도 합니다. 남 제쳐 놓고 그냥 나에 대해서만 생각하고 나만 탐구하는 게 옳다고 또 알아갑니다.

5. 채널을 돌려봐요

거실에 대장처럼 자리 잡은 텔레비전

우리가 TV를 시청할 때 전쟁영화만 하는 채널이 있고 사랑하고 행복하게 살아가는 영화채널이 있다고 가정한다면 일상에서 매일이 사는 게 전쟁이라 한다면 전쟁영화 채널을 보고 있는 것과 같습니다.

난 행복하고 싶은데, 풍요롭고 싶은데, 그럼 채널을 돌리기만 하면 됩니다. 방송국에 찾아가 왜 이 채널은 싸움 장면만 내보내느냐고 항의할 필요가 없습니다.

온갖 폭력적인 생각이 머릿속에 가득할 때 채널을 돌리듯 평화로운 장면을 머릿속으로 그리고 그곳으로 넘어가면 됩니다. 우리는 그저 물건 고르듯 선택만 하면 됩니다.

아르바이트로 일당 3만 원을 받았다면 3백만 원 받았다고 생각하세요. 그럼 돈 걱정이 희한하게 사라집니다.

치아가 문제라면 문제에 집중하지 말고 가지런히 나있는 이빨을 머릿속으로 그립니다.
그럼 희한한 방법으로 문제를 해결할 수 있게 해줍니다.

아들이 물 많이 마시는 것, 아들이 화장실 오래 앉아 있는 것,

아들이 밥 많이 먹는 것. 어제도 오늘도 그 채널에만 고정시키고 머리에서 김이 모락모락 올라오며 속을 끓이던 엄마가 이제 과감히 채널을 돌려 엄마가 행복해지면 아들이 행복해진다는데 내가 행복할 수 있는 게 무엇일까? 연구하는 채널을 돌렸습니다.

아들이 운동을 하네요. 아들이 다른 사람들을 배려하며 즐겁게 웃고 있네요. 아들이 엄마와 다정하게 이야기를 합니다. 이렇게 나오는 채널을 선택하기만 하면 됩니다.

모두 각자가 문제라고 생각하는 것에 집중하면 그 문제가 점점 더 커집니다. 문제 반대편에 해결되어 아무 일없이 즐겁게 살고 있는 채널을 보세요. 그냥 선택만 하면 됩니다. 문제와 싸울 필요도 가치도 없어요. 좋은 것, 행복한 것을 선택할 권리를 포기하지 마세요.

몰라서 못한다면 이걸 읽고 알았으니 하면 됩니다. 모르는 것도 몸이 고생을 해서 안 좋은데 알고도 실천 안 하면 죄입니다.

행복하고 즐겁고 희망이 가득하고 사랑이 줄줄 넘치는 채널을 골라서 선택할 시간이 되었습니다.

2020년, 물난리, 돈 걱정! 교육이 두드러지는 경자년 새해가 밝았습니다. 세상은 돌아가는 대로 두고 숨 쉬는 게 감사이고, 기쁨이 되게 우리 모두 좋은 채널 선택해서 살아봐요.

6. 잘 먹고, 잘 자고, 잘 싸고

봄이 왔습니다. 앙상한 겨울가지가 안쓰러워 봄이 안 오면 어쩌나 생각했는데 꽃이 피는걸 보고 웃었습니다.

푸른색은 봄 담당 간입니다. 봄에 특히 더 힘들고 기운이 없다면 간은 신맛이라 신맛을 먹으면 간이 가져갑니다. 육지보다 한 계절 앞선 바다 나물과 봄나물을 새콤달콤 무쳐먹으면 간이 좋아합니다.

간은 우리 몸의 장기 중에 가장 크고 무거워 1,300g정도 오른쪽 갈비뼈 안쪽에 얌전히 보호되어 있습니다. 근육을 관리하고 뼈와 뼈를 연결하는 건을 관리하여 정형외과에서 치료하는 요통, 관절통, 어깨통증은 대부분이 간이 힘들어서입니다.
허리가 아픈데 웬 간이야 하시겠지만 뼈를 감싸고 있는 건 모두 간의 남편인 담이 합니다.

40세 넘어 몸에 문제가 있다하는 건 거의 간으로 보면 됩니다. 소화를 담당하고 음식에 독이 있는지 검사하고 잠을 관리하고 관절을 원활히 움직이게 하고 정신병도 간이 관리합니다.

간의 본래 마음인 인자함을 버리고 더 많은 것을 원하여 심장과 결합했다면 질병 끌어들이는 건 일도 아닙니다. 내가 지금 여기저기 아픈 곳이 많나요? 욕심(심장에 욕을 보인 것)을 버리면 우리 몸에서 병이 살 수가 없어 한 개 두 개 내 몸에서 나갑니다.
감사함으로만 살았는데 병도 고쳐집니다.

잘 먹고 - 입으로 들어가는 모든 것들은 간에서 검사해줍니다.
제철에 나는 음식은 우리가 살아가는 때에 맞춰 꼭 필요한 성분이 들어있기에 시간을 따로 내서라도 먹어야 합니다.

잘 자고 - 먹는 게 몸을 유지하는 보약이면 정신을 맑고 강건하게 해주는 게 잠입니다. 신경, 정신, 수면은 전적으로 간이 합니다. 근육은 피를 먹고 사는데 운동을 해야 근육이 유지가 됩니다.
운동이 생활이 되면 양지에서 자라는 식물처럼 건강하게 살게 해줍니다.

잘 싸고 - 생각대로 안 되고 신경질을 부리면 대장 속의 수분을 태워 변비로 만듭니다. 피가 섞인 붉은 빛의 오줌은 신장 방광 문제일 것 같지만 과도하게 신경을 쓰면 심장 소장 담당 피오줌이 나옵니다. 결국 욕심을 버리면 근육이 긴장 안하니 온몸이 원활합니다.

밥 한 끼에 모든 감사를 담아 먹어보세요.
간의 본래 마음인 인자함으로 세상을 보고 살면 매사에 감사하면서 살아집니다.

7. 지금 이 순간

① 남편에게 당한 세월이 억울하여 70이 넘은 노부부임에도 이가 갈린다는 아내.
② 남편이 휘두르는 우악스런 손아귀의 폭행이 끔찍하여 남편이 죽었는데도 상처의 기억을 손에서 놓지 못하고 살아가는 50대 아내.
③ 세상 뜬지 30년이 된 시어머니 생각에 지금도 치가 떨리는 70대.

지나간 건 과거이고 크게 생각하면 전생이었습니다. 과거 끔찍한 기억을 매일 똑같이 생각해내서 자신을 폭행합니다.

없애야 하는데 쉬운 일이 아니라 자다가도 벌떡… 울화통으로 입에서 불이 나고 심장이 타서 그 부위는 손도 못 대게 아픕니다.

사람에게는 다행히 망각의 은사가 있습니다. 지나간 거 잊어버릴 수 있는 것도 능력입니다. 내 집(오늘)에 보물이 있는데 남의 집(어제와 내일) 문 앞에 가서 보물 내어놓으라고 떼 부리고 있습니다.

새삼 느낍니다. 지금이라는 게 얼마나 대단한 힘이 있는 줄. 전생과 같은 어제는 지나갔고, 후생과 같은 내일은 아직 오지 않았는데, 지금에 충실한 사람에게만 보물을 줍니다.

밥을 먹을 때 숟가락으로 밥을 떠서 밥이 입으로 들어가고 이가 맷돌이 되어 씹어지고, 달큰한 맛을 느끼고, 목으로 넘기는 순간들을 머리에서 몸에서 완전 일치해서 알고 있는지 물어봤습니다.

목으로 넘기는 숱하게 많은 날들 중 한번이라도 온전한 마음으로 대했는지. 이런 소소한 행복을 자주 느끼고 사는 사람이 잘 사는 사람입니다. 내 살과 피를 나눈 피붙이들의 눈썹은 어떻게 생겼는지 손주들 얼굴에 난 솜털 하나하나가 햇볕에 얼마나 보슬거리는지 한 번 생각해봐야 합니다.

왜 지금이 아닌 어제 일로 내 온힘을 다해 미워하는지? 나에게는 '지금 이 순간'이라는 보물이 선물처럼 있습니다.

8. 또 미고사

글만 쓰면 말미에 미고사 하라 하니 그게 그리 중요한가? 의아하실까요?

결핵이나 문둥병은 균들이 둥둥 떠다니다가 몸에 들어온 거니 항생제로 치료하면 되는데

① 병중에 왕이라는 중풍
② 평소 봐오던 엄마였는데 엄마가 아닌 인격으로 보이는 치매
③ 암 환자 말기로 생을 마감하는 것을 본 남아있는 가족의 고통

살면서 이런 세 가지 질병만은 피하고 싶은데 뿌리는 전생입니다. 공통점은 마음이 만든 병이고 균이 아니기에 항생제로 치료가 안 되고 예방은 마음수련입니다.

눈에 안 보이는 마음

여러 생을 살면서 차곡차곡 쌓인 나의 마음 품격. 우리는 태어날 때 20여개의 전생을 가져옵니다. 태어날 때 전생 인연? 청년으로 살 때의 전생 인연, 장년, 노년 삶에서 인연들로 인해 전생에 살았던 기억의 뿌리에서 자유롭지 못합니다.

잘한 건 이생에서 한계를 정하고, 모나고 힘든 건 현생에 맞는

패턴으로 전생 살던 삶처럼 여지없이 돌아가게 되어 있습니다. 빚이 있으면 갚아야 하고 매 맞을 일이 있으면 맞아야 합니다. 하지만 예외가 미고사, 마음수련입니다.

예를 들면 전생 불에 타 죽었다면 살면서 화재를 끌어들입니다. 화재가 우연인 것 같아도 기억이 끌어들인 겁니다. 무릎 아픈 거, 허리 아픈 거, 배 아픈 거 다 전생 상처입니다.

미고사를 생활화하면 값대로 맞아야 하는데 덜 맞고 운명보다는 순하게 살게 해 줍니다.

몇 년 하면 되나요?
사람마다 다릅니다.

우물이 얼마나 깊은가 돌을 채워봐야 알 수 있다면 1년 담아 돌이 보이기도 하고 우물이 아주 깊다면 오랜 세월 저금해야 합니다.

명상으로 세포에게 '미안해요' 하면 세포들이 일제히 엥? 하며 고개를 돌려봅니다.

'고마워요' 하면 옆 세포들을 살피며 조화롭게 줄을 맞춥니다.

'사랑해요' 하면 세포들에 들러 붙어있던 찌꺼기들이 떨어져 나가는 게 보입니다. 그러면서 전생 기억하는 세포들도 자꾸자꾸 지워집니다. 나쁜 건 기억에 없어지고 좋은 건 한계 없이 더 높이 갈 수 있고 이러니, 미고사 하는 게 좋습니다.

9. 속사람, 겉사람

사람은 '자'와 '아'로 나뉘져 '자'를 속사람이라 하고 '아'를 겉사람이라 부릅니다.

속사람은 하늘의 법과 사람 태초 본성인 신성함을 따릅니다. 겉사람은 땅과 세상의 법을 따릅니다. 우리는 두 사람으로 살기에 '우리 엄마' '우리 아들'이라고 우리라는 말속에는 속사람, 겉사람인 두 사람으로 살아간다는 뜻입니다.

성경에서는 물고기 두 마리에 비유하였고, 불교에서는 어둡고 혼미한 세상 깨어있으라고 목어를 쳐서 소리를 냅니다. 아로 사는 사람은 표가 납니다.

'나는요' '내가요' '저는' '제가'

대화하는 말속에 이런 게 잔뜩 있는 사람은 아집이 셉니다. 근데 자신이 이렇게 말하고 산다는 걸 모릅니다.

아로 살아가면? 자신이 잘났다고 끝없이 드러내 놓으려는 것. 그리 잘났나! 시험해봅니다.

제일 아끼는 게 돈이면 돈을 없애버리고 자식이면 자식걱정을 만들어 냅니다. 그래도 못 깨달으면 자신을 칩니다. 내 말투와 행동이 이런 것들을 끌어들였는지는 생각도 못합니다. 잘난 사람 잘났다고 해도 되지만 가만히 생각해보면 하늘아래 잘난 게 없는 것 같습니다.

햇님이 있어 씨에 싹이 트고 바람이 불어 자연이 식물을 키웁니다. 입으로 들어오는 밥 한 끼조차 어느 것 하나 도움 받지 않고 사는 게 없습니다. 자연에 묻어가듯 자인 속사람으로 살면 삶이 편안해집니다.

속사람과 겉사람이 멀어질수록 자연의 순리를 거스르기에 삶이 피폐해집니다.

명상(meditation)

속사람인 참나는 신성하여 찾고, 겉사람인 아는 치유한다는 뜻입니다. 속사람인 자에 최대한 겉사람인 아가 가까이 가는 작업입니다.

사찰에 가면 탑을 뱅글뱅글 도는 사람들이 있는데 탑돌이라 합니다. 속뜻은 사람은 뼈로 이루어진 살아있는 탑이기에 내 탑에 낀 때가 있는지 살펴주세요.

하루 종일 움직이고 말하고 했던 겉사람으로 살다가 잠자기 전 딱 5분만 속사람인 자를 찾아보세요.

'오늘 하루 참으로 감사히 잘살았습니다. 고맙습니다. 사랑합니다.'

매일 감사함으로 사는 것을 마음에 입력하는 건 참 괜찮은 작업입니다.

10. 나를 잃어버리는 치매

치매센터에는 입원처럼 완전 입소가 있고, 낮 시간에만 보호하는 주간보호센터가 있는데 정원이 10여 명입니다. "나 집에 가야해!"를 하루 종일 할머니 한 분이 일백 번 한다면 두 분만 그 소리해도 매번 답해주기에는 참 많이 버거웠습니다.

치매초기는 자신의 기억력이 한참 떨어진 것을 알고 가족이 눈치 못 채도록 조심하는 기간이 2~3년 되지만 그 조심조차 잊어버리면 가족에게 들켜버립니다. 70세 넘어 낮에 정신없이 밤처럼 주무시고, 밤에 깨어 있는 날이 10일 계속되면 치매가 진행되는 것입니다.

전두골인 앞머리가 망가지면 끝없이 걸어다닙니다. 꿈에 부풀던 20대 나이, 꽃피는 마을 어귀 지나 기억 속에 내 살던 집을 찾아 가는 것인데 그런 집은 없으니 지칠 때까지 걷고 또 걸어 산속을 헤매다 온몸이 가시에 긁혀 발견되거나 도로 위를 걷다가 사고를 당했던 할머니들도 있었습니다. 치매센터에는 배회로가 따로 있어 하루 종일 걸어도 그 자리인 것이 마음 짠합니다.

측두골인 옆머리가 망가진 할머니는 대부분 가정만 생각하고 아들을 애인으로 의지하며 살았기에 치매인 와중에도 며느리는 적군으로 생각합니다.

"저년이 밥 안주고 나를 때려."

이런 말들을 하고 매일 밤 이불 홑청을 뜯고 마당에서 똥 싸면 된장인 줄 알고 된장 단지에 넣어 휘젓고 방에서 똥 싸면 흙벽 만드는 찰흙인 줄 알고 벽에 칠을 했던 것입니다.

두정골인 뚜껑 머리가 망가지면 젊을 때 풀지 못한 성적욕망으로 입에 담을 수도 없을 만큼 망측한 성적인 욕과 행동을 하며 옷 다 벗고 집밖을 돌아다닙니다.

치매가 진행될수록 전에 봐 오던 내 어머니 아버지가 아닙니다. 자신이 살면서 가장 찬란한 시절이 40대였다면 그 시절을 기준으로 그 이전 것만이 생생하고 그 이후는 기억을 지워버립니다. 얼마나 힘들었으면 지워버릴까요. 가장 큰 게 배우자의 외도이고 마음의 한을 풀지 못하고 계속 삭혔다든지, 의지했던 배우자 사망과 낯선 환경으로 이사 가는 것이 그 다음으로 힘든 거랍니다.

원인을 살펴보면 자신이 주체가 아니고 타인에 의지해 흔들린 것을 알 수 있습니다.

치매(癡呆, 어리석을 치, 어리석을 매)

'하늘도 무심하시지!' 무심코 내뱉은 말이지만 큰일 날 소리입니다. 자식이 속 끓이고 남편이 힘들게 하는 거 모두 다 내 문제이고, 출발은 나에게서 시작합니다.

가만 생각하면 자신이 살면서 차곡차곡 함정을 파고 그곳에 빠져놓고 원망을 하늘로 돌리면 내가 없어집니다.

우리는 할 수 있는 게 하나 있습니다. 하늘에, 땅에 그리고 이렇게 살아감에 감사 또 감사만이 가슴에 가득하면 어리석어지지 않습니다.

•4장•

나는 누구인가

*

알면 모르는 것이 더 많아집니다.

다음 내용들은 수정 보완될 수 있습니다.

1. 나는 어떤 존재인가

1 죽음-끝인가?

죽으면 혼이 몸속에서 빠져 나옵니다.

'어, 뭐야? 어떻게 된 거지?'

처음에는 어리둥절해 하나 대개는 시간이 지나며 상황을 알아차립니다.

'아, 내가 죽었구나. 내 몸이 저기 누워 있네.'

홀가분해 합니다. 무거운 짐을 내려놓은 듯 안도의 한숨을 쉽니다.

'이렇게 가볍고 홀가분한데 죽지 않으려고 왜 그렇게 몸부림 쳤을까?'

삶이 고달팠거나 긴 병으로 고생한 사람일수록 육신의 허물을 벗고 새털처럼 가벼워진 상태에 좋아합니다.

장례식 음식에 관심을 보입니다. 좋아하는 음식은 먹어보기도 합니다. 누가 슬퍼하는지 살핍니다. 자기의 죽음에 남겨진 사람들의 반응을 봅니다. 누가 거짓 눈물을 흘리는지도 알아차립니다. 문상 오는 사람들도 일일이 확인합니다.

죽기 전 감정이 싱싱한 맥주라면 이젠 약간 김이 빠진 맥주. 살았을 때의 감정을 대부분 유지합니다. 다만 육신에 가려 알지 못했던 것들을 접하며 김이 빠져가는 맥주.

죽은 후 며칠을 그렇게 보내며 벗어버린 몸뚱아리 주변에서 떠있거나 배회하며 지난 생의 감정들을 정리합니다.

아쉬움, 미련, 슬픔, 아픔… 등이 어느 정도 정리되면 하늘로 올라갑니다. 밝은 색 옷을 입고 선 자세로 옷자락 펄럭이는 듯한 모습으로 날아갑니다. 가는 곳이 다릅니다. 6단계 정도 됩니다. 같은 단계라도 같은 곳이 아닙니다. 4~5일 동안 날아가 마지막엔 폴짝 뛰어올라 사라집니다.

도착한 곳은 원형경기장 같은 공간입니다. 정해진 자리로 가서 마중 나온 영이 앉아있는 옆 자리에 앉습니다. 자기와 관련된 여러 가지 삶의 경우들을 영과 함께 관람합니다. 영과 무언의 소통을 하며 다음 생에 적합한 경우의 삶을 선택합니다.

필요해서 본인이 선택한 삶을 쫓아 다시 지구 누구 집 자식으로 태어납니다.

2 낙제생

죽으면 며칠 머물다가 하늘로 가야 하는데 가기가 쉽지 않습니다. 많은 것을 내려놓아야 합니다. 몸이 이미 죽었듯이 마음 또한 죽어야 갈 수 있습니다.

하늘로 가야 하는 시한이 있습니다. 불가에서는 49일이라고 보는 듯한데, 49일 안에 생을 살며 쌓인 감정, 마음들을 어느 정도 정리해야 합니다. 맥주라면 김이 많이 빠져야 합니다. 쉽지 않습니다. 열에 다섯은 실패합니다. 절반 이상이 가야할 시간 안에 가지 못 합니다. 돌아가신 아버지가 하늘에 가지 못했을 확률이 50%나 됩니다.

하늘에 가기 위해 살던 집-몸을 땅에 묻거나 불에 태워 처분했는데 가야하는 시간을 놓쳤습니다. 이제는 가고 싶어도 마음대로 갈 수가 없습니다. 혼이 노숙을 하게 되었습니다.

합이 맞는 가족이나 지인들에게 신세를 집니다. 부인이나 자식, 친구, 친지들 몸속으로 들어갑니다. 여의치 않으면 살던 집이나 정이 가는 가구 속에 살기도 합니다.

알려진 것과 달리 대개의 혼들은 자유롭지 못합니다. 죽음 직후 선택한 곳에서 식물처럼 화석처럼 머무는 경우가 대부분입니다. 시기를 놓친 혼이 수증기처럼 하늘에 흡수되기까지는 100여 년 이상의 시간이 필요합니다.

2. 사는 것이 왜 이렇게 힘이 드는가?

1 영

사람은 영과 혼과 백으로 되어 있습니다. 영은 하늘에 있습니다. 혼은 백 속에 깃들어 있다가 죽어 백이 흩어지면 영에게로 돌아갑니다. 백은 몸과 마음으로 구성되어 있습니다. 우리가 말하는 사람입니다.

몸은 나의 존재를 형상화한 것입니다. 영, 혼, 초의식, 의식, 무의식이 상으로 맺힌 것이 우리의 몸입니다.

마음은 무의식, 의식, 초의식(초아)으로 구분합니다. 실제 치유할 때 초아를 많이 활용합니다. 전생까지 데리고 다니며 교육하고 심부름 시키고 부탁하고 치유합니다.

살아있을 때는 영과 혼과 백이 차원을 달리하여 동시에 존재하고 죽으면 백은 흩어지고 혼은 영에게로 돌아가고 다시 태어나면 혼은 지구로 돌아와 백을 형성하고를 반복하는 것이 사람입니다.

백은 흩어졌다가 다시 형성되는 것을 반복하고 혼은 영과 백 사이를 오가고 영은 항상 하늘 그 자리에 있으되 백 속에 까지 깃들어 있습니다. 백, 혼, 영 중 어느 것이 나입니까? 이들 중 어느 것이 나의 기준입니까? 백, 혼, 영 중 어느 것이 나의 본성입니까?

3천 년 전 어느 부족의 족장이었던 사람이 있습니다. 현생에서는 여자입니다. 몸은 그 때의 몸이 아닙니다. 영과 혼은 그 때의 것과 동일합니다. 혼은 연락병입니다. 그렇다면 어느 것이 나의 본성입니까?

영은 하늘님을 그대로 복제하였습니다. 하늘과 같은 속성을 지녔습니다. 영은 곧 나의 하늘입니다. 나의 영이 하늘님을 그대로 복제한 하늘과 같은 존재입니다. 나의 본성이 하늘입니다!

영은 차이가 없습니다. 하늘을 닮은 점에서 똑같고 서로 긴밀히 연결되어 있습니다. 개별적이고 독립적이되 하나처럼 연결되어 한 공간에 한 덩어리로 빛을 내고 있습니다.

2 나는 몇 살

태어나 자라서 살다가 늙고 병들어 죽으면 몸은 처분하고 혼은 하늘에 가서 영과 다음 생을 의논하여 선택하고 그에 적합한 집안의 자식으로 돌아온다고 했습니다. 이러기를 몇 번이나 반복하였을까요?

문제의 뿌리를 찾아 전생을 들어가다 보면 오천 년에서 만 년 전에나 있었을 법한 생활상을 접하게 되는 경우가 종종 있습니다. 그 이전도 물론 있었을 것 같으나 성격이나 차원이 다르게 느껴지고 현생 인간들의 문제와 직접 관련되는 장면은 만년 이상을 넘지 않습니다. 이런 경험으로 미루어 보아 사람들의 평균 나이를 만 살 정도로 가정합니다.

3 문제의 뿌리

나이 60이면 1만 60살. 60년은 기억합니다. 아버지 어머니는 누구이고 형제는 몇이며 어떻게 자랐고 어느 학교를 다녔으며 누구랑 친구이고 어떤 일들이 있었는지… 1만 년은 기억하지 못합니다. 있었는지도 확신할 수 없습니다.

보이지 않고 기억하지 못한다고 있었던 것이 없는 것은 아닙니다. 알지 못하는 과거의 삶에 영향을 받고 있습니다. 일만 년 간 살아오며 숱한 일들이 있었습니다. 좋은 일 궂은 일, 선한 일 악한 일, 수많은 사람들과의 인연, 습으로 굳어버린 많은 행동들, 뼈에 새겨지는 수많은 사건들… 성격이나 취향, 인성, 습관, 체질, 건강… 등은 이런 세월을 헤치며 형성되었습니다.

지금의 나는 기억하는 60년이 아니라 1만 60년 살아오며 형성된 존재입니다! 나를 구성하고 있는 것들의 대부분은 기억하지 못하는 일만 년에 뿌리를 두고 있습니다.

일반의 노력으로 해결되지 않는 질병이나 성격, 갈등의 뿌리 또한 기억하지 못하는 일만 년 속에 있을 수 있습니다. 이는 논쟁의 대상이 되지 못합니다. 전생에서 뿌리를 찾아 현생의 문제를 해결한 사례들이 많이 있습니다. 합리적인 추론이 가능하리라 믿습니다.

4 사는 것이 왜 이렇게 힘이 드는가?

사람마다 사는 세상이 다릅니다. 같은 세상에 살되 각자가 마주하는 세상은 다 다릅니다. 밝고 맑은 세상을 사는 사람이 있는가 하면 어둡고 탁한 세상을 사는 사람도 있습니다. 세상살이가 즐겁고 행복한 사람들도 있지만 슬프고 힘들어 겨우겨우 살아내는 사람들도 있습니다.

내가 마주하는 나의 세상은 내 마음의 거울입니다. 마음에 들지 않는다면 내 속에서 내 마음 속에서 원인을 찾아야 합니다. 생각을 바꾸고 마음을 달리 해야 세상이 바뀝니다. 다행스러운 것은 명확한 원인을 몰라도 마음을 바꿀 수 있으며 마음이 바뀌면 세상이 달라집니다.

인생은 내가 그리는 그림입니다. 빨간색, 노란색, 파란색, 하얀색, 검은색, 밝은 색, 어두운 색을 내가 선택합니다. 60살인 내가 볼 때 '어, 이건 내가 그린 것이 아닌데…'라고 할 수 있습니다. 1만 60살 중 1만 살 동안 그린 내용을 기억하지 못하기에 생기는 오해입니다.

내 인생의 그림은 나만이 그릴 수 있습니다. 예수님도 부처님도 어머니도 아버지도 아내도 남편도 아닌 오직 내가 그렸습니다. 내 인생의 그림이 마음에 들지 않는다면 그건 전적으로 그림을 잘 못 그린 내 탓입니다.

왜 이렇게 힘이 드는가? 하늘과 멀어지는 삶을 살았기 때문입니다. 여기서 말하는 하늘은 나의 본성인 영입니다. 나의 본성인 영과 멀어지는 삶을 살기 때문입니다. 그렇게 살면 때(업)가 쌓입니다. 나의 본성인 영과 나라고 인식하고 있는 백(몸, 마음) 사이에 때가 많이 끼어 있기 때문입니다.

하늘을 따르면 사람답게 살 수 있고 거역하면 망한다는 말은 진리입니다. 그 하늘이 다름 아닌 나의 본성이기 때문입니다. 하늘=영=나의 본성=나 이기에 하늘을 따르는 삶이란 진정 나다운 삶을 사는 것입니다.

사람의 본성은 하늘에 있는 영에 뿌리를 두고 있다고 하였습니다. 그 영은 하늘님을 대리해서 나의 하늘님 역할을 합니다. 영과 대화하십시오.

3. 어떻게 사는 것이 나다운 삶인가

1 미고사

운동장에서 아이들이 놀고 있습니다. 어떤 이유로 점점 흥분하더니 과격해집니다. 드디어 치고 박고 할퀴고 물어뜯고 소리지르며 아수라장이 됩니다. 이 때 선생님이 마이크를 잡고 '미안해'라고 합니다.

'어, 이게 무슨 소리야?', 치고받던 아이들이 동작을 멈춥니다. 이번에는 '고마워'라고 말합니다. 격한 동작을 멈췄던 아이들이 원래 자리로 돌아가 정렬합니다. '사랑해'라는 말에 흥분이 가라앉고 차분해지며 밝아집니다. 아이들의 본 모습으로 돌아갑니다.

몸에 이상이 있을 때 세포들의 모습을 운동장에서 격하게 흥분해서 난리를 치고 있는 아이들의 모습으로 비유하였습니다. '미안해, 고마워, 사랑해'를 하면 세포들이 정화됩니다. 아픈 부위에 손을 대고 '미안해, 고마워, 사랑해'를 하면 치유에 도움이 됩니다.

우리 몸의 세포 수가 80조나 된다고 합니다. 우리 마음의 세포 수는 그보다 훨씬 많다고 생각할 수 있습니다. 마음에 얽힌 상처나 아픔들도 '미안해, 고마워, 사랑해'로 풀어집니다.

1 미안합니다

살면서 미안한 일이 있습니다. 미안하다고 사과한 일도 있지만 여러 가지 이유로 얼버무리며 지나쳤거나 뒤돌아 생각해 보니 이제사 미안한 일도 있습니다. 기억하는 지난 짧은 기간에도 미안한 일들이 있는데 기억하지 못 하는 수많은 생의 세월 동안 차마 말하지도 못 할 정도의 미안한 일들도 있었으리라 짐작할 수 있습니다.

이 미안한 일들이 때가 되고 업이 되어 지금의 나에게 영향을 주고 있습니다. 그 시절로 돌아갈 수 있다면 미안하다는 말을 하고 싶습니다. 지금 하면 됩니다. 과거로 돌아가지 않더라도, 무슨 일이 있었는지 몰라도 내가 지은 업이라는 것을 받아들이고 미안해하면 됩니다.

아주 질긴 때는 쉽게 지워지지 않겠지요. 지우고 지우면 언젠가는 지워집니다. 대상이 사람만이 아닙니다. 동물도 식물도 자연도 사회도 해당됩니다.

가슴에서 우러나오는 '미안해'는 때를 지우고 업을 감하는 언어입니다.

2 고맙습니다

조금 전에 밥 한 끼를 먹었습니다. 맛있는 밥을 먹을 수 있어서 고맙습니다.

이 밥이 내 입 안으로 들어오기 까지 수많은 사람들의 수고가 있었습니다. 그 분들에게 고맙습니다. 그동안 고맙지 않는 것들에 마음을 뺏겨 고마운 것들을 고마워하지 않고 살았습니다. 고마운 것들은 당연한 것으로 여기고 고맙지 않는 것들을 마음에 많이 담고 살았습니다.

고마운 것들을 고마워하지 않으면 완전한 내 것이 되지 않습니다. 살아온 수많은 생의 세월 동안 내게 찾아 온 고마운 것들이 결재되지 않은 서류가 되어 산처럼 쌓여 있습니다. 하나하나 확인하여 고마워하십시오. 그러면 고마운 일들이 더 많아집니다. 고마운 것은 하늘과 땅, 많은 이들의 도움으로 내게 오는 기적 같은 것들입니다. 이 기적들이 내게 끊임없이 찾아 왔었다는 사실을 알게 되니 소름이 돋습니다. 고마워 할 일이 너무나 많아집니다. 감사노트를 준비해서 고마워 할 것들을 적어보세요. 계속 적고 반복해서 적다보면 어느 새 마음의 부자가 됩니다. 내게 찾아온 복들을 놓치지 마십시오.

'고마워'라는 말은 내게 찾아온 복을 내 것으로 챙기는 언어입니다.

3 사랑합니다

사랑합니다. 사랑합니다. 사랑합니다.
한 번 해서 성이 안 차 세 번을 해봅니다.

똑같은 조건의 강아지 두 마리 중 한 마리에게는 늘 '사랑해' 라 하고 한 마리에게는 '미워'라고 하면 사랑받는 강아지가 훨씬 잘 큽니다. 양파를 유리컵에 넣어 같은 조건으로 창가에 두고 실험을 해도 사랑하는 마음을 전달받은 양파가 구별되게 잘 자랍니다. 밥을 그릇에 담아 같은 조건으로 실험해도 부패정도나 곰팡이의 색깔에 차이가 납니다. 물은 육각수가 최고입니다. '사랑해'라는 마음의 파장을 받으면 물이 육각수가 됩니다.

이상의 것들은 방송이나 책으로 세상에 이미 널리 알려진 내용들입니다. 동물도 식물도 사물도 심지어 물도 '사랑해'라는 말에 춤을 추며 반응합니다. 사람은 더 민감하게 반응합니다. '사랑합니다.'라는 말에 몸의 세포도 마음의 세포도 반응합니다. 어두운 것이 밝아지고 탁한 것이 맑아지고 비뚤어진 것이 바르게 되고 부족한 것이 채워집니다. 이 세상 가장 귀하고 좋은 말입니다. 쓰면 쓸수록 더 샘솟는 말입니다.

'사랑해'라는 말은 부족하고 삐뚤어지고 어둡고 탁한 것을 정화하여 우리의 본 모습을 찾아주는 언어입니다.

4 누구에게

대상이 뚜렷하면 그 대상에게 하면 됩니다. 그러면 나에게 먼저 전해지고 대상에게 전달됩니다. 우리는 우리의 본 모습인 하늘의 영들처럼 서로 연결되어 있습니다. 대상을 몰라도 미고사를 전하면 됩니다. 나에게 전달되고 상대에게 전달됩니다.

나를 해치지 않고 남을 해치는 방법은 없습니다. 하늘을 닮은 나의 본 모습을 잃고 나다운 삶을 살지 않았다면 나에게 전할 말이 가장 많으리라 생각됩니다. 미고사는 나에게 하는 진정 나다운 삶을 살고자 하는 마음의 다짐입니다.

2 나다운 삶

사람에게는 각자의 영이 있습니다. 사람에게만 있습니다. 영은 하늘님을 그대로 닮아 나의 하늘 역할을 합니다.

영은 맑고 밝고 순수합니다. 긍정적이고 능동적이고 주도적입니다. 개별적이고 독립적이나 하나처럼 연결되어 한 곳에서 한 덩어리로 빛을 내고 있습니다. 하늘님처럼 내게 필요한 모든 것들을 갖추고 있습니다. 영이 나의 본성입니다. 나다운 삶이란 영다운 삶이며 하늘다운 삶입니다. 영처럼, 영에게 다가가는, 영과 소통하고 친해지는 삶, 영이 응답하는 삶이 나다운 삶입니다.

⬛1 영에게 채널을 고정하라

나에게도 좋고 다른 사람에게도 좋은 열린 기도를 하면 그 마음이 하늘에 닿습니다. 부처님을 믿든 예수님을 믿든 그 어떤 종교를 믿든 상관없습니다. 순수하고 간절한 마음은 하늘에 닿아 나의 영에게로 전달되어 나의 영이 응답합니다. 결국은 나의 영입니다. 영은 나이고 나의 하늘이기 때문입니다.

나의 본성 영이 아닌 다른 채널을 이용하면 문제가 되는 경우가 있습니다. 나 아닌 밖에서 구하는 행위를 하게 됩니다. 이 우주에는 사람에게 들어오려고 하는 좋지 않은 기운이나 존재들이 많습니다. 나의 본성인 영을 외면한 채 밖에서 구하는 것은 이들을 초대하는 행위일 수 있습니다. 허점이 많이 보이면 기다렸다는 듯이 들어옵니다.

텔레비전에 나오는 유명한 도인이나 종교인들의 몸과 마음속을 들여다보는 경우가 있습니다. 몸속에 헛것들이 그득하고 머리는 철판 같은 뚜껑이 덮여 있는 사람을 종종 보게 됩니다. 이런 사람은 아무리 좋은 말을 해도 아무리 좋은 종교를 믿는다 해도 참 종교인도 참 구도인도 아닙니다.
선한 마음으로 나의 본성 나의 하늘 영과 만나십시오. 영은 내게 줄 것이 너무 많습니다. 빙빙 둘러 마음을 전하기보다 직접 소통하기를 권합니다. 채널을 고정시켜 대화하고 친구가 되십시오.

2 미고사 실천

하늘과 땅과 사람으로 이루어진 이 우주는 미안함으로 고마움으로 사랑으로 얽히고설켜 있습니다. 미안함으로 때를 지우고 고마움으로 복을 챙기고 사랑으로 본 모습을 회복할 수 있습니다. 미고사를 생활화하면 맑고 밝고 긍정적인 삶으로 살 수 있습니다.

3 주인 된 삶

어린아이가 뛰어 놀다가 넘어졌습니다. 무릎에서 피가 나고 손바닥에 모래가 박혀 아프고 쓰라립니다. 엎어져 엉엉 울며 누군가를 기다립니다. 아이 울음소리에 놀란 엄마가 달려와 아이를 일으켜 세우며 달랩니다. 먼지 털어주고 약도 바르며 엄마가 더 아파합니다. 인생 내내 이러면 좋겠습니다. 넘어지면 일으켜 세워주고 묻은 먼지 털어주고 다친 곳 정성껏 치유해주고 아픈 것 나보다 더 아파하는….
만약에 일으켜줄 사람이 없다는 것을 넘어진 아이가 안다면? 스스로 일어납니다. 스스로 일어나야 합니다. 내 인생을 일으켜줄 사람은 나뿐이라는 것을 아프지만 받아들여야 합니다.

내가 태어나고 죽는 것을 하늘에서 나의 영과 혼이 의논하여 결정합니다. 살아가는 모습 또한 나의 작품입니다. 마음에 들지 않는다면 내 탓입니다.
모든 원인을 내 안에서 찾고 답도 내 안에서 찾아야 된다는 말을 곱씹어 볼 필요가 있습니다. 내 안에 하늘이 있기에 내 속에 모든 것이 다 있다는 것은 진리입니다. 밖에서 찾고 남 탓 하다보면 정작 내가 할 일은 없어지고 중요한 많은 것들의 결정이나 해결의 열쇠를 나 아닌 다른 사람이나 밖에 맡긴 채 의지하게 됩니다. 이러다 보면 내가 할 수 있는 일이 점점 줄어들고 내가 설 자리가 좁아집니다. 결국 남에게 기대고 눈치보고 핑계나 변명을 해야 하는 종업원 같은 삶을 살게 됩니다.

종업원으로 살기에 하늘을 닮은 내가 눈물 나도록 아깝습니다. 내 안에서 답을 찾으면 내가 할 수 있는 일들이 많아집니다. 내가 할 수 있고 해야 하는 일을 하느라고 눈치 보거나 원망하거나 핑계 댈 시간이 없습니다. 이러다 보면 어느새 긍정적이고 주도적인 나다운 사람이 되고 문제 해결 가능성도 높아집니다. 할 수 있는 일들이 많아집니다.

4 마음의 구조조정 - 분별력 - 놓아라!

세상살이가 뜻대로 되지 않아 힘들고 괴롭습니다. 하는 일이 제대로 되지 않고 억울한 일을 당하기도 합니다. 원하지 않는 일들이 불쑥불쑥 찾아와 불안하고 초조합니다. 아무리 둘러봐도 길이 보이지 않아 죽고 싶은 심정입니다.

모든 사람이 다 그런 것은 아닙니다. 어떤 이는 일이 뜻대로 풀려 즐겁고 행복합니다. 자신감이 넘칩니다. 무슨 차이인가?
내가 마주하는 일에는 할 수 있는 일, 할 수 없는 일, 받아들여야만 하는 일, 제쳐두거나 버려야 하는 일, 하지 말아야 할 일들이 있습니다. 늘 마음이 어둡고 괴로운 이들은 어쩔 수 없는 일들에 마음을 너무 두기 때문입니다. 되지 않는 일을 두고 용을 쓰니 되는 일이 없습니다. 이러기를 반복하면 점점 위축되고 다쳐서 마음이 가난하고 힘들어집니다.

이럴 때 마음의 구조조정이 필요합니다. 회사가 어려우면 구조조정을 합니다. 직원을 줄이고 꼭 필요한 부서만 두고 아까운 많은 것들을 버립니다. 할 수 없는 일, 해서는 안 되는 일, 어쩔 수 없는 일, 버려야 하는 일들을 분별하여 마음의 그릇에서 덜어내야 합니다.
유능한 사장은 회사가 어렵지 않더라도 구조조정을 합니다. 이것저것 손대지 않고 가장 잘할 수 있는 일에 집중합니다. 일이 잘 풀리고 여유로운 마음을 갖기 위해서는 할 수 있는 일 중 우선순위를 정하여 보다 가치 있는 일을 찾아 집중해야 합니다.

수영을 잘 하지 못 하는 사람이 물에 빠졌습니다. 양 손에 귀한 것들을 잡았기에 수영을 제대로 하지 못 합니다. 한참을 떠내려가다가 '이러다가 죽겠구나'라는 생각이 듭니다. 손에 잡았던 것을 하나 둘 버립니다. 그래도 때가 늦은 모양입니다. 이제 힘이 다 빠져 물속에서 헤어 나올 수가 없습니다.

'아, 이제 죽는구나! 어차피 죽는 것 이렇게 발버둥 칠 필요가 뭐 있나?'라는 생각으로 살고 싶은 마음마저 내려놓고 온 몸의 힘을 뺍니다. 그러자 물속으로 가라앉기만 하던 몸이 물 위로 뜹니다. 살아났습니다!
놓고, 놓고 놓아야 합니다. 빽빽한 서양화보다 여백이 있는 동양화처럼 마음의 공간이 있어야 합니다. 채워졌던 곳이 비워져 빈 공간이 되면 더 귀한 것들이 들어올 수 있습니다. 알면서도 잘 되지 않습니다. 마음에 낀 때들이 접착제가 되어 붙잡고 놓지 못하게 하기 때문입니다. 의지로 놓을 수 있다면 업을 소멸하는 것이기에 어렵지만 중요합니다.

할 수 없고 해서는 안 되는 일 중 대표적인 것이 남의 운전을 대신하는 것입니다. 남편이나 자식들 운전을 대신할 듯이 열심히 참견하고 열을 냅니다. 안내나 조언은 할 수 있습니다. 대신할 듯이 덤비는 것은 분별력의 문제입니다.

뭔가를 이루기 위해 최선을 다하지만 결과는 열어 둡니다. 많은 경우 결과는 주어지는 선물 같은 것입니다. 그리고 그 결과물이라는 것의 대부분은 두고 가는 것들 입니다. 두고 가는 것에 마음을 뺏겨 가지고 가는 것을 다치게 하면 바보입니다. 다 알지 못하는 나는 원하는 결과가 나오지 않아도 그러려니 하며 넘어갈 수 있어야 합니다. 오직 진인사 대천명할 뿐입니다.

이렇게 마음의 구조조정을 하면 몸과 마음이 편하고 유능해집니다. 나의 하늘이 들어올 마음의 공간이 생깁니다.

5 열린 삶 - 열어라!

우리 몸은 기운이 다니는 길인 기경팔맥과 기운이 드나드는 혈로 된 12경락이 있고 몸의 모든 조직을 구성하는 80조가 넘는 세포들이 있습니다. 이들이 열리면 몸이 건강해집니다. 반대로 심하게 막히면 병이 납니다.
예부터 몸은 마음을 닦는 도량이라고 합니다. 몸이 열려 몸이 건강해지는 것이라면 마음이 열려 마음이 건강해지는 것입니다. 스스로 가두거나 갇히지 말아야 합니다. 열고, 열고 열어나 가야 합니다.

전생을 보다 보면 몇백 년 몇천 년 동안 다람쥐 쳇바퀴 돌듯 비슷한 궤적을 그리며 삶을 반복하는 것을 많이 보게 됩니다. 자기 속에 갇혀 있어서 일어나는 현상입니다. 열고 빠져 나와야 합니다. 잘못된 믿음이나 신념은 귀신보다 무섭습니다. 본인이 옳고 좋다고 느끼더라도 그 믿음과 신념으로 지나치게 나를 가두지 말아야 합니다.

인간은 서로 열린 관계로 존재합니다. 이 세상 그 누구나 나와 친구나 가족이 될 수 있습니다. 우연히 만나는 그 사람이 언젠가 나의 피붙이가 될 수도 있습니다. 마음 열어 따뜻하게 대하십시오. 세상을 향하여 마음의 창을 활짝 열고 무장해제 하십시오. 특히 나의 본성인 영과의 관계를 열어야 합니다. 마음으로 열고 몸으로 열고 생활 속에서 열어야 합니다. 열고, 열고 열어나가면 언젠가는 영과 합일이 되는 우아일체를 느끼거나 경험하게 됩니다.

⑥ 운동하기 - 몸열기

몸은 이 세상에 살아 있는 한 나의 안식처이고 나를 태우고 다니는 자가용이며 내 마음을 닦는 도량입니다. 소홀히 관리하면 몸뚱어리를 업고 다녀야 합니다.

몸은 내 존재를 형상화한 것입니다. 열고 열어야 하는 것이 나의 숙명이듯이 내 몸 또한 열고 열어야 합니다. 건강을 챙기는 적절한 운동을 택하여 생활화해야 합니다. 아래에 소개하는 운동을 권합니다. 6개월 이상 계속해서 효과를 확인하고 주변 사람들에게도 권하십시오. 우리는 함께 가야 멀리 갑니다.

☆ 발끝 부딪치기(선택) – 누워서 발끝치기
☆ 몸살림운동(선택) – 쿠션운동
☆ 절운동(필수) –청견 스님

7 하늘이 응답하는 삶을 살아라

도를 구한답시고 산으로 들로 헤매는 사람들이 많습니다. 도란 무엇인가? 도란 나의 본성인 영에게 다가가는 행위입니다. 하루아침에 다 갈 수도 누가 대신 갈 수도 산 속이나 특별한 곳이어야 갈 수 있는 것도 아닙니다. 생활 속에서 하늘과 대화하며 하늘이 응답하는 삶을 살면 됩니다. 하늘과 땅과 사람들을 소중히 여기고 감사하며 지금 이 순간을 살거나 살아내면 됩니다.

내가 마음의 문을 열고 하늘이 응답하면 소통이 이루어집니다. 하늘에 있는 나의 영이 내게 줄 것이 너무나 많습니다. 기운으로 빛으로 내게 전달됩니다. 건강해지고 마음이 편해집니다. 보다 좋은 선택과 옳은 결정을 하는데 도움이 됩니다. 머리의 뚜껑이 열리고 소통이 이루어집니다. 더 많이 진행이 되면 스스로도 느끼거나 알아차릴 수 있는 단계가 옵니다.

8 나를 용서하고 사랑하라

나는 겁이 많고 게으릅니다. 이루어놓은 것도 많지 않고 주변 사람들도 좋아하는 것 같지 않습니다. 공짜를 바라기도 하고 욕심을 부리기도 하며 미안한 짓을 하기도 합니다. 그야말로 못나고 부족하고 보잘 것 없습니다. 그런 나를 용서하십시오.

나의 못남이 내 모습의 전부는 아닙니다. 내 속에서 하늘을 닮은 면들을 찾아보십시오. 나의 수많은 본 모습들이 주목받아 빛나기를 기다리고 있습니다. 토끼가 아닌 거북이어도 좋습니다. 100점이 아닌 60점 정도도 괜찮습니다. 그런 나를 사랑하십시오.

차는 쓰다가 망가지면 바꾸면 됩니다. 나는 마음에 들지 않는다고 바꾸거나 버릴 수 없습니다. 천년이고 만년이고 같이 가야 합니다. 용서하고 너그럽게 봐주고 사랑으로도 가두지 말고 느려도 부족해도 방향을 바로잡고 가면 됩니다. 나를 사랑해야 또 다른 나들도 사랑할 수 있습니다.

4. 내 마음은 보석상자

마음이라는 그릇에 무엇을 담고 있느냐에 따라 몸과 주변에 형성되는 기운이 달라집니다. 좋은 것을 담고 있으면 좋은 기운이 형성됩니다. 좋은 일이 일어날 가능성이 높아집니다. 나쁜 것을 담으면 나쁜 기운이 형성됩니다. 나쁜 일이 일어날 가능성이 높아집니다.

1 어두운 기운

우울증을 앓는 사람이 찾아오면 제일 먼저 그 사람 주변을 감싸고 있는 기운의 상태를 봅니다. '검은 기운이 어느 정도 감싸고 있는가, 두꺼운 정도는 어떤가, 몸 안으로 침투했는가?' 등을 살펴야 합니다.

우울증이 심하기는 하나 검은 기운이 몸 안으로 들어가지 않은 상태는 비교적 안전합니다. 죽고 싶은 충동에 절벽으로 가더라도 무서워 뛰어내리지는 못합니다. 검은 기운이 몸 안으로 들어가면 위험합니다. 자살할 수 있습니다. 검은 기운이 몸으로 파고들 때 자살해 죽은 혼들이 따라 들어갑니다. 이런 사람이 전생에도 자살해 죽은 흔적들이 있으면 대단히 위험한 상태입니다. 언제든지 죽을 수 있는 준비가 갖춰진 경우입니다. 이제는 절벽에 서도 무섭지 않습니다. 뛰어내릴 수 있습니다.

산다는 것은 바다를 항해하는 것에 비유될 수 있습니다. 잔잔한 물결은 늘 있습니다. 큰 파도도 만나게 됩니다. 이 물결, 이 파도에 대응하고 헤쳐 나가는 과정이 우리 삶입니다.

인생이란 고해의 바다라는 말이 있습니다. 감당하기 힘들어 절망할 때도 있습니다. 좌절하고 분노하고 절망하여 죽고 싶은 경우들이 있습니다. 그 감정이 누적적으로 지속되면 검은 기운들이 몰려와 몸을 감싸게 됩니다. 좋지 않은 기운으로 주변이 채워지면 좋지 않는 일들이 일어날 가능성이 높아집니다.

2 마음에 담지 말아야 할 것들

마음은 하늘마음을 담는 보석상자입니다. 보석이 아닌 것을 담으면 불편해집니다. 마음도 몸도 힘들어집니다. 치유를 시작하면 혼, 수, 체 등 빙의를 걷어내고 마음이라는 보석 상자에 들어있지 말아야 할 것들이 있는지 살핍니다.

① **집착은 머리를 위축시킵니다.** 머리에 손수건 같은 것이 보입니다. 손수건이 들어간 칸 수로 집착의 정도를 알 수 있습니다. 집착에 집착을 더하면 대뇌가 쪼그라져 보입니다. 집착이 극에 달하면 정신분열이 일어납니다.

② **슬픔은 폐를 힘들게 합니다.** 왼쪽 가슴 아래 갈비뼈 안쪽에 방이 8개인 공간이 있습니다. 슬픔이 아주 많으면 8개의 방에 슬픔이 철철 넘쳐흐릅니다. 슬픔의 뿌리를 찾아 정리합니다.

③ **욕심과 심술은 심장을 욕보입니다.** 심장을 열어보면 하수구 검은 찌꺼기 같은 것들이 숫자와 함께 쏟아져 나옵니다. 심술이

2이면 2로 나옵니다. 5부터는 붉은 구슬 같은 악이 보입니다. 6이면 악마의 꼬리도 생기기 시작합니다. 전생 악마를 끌어들일 만큼의 상황을 찾아 정리합니다. 심장 안쪽 허공에서 심술과 악의 뿌리를 찾아 그것까지 끊어줘야 합니다.

④ 근심, 걱정은 끊임없는 생각으로 비장을 누릅니다. 밤낮으로 근심 걱정해도 해결되지 않는 일이 있습니다. 놓고 버리고 받아들이는 마음가짐이 필요합니다.

⑤ 분노는 간을 뒤집어 놓습니다. 벌컥 화를 내는 순간을 들여다보면 배에서 시작합니다. 분노가 가슴까지 올라오는 사람, 목까지 올라오는 사람, 눈까지 올라오는 사람, 머리끝까지 올라오는 사람 등 그 정도가 다양합니다. 머리끝 백회를 뚫을 정도로 분노가 많으면 풍 맞을 가능성이 높습니다. 눈이 뒤집어질 만큼의 전생 뿌리를 찾아 "이젠 괜찮아. 그 기억은 지나간 일이야"라고 달래며 안전한 곳으로 옮겨 안정을 시킵니다.

⑥ 두려움, 공포는 콩팥을 쪼그라들게 하고 극에 달하면 머릿속을 하얗게 만듭니다. 명상으로 보면 수치가 공간에 보입니다. 옴짝달싹 못하는 공포는 10입니다. 전쟁 중 엄마 손을 놓친 어린 꼬마의 마음을 내면에 가지고 사는 사람, 전장에서 처참하게 죽었던 전생의 아픔을 가지고 있는 입대를 앞둔 청년 등 공포를 갖고 사는 사람이 의외로 많습니다. 뿌리를 찾아 풀어야 합니다.

⑦ 아만은 스스로를 닫아 가두는 짓입니다. 갇히면 몸도 마음도 타격을 받습니다. 아만의 정도는 목구멍을 거쳐 입으로 숫자가 나옵니다. 4도 많습니다. 6정도 되면 치유가 일반인들보다 3배

이상 느립니다. 이런 사람들은 세상을 자기 머리로 산다는 신념이 강합니다. 스스로 잘나서 잘 살기에 달리 감사할 것이 없습니다. 타인의 말에 귀를 닫고 자신을 가두고 살아갑니다. 낮추고 감사하며 열어야 합니다. 뿌리를 찾아 풀어주는 작업을 반복합니다. 삶은 대부분 주어지는 것이라는 이치를 깨닫게 하는 일이 제일 어렵습니다.

⑧ 불편하거나 아프면 낫기를 바랄 것 같은데 다 그렇지는 않습니다. 마음속 깊은 곳에서 낫기를 거부하는 사람들이 많습니다. 아내나 남편이나 부모나 자식 혹은 타인의 관심을 끌거나 잡아두기 위해 아파야 하는 사람들입니다. 의타적이고 의존적인 사람들입니다. 자기 존재를 자기가 책임지는 주인 된 마음을 회복해야 치유가 됩니다.

③ 언제 어디서 왔을까?

일시적인 감정들은 이내 회복이 됩니다. 많은 생을 살며 큰 충격을 받았거나 지속적이고 누적적으로 형성된 것들은 단단한 바위가 되어 두고두고 부정적인 영향을 줍니다. 마음과 몸의 균형과 조화를 무너뜨립니다. 큰 병의 원인이 됩니다. 체질도 장부의 불균형 때문에 생깁니다. 성격이 모가 난 것도 같은 이유입니다.

"왜 그리 슬퍼요?"

"글쎄요?"

"왜 그리 화가 나 있습니까?"

"아닌데요!"

마음속 바윗덩어리의 존재를 본인도 잘 모르는 경우가 대부분입니다. 기억하지 못하는 과거의 생에 형성되어 잠복되어 있기 때문입니다. 기억하지 못한다고 없는 것이 아닙니다. 잠복되어 있다고 영향을 주지 않는 것은 더욱이 아닙니다.

슬픔은 슬픔을 부르고 걱정은 걱정을 부르고 공포는 공포를 부릅니다. 이런 것들을 마음에 오래 담고 있으면 그런 기운들이 형성되어 같은 기운을 당기기 때문입니다. 좋은 일들이 일어나는 것에 방해가 됩니다. 슬픔이나 분노나 공포 등 일시적인 충격으로 형성된 것은 그 뿌리가 몇천 년 전의 것이어도 덜어내기가 비교적 쉽습니다.

집착이나 심술, 근심걱정, 아만, 낮지 않기를 바라는 의존적인 마음 등은 몇천 년 동안 강화되어온 습입니다. 본인의 각성과 술자의 반복적인 도움이 합해져야 어느 정도 덜어집니다.

왜 이런 노력을 해야 하는가? 삶이라는 끝없이 이어지는 여정에 바위덩어리를 지고 가는 내가 불쌍하지 않습니까?

4 양심 – 하늘마음

보석 상자엔 보석만 담아야 합니다. 마음이란 보석 상자에는 하늘마음을 닮은 보석 같은 마음만 담아야 합니다.

하늘마음이란 무엇인가? 내 마음속에 이미 있는 양심이라고 생각하면 무난합니다. 양심이라는 장치가 사람들 마음속에 있다는 것이 신비롭지 않습니까?

양심은 크기나 질의 정도가 사람마다 다릅니다. 하늘마음을 많이 담기 위해 양심을 키우고 갈고 닦아야 합니다. 일차적으로 각자가 자기의 양심을 키우는 노력을 해야 합니다. 인간은 함께 성장하는 존재이기도 합니다. 집단지성으로 문화적으로 양심을 키우는 노력도 해야 합니다.

5 좋은 사람

❶ 좋은 마음 - 맑고 밝고 선하고 긍정적이고 열린 마음을 가지고 있거나 가지려고 노력하는 사람들은 치유가 잘 됩니다. 이런 선한 노력들을 하면 그 사람 주변에 좋은 기운들이 형성됩니다. 좋은 기운은 좋은 기운을 끌어당기고 나쁜 기운을 밀어냅니다. 치유가 잘 될 뿐만 아니라 좋은 일이 일어날 가능성이 높습니다.

삶이란 뜻대로 되는 것이 아니라 대부분 주어지는 것으로 채워집니다. 늘 부족하고 불완전하기에 믿고 의지하고 응석부릴 수 있는 대상을 찾습니다.
'궂은 일 적게, 좋은 일 많게 하소서.'

살면서 좋은 일과 궂은 일이 교차되는 것은 피할 수 없습니다. 궂은 일은 덜어서 오고 좋은 일은 온전하게 올 수 있도록 노력할 수 있습니다. 밖에서 구하지 않아도 됩니다. 좋은 사람이 되면 됩니다.

❷ 좋은 사람 - 좋은 사람을 정의하기는 어렵습니다. 세 개의 눈으로 봐서 무난하면 좋은 사람이라고 할 수 있습니다.

① 나의 눈

우선 내가 나를 바라볼 때 좋은 사람이어야 합니다. 내가 나를 제일 잘 압니다. 스스로를 좋은 사람이라고 생각할 수 있어야 합니다. 자기가 자기를 인정하지 못 하면 이 세상에 설 자리가 없습니다. 자기 자신에게 지나치게 관대한 것은 문제가 있습니다. 양심의 눈을 키우고 가다듬는 노력을 계속해야 합니다.

자신을 너무 엄격하게 대하는 것도 문제가 됩니다. 가두고 학대하는 행위가 됩니다. 부족하고 못 났더라도 받아들이고 용서할 수 있어야 합니다. 90점, 100점은 숨이 가쁩니다. 60점 70점이면 됩니다. 그리고 지금보다 조금 더 나은 점수가 나오도록 노력하면 됩니다.

② 다른 사람의 눈

나 아닌 다른 사람들의 눈으로 볼 때도 좋은 사람이어야 합니다. 사람은 사람들과 어우러져 살아가는 존재입니다. 나를 잘 아는 주변 사람들이 나를 어떻게 보는가도 중요합니다. 자기만 만족하고 주변을 소홀히 하면 독선에 빠집니다. 충돌이나 갈등도 일어납니다.

③ 하늘의 눈

내가 나를 바라보는 눈, 다른 사람이 나를 바라보는 눈만으로 부족합니다. 하늘이 나를 어떻게 바라보는가도 중요합니다. 세상살이를 아무리 훌륭하게 해도 하늘의 눈을 소홀히 하면 마지막은 허망합니다. 늘 세 개의 눈을 의식해야 합니다. 나의 눈, 다른 사람의 눈, 하늘의 눈으로 볼 때 좋은 사람이어야 합니다. 세 개의 눈으로 봐서 균형이 잡히면 좋습니다.

나의 점수는 얼마일까? 지금 당장의 점수가 만족스럽지 않아도 됩니다. 노력해서 조금씩이라도 나아지는 쪽으로 나아가면 됩니다.

❸ 바르게 사는 길 - 기준

좋은 사람이 되는 것은 세상을 가장 잘 사는 길입니다. 그 쪽으로 방향을 정하고 조금씩 나아가면 마음이 편해집니다. 마음이 편해지면 몸이 편해지고 건강해집니다. 좋은 사람이 되기 위해서는 손해 보듯이 살아야 하는 경우도 있습니다. 종합적으로 계산하면 이익인 경우가 대부분입니다.

전생이 있고 현생이 있듯이 다음 생도 있습니다. 두고 가야 하는 것이 있고 가지고 가는 것이 있습니다. 좋은 사람이 되는 것은 가지고 가는 것을 풍성하게 하는 것입니다. 다음 생을 위한 보험일 수 있습니다. 마음이 편해지고 몸이 건강해지고 다음 생을 위한 보험입니다.

① 마음의 기준은 맑고 밝고 선하고 긍정적이고 열린 마음입니다.
② 생활의 기준은 좋은 사람입니다.

기준을 분명히 하고 그 쪽으로 나아가는 것이 나를 사랑하는 길입니다. 오뚝이는 잘 넘어지지 않고 잠시 넘어졌다가도 이내 일어섭니다. 무게 중심이 잡힌 기준이 있기 때문입니다. 좋은 마음을 갖고 좋은 사람이 되기로 결심해도 넘어질 때가 있습니다. 기준을 확실하게 하는 결단을 해 두면 넘어져도 다시 일어설 수 있습니다. 좋은 마음으로 좋은 사람으로 사는 것이 바르고 편하게 사는 길입니다.

5. 빙의

1 의미

빙의란 일반적으로 죽은 사람의 혼이 산 사람의 몸속에 들어와 있는 것을 말합니다. 그런데 사람의 몸속에 들어오는 것들은 이것만이 아닙니다.

① 혼 ② 수 ③ 체 ④ 내면아이 ⑤ 무당알, 만신 ⑥ 악, 악마 ⑦ 마음으로 만드는 귀신 ⑧ 자살의 검은 연기 ⑨ 아만 ⑩ 편집 ⑪ 슬픔 ⑫ 공포 ⑬ 위담 ⑭ 기타 사기 등…

이들은 온전한 정신을 유지하는 데 방해가 됩니다. 들어와 사람으로 생활하는 데 어려움을 주는 것들은 모두 제거 대상입니다. 이들도 빙의 범주에 넣겠습니다.

2 빙의 증상 – 혼이나 무당신의 영향을 받을 때 기준

어느 시점부터 다음과 같은 증상이 갑작스럽게 나타나거나 심해진다면 빙의로 의심해볼 필요가 있습니다.

☑ 내가 내가 아닌 것 같다.

☑ 내 속에 누가 있는 것 같다.

☑ 가위눌림이나 이상한 꿈을 자주 꾼다.

☑ 헛것이 보이거나 이상한 소리가 들린다.

☑ 경우에 따라 전혀 다른 사람 같이 말하거나 행동한다.

☑ 폭력적이다.

☑ 불안과 공포를 잘 느낀다.

☑ 잘 운다. 죽고 싶어 한다. 자해를 한다.

☑ 몸이 무겁고 무엇인가 덧씌워져 있는 것 같다.

☑ 하는 일마다 방해꾼이 있는 것 같다.

온전하고 깔끔하여 아무것도 없는 사람은 없습니다. 사람혼만 하더라도 보통 사람 속에 한두 명은 평균적으로 들어 있습니다. 특히 우울, 불안, 공포, 자폐, 불면, 학습장애, 가정폭력, 의부의처증, 알콜 중독, 실패반복, 악운연속, 이상행동, 강박관념, 다중인격, 원인모를 통증, 두통, 신내림, 무병, 정신분열 등의 질환을 앓는 사람들은 걷어내야 하는 것이 많습니다.

빙의일 경우 나쁜 것들을 걷어내지 않고는 정상적인 노력의 치유가 되지 않습니다.

3 빙의의 종류

① 혼 – 사람이 죽어 몸에서 나온 혼이 하늘에 가지 못하고 살아있는 다른 사람의 몸속에 들어있는 경우.

② 수 – 짐승에도 혼이 있습니다. 짐승혼이 사람 속에 들어있는 경우.

③ 체 – 그릇된 믿음이나 신념이 만들어 낸 것. 귀신보다 무서운 경우가 많습니다. 특히 종교인들 속에 들어있는 것은 잘 보이지도 않고 빼내기가 어려운데 사람을 종속시키는 정도가 심합니다.

④ 내면아이 – 전생 성장기에 큰 충격을 받아 그 나이에 정신적 성장을 멈추거나 더 어리게 퇴행하여 형성되면 몇백 년, 몇천 년 흘러도 영향을 줍니다. 명상으로 사람 속을 들여다보면 어린

아이가 웅크리고 앉아 있습니다. 내면아이가 있는 사람은 나이에 맞지 않게 어린애 짓을 하는 경우가 있습니다. 여자보다 남자가 많은데 절반 이상의 남자들 속에 내면아이가 있습니다.

⑤ 무당알, 만신 – 무당 속에 들어있는 만신은 사람혼과 다릅니다. 사람혼이 가는 하늘에 갈수 없습니다.

자기가 들어가 있던 사람이 죽으면 무당알씨를 사람혼 속에 남기고 자기들의 하늘에 갔다가 자기 씨를 갖고 있는 그 사람이 다시 태어나면 만신도 다시 와 따라다니며 무당알씨를 자극하여 무당알이 되게 하고 그 무당알이 부화되면 다시 신기를 발동시킵니다. 무당알을 가진 사람이 10명 중에 1명, 무당알을 가진 사람 10명중 1명은 알이 다 부화되어 신병을 앓게 됩니다. 알을 가진 대부분의 사람은 부화되지 않고 살다가 가지만 다음 생 언젠가 신병을 앓을 확률이 높습니다.

⑥ 악, 악마 – 부당하고 절망적인 상황에서 악마라도 끌어들이고 싶은 심정인 경우들이 있습니다. 이 마음이 도를 넘으면 악이 생깁니다. 악이 씨앗이 되어 자라면 악마가 됩니다. 악은 잠복해 있다가 결정적인 순간에 발동할 수 있으며 악마는 그 사람을 지배합니다. 사람 중에 악마의 지배를 받는 사람이 있을 수 있습니다.

⑦ 마음으로 만드는 귀신 – 실체가 없는데도 귀신을 보거나 영향을 받는 경우가 있습니다. 매사를 신이나 조상 문제로 연결시키다 보면 이런 경향을 갖게 됩니다. 무속인이 심하고 일반인도 잘못된 정보나 마음이 허할 때 이런 것을 경험하게 됩니다.

⑧ 자살의 검은 연기 – 우울증에 걸린 사람이 찾아오면 제일 먼저 확인하는 것이 이 검은 기운입니다. 사람이 부정적이고 희망이 없어 죽고 싶어 하여 도를 넘으면 검은 기운들이 몰려옵니

다. 몸 주변에 모이기 시작하여 점점 농도가 짙어지고 어느 단계가 되면 몸속으로 들어갑니다. 이 기운이 들어가면 자살해서 죽은 혼들이 2~3개 훌쩍 따라 들어갑니다. 이러면 자살의 가능성이 매우 높아집니다.

⑨ 아만 - '이 사람이 아만이 있나?' 물어보면 입에서 숫자가 나옵니다. 8이라는 숫자가 나오면 아만이 높은 사람입니다. 그 아만이 왜 높은지 찾아보면 전생에 뿌리가 있습니다. 잘난 척하고 살아가는 것이 얼마나 힘겨운 삶인지를 깨우치게 합니다.

⑩ 편집 - 머릿속에 손수건 같은 것을 잡아당겨 반 정도 나오면 편집이 5입니다. 그 뿌리도 전생에 있기에 모순된 편집의 뿌리를 찾아가 몇 번의 손질을 하여 정리를 합니다.

⑪ 슬픔 - 마음 그릇에는 방이 8칸 있습니다. 슬픔이 아주 많은 경우 8칸 모두를 차지하는 경우가 있고 보통은 한두 개 정도입니다. 슬픔의 뿌리를 찾아 치유하면 사람의 표정이 달라집니다.

⑫ 공포 - 명상으로 '공포'라고 명하면 공포의 수치가 공간에 보입니다. 9정도 수치가 나온다면 낯선 사람이 오면 무서워서 심하게 짖는 강아지와 같은 마음이기에 그 사람은 과격하게 방어기제를 펼 수 있습니다. 이것도 또한 모순이라서 전생 뿌리를 찾아 무섭고 힘든 상황의 기억을 치유합니다.

⑬ 위담 - 위 속에 손을 넣으면 거품 같은 담도 있고 가래와 같은 끈적거리는 것도 있으며 딱딱한 것이 푸른색 노란색 심지어 검은색으로 누룽지처럼 눌러붙어 있는 것도 있습니다. 위담은 알코올 중독이나 정신병 치유에 중요하며 머리와의 소통을 방해하기에 대장을 거쳐 똥으로 나오게 합니다.

⑭ 기타 사기 등 - 몸속을 한번 훑어보면 검은 모래나 가시 같은 것이 나옵니다.

4 원인

육체에 바이러스처럼 정신에 빙의입니다.

육체 --- 바이러스 / 정신 --- 빙의

바이러스는 몸속에도 공기 중에도 얼마든지 있습니다. 몸속에서 잠복하거나 외부에서 대기하다가 몸이 균형을 잃어 면역체계가 무너질 때 발병합니다.

빙의도 바이러스 발병과정과 유사합니다. 정신이 심하게 균형을 잃거나 충격을 받을 때 잠복해 있던 것들이 활성화되거나 외부의 것들이 침범하여 문제를 일으킵니다. 몸속에 들어와 잠복해 있거나 외부에서 기회를 노리는 삿된 것들은 얼마든지 있습니다. 정신이 맑고 밝아 건강하면 문제가 되지 않습니다.

5 예방과 치유

빙의는 음이고 어둠입니다. 어둠은 빛이 약입니다. 마음을 빛과 밝음으로 채우는 노력을 해야 합니다.

정기(빛) - 고마움, 희망, 믿음, 사랑, 배려, 용서, 긍정, 따뜻함, 내속에서 원인을 찾음, 열림 등.

사기(어둠) - 시기, 질투, 절망, 불신, 불안, 분노, 공포, 미움, 부정, 원망, 맹신, 집착, 차가움, 빙의, 접신, 신내림, 밖에서 원인을 찾음, 닫힘 등 의지할 곳을 찾는 삿된 것들은 어둠을 좋아합니다.

6. 무당알-무병-신병

노력으로 해결이 되지 않는 병이 의외로 많습니다. 걸리면 낫게 할 방법이 없어서 운명으로 받아들이고 평생을 고생하는 병 중에 하나가 무병이라고도 하는 신병입니다.

정확한 병명 없이 여기저기 아프거나 안 좋은 일이나 사고가 자주 일어나거나 하는 일마다 방해꾼이 있는 듯 안 풀리거나 헛것이 보이거나 이상한 소리가 들리는 등의 현상이 반복되면 무병 즉 신병을 의심해볼 필요가 있습니다.

무병을 앓고 있는 몸속에는 무당알이 있다. 일반인 10명 중 1명 이상이 이런 무당알을 품고 삽니다. 알이 있는 사람에게는 만신-무당신이 따라다니며 알이 부화되도록 끊임없이 자극합니다. 그런다고 다 부화되는 것은 아닙니다. 부화가 되지 않으면 대부분 본인도 자각하지 못하고 별 탈 없이 살다가 갑니다.

문제는 부화가 되는 경우입니다. 무당알을 가진 10명 중 1명 정도는 부화가 되는데 이는 마치 보균 상태에 있다가 발병하는 병의 경우와 비슷합니다. 알이 부화되는 정도에 따라 무병이 발동되기 시작하여 다 부화되면 무당신이 몸속으로 밀고 들어옵니다. 이럴 때 거부하면 힘든 일들이 격렬히 일어나 결국 받아들일 수밖에 없습니다. 무병은 완화시키거나 근본적인 치유가 아직은 없습니다.

무속은 인간이 있는 곳이면 전 세계 어디에나 있고 인류 역사와 함께 했을 정도로 뿌리가 깊습니다. 살다 보면 어려움이 있기 마련이고 인간의 힘으로 도저히 감당이 되지 않는 일 또한 겪게 됩니다. 이럴 때 미리 알려 주고 예방을 할 수 있으며 그런 일이 일어나는 원인까지 밝혀줄 수 있으면 얼마나 좋을까요?

무속인들이 그런 역할을 자임해 왔으며 과장되거나 믿음이 가지 않는 경우가 대부분이긴 해도 일부 성과가 있었음을 부인하기 어렵습니다. 그럼에도 불구하고 다음과 같은 심각한 문제들이 있습니다. 그래서 신앙이 아니라 병입니다.

1 본인의 의사와 무관하게 강요됩니다

원인 모를 병으로 몸이 아프거나 사고가 나거나 하는 일마다 안 되거나 스스로도 납득이 안 되는 일들을 벌이거나 이상한 짓을 하는데 거부할 수 없습니다.

2 삿된 것들에 휘둘림을 많이 당합니다

헛것을 많이 보며 실상과 허상의 구별이 모호합니다. 사람이 죽으면 뱀이나 새, 동물이 되기도 한다는 등 헛된 믿음이 많습니다.

3 인간성이 훼손됩니다

정신질환자를 체크할 때 보이는 손수건 모양의 형상이 무당들에게는 공통적으로 보입니다. 현실 생활에 필요한 감각들이 현저히 떨어집니다. 정상적인 사람은 5겹의 기운으로 되어 있습니다. 중증 암환자, 알코올 중독자, 마약 중독자, 정신질환자 등은 기운의 겹들이 붙어서 한 겹처럼 보입니다. 무당들도 기운의 겹이 한 겹으로 보입니다.

4 객이 주인을 밀어내고 주인 행세

들어오면 무형의 백 중 초아와 힘겨루기를 하며 아가 타협하거나 받아들이기로 하면 공존하거나 객이 주인 행세를 합니다. 어떤 때는 예전의 모습, 어떤 때는 다른 존재로 느껴지는 이유입니다. 인간으로서의 주도적 성장 기회를 상실하는 문제가 있습니다.

5 무당신 즉 만신은 인간의 혼과 다른 존재입니다

무당 속에 들어 있는 만신이 갔다 오는 하늘은 사람혼이 갔다 오는 하늘과 다릅니다. 이들은 자기 몸을 갖지 못하기에 사람 몸 속에 스며들어 기생합니다. 사람혼은 이들의 정체를 아는 듯합니다. 만신을 무시하고 그들의 부림을 잘 받지 않습니다. 천도를 한다는 것은 사람혼을 하늘에 가게 하는 것인데 무당이 천도한다는 것은 무당 속 만신이 자기도 가보지 못한 하늘에 자기를 무시하는 사람혼을 인도하는 것입니다. 어려운 일입니다.

6 거짓 행동을 합니다

만신은 남자도 여자도 아닙니다. 애기도 젊은이도 늙은이도 아닙니다. 사람혼도 아닙니다. 그런데 돌아가신 아버지, 애절하게 죽은 아들, 애기 동자, 선녀보살, 최영장군, 옥황상제, 용왕, 산신령 등 별의별 모습으로 등장합니다. 원하는 바 욕구에 맞춰 가장 설득력 있는 신분으로 가장합니다.

7 전파하기 위해 - 굿, 신주단지

이들은 중성으로 스스로 자기종 번식이 안 됩니다. 사람 몸속에 알이 생기게 하여 수를 늘려 갑니다. 무속에 젖어 있거나 신주단지를 모시는 등의 행위를 하거나 욕심에 기반한 능력이나 원하는 바를 밖에서 구하는 사람은 알을 이식하기에 적절한 조건을 갖추고 있는 셈입니다.

8 종문서

무당알이 생기면 만신이 따라 붙고 부화를 위해 알을 자극합니다. 사람이 죽어도 그 알은 사라지지 않습니다. 씨가 되어 혼속에 기생하여 하늘까지 따라갑니다. 따라 다니던 만신은 자기들 하늘에 가서 대기합니다. 다음 생을 위해 혼이 이 세상에 와 육신을 얻으면 대기하고 있던 예전의 그 만신이 다시 와 따라 붙습니다. 이 짓을 두고두고 계속합니다.

천 년 전 고려시대 때 종들이 이제는 종이 아닙니다. 천 년 전 무당은 지금도 그 때 그 만신이 따라다니거나 들어와 신기를 발동하고 있습니다. 무당알이 있다는 것은 종문서가 있는 것보다 무서운 일입니다.

9 예방과 치유

❶ 예방

① 무속과 거리를 두는 것이 좋습니다. 답답할 때 가볍게 신수나 점을 보는 정도야 할 수 있는 일입니다. 굿이나 신주단지를 두고 빌어대는 것은 위험합니다.

② 걸핏하면 빌어대며 밖에서 구하는 행위는 답이 아닙니다. 어

려움을 당할 때 내 안에서 답을 찾고 차분히 대응하는 것이 현명합니다. 내 안에 나의 하늘 영이 있다는 것을 잊지 마십시오.

③ 욕망을 바탕으로 특별한 능력이나 도를 구하는 것은 가장 위험합니다. 인간의 허점을 이용하여 들어오고자 하는 것들은 얼마든지 있습니다. 종교인이나 구도인 중에 빙의나 접신되어 아는 소리 하고 다니는 사람이 많습니다. 하늘과 멀어지는 행위입니다.

④ 나의 하늘에 채널을 고정하고 맑고 밝고 선하고 긍정적이고 열린 마음으로 살아야 합니다.

❷ 치유

① 무당알을 없애고 만신을 빼내어 자기 하늘로 보냅니다.

② 다시 못 들어오게 보호막을 칩니다.

③ 정신질환적인 면과 한 겹으로 붙어버린 기운의 겹을 정상적인 다섯 겹으로 회복시키는 등 훼손된 몸과 마음을 치유합니다.

④ 신병은 대개 뿌리가 깊다. 여러 생에 걸쳐 밖에서 열렬히 구하는 행위를 한 결과입니다. 이 습을 치유하는 것이 시간이 오래 걸리고 어렵습니다. 걸핏하면 온갖 신들을 불러대고 빌어대는 습성을 걷어내야 진정한 치유입니다. 보호막 밖에는 들어오고자 하는 귀신이 많습니다. 안에서 들어오라고 간절히 빌어대면 보호막은 언젠가는 뚫릴 것입니다. 여러 생에 걸쳐 형성된 오랜 습을 걷어내는 것이 쉬운 일이 아닙니다.

7. 내면아이

1 개념

내 안에 또 다른 내가 아이로 들어 있는 경우가 있습니다. 이를 내면아이라 합니다.

갓난 아이, 공포에 질린 3살 아이, 떼쓰고 앙앙거리며 우는 꼬마, 사탕 빠는 개구쟁이, 다리 흔들거리는 중학생, 모자 삐딱하게 쓴 고등학생까지 다양한 사연들을 품고 다양한 모습으로 존재합니다. 몸 속 깊은 곳에서 머리를 다리 사이에 묻고 웅크리고 앉아 있거나 건드리지 말라는 듯 반항적인 몸짓을 하고 있습니다.

이들과 소통이 가능합니다. 집에서도 학교에서도 말썽꾸러기인 12살 아이를 치유하는 과정에서 만난 내면아이와 주고받은 이야기의 일부입니다.

3살 내면아이가 웅크리고 앉아 있습니다.

"왜 그러고 있나?" "이 세상 나 혼자뿐이에요." "엄마도 있고 가족도 있잖아." "누구도 내편은 없어요. 어디 소속되고 싶지도 않고 내 성질나는 대로 한 세상 살 거예요."

다음은 수시로 집을 나가 며칠을 헤매다 들어오기를 반복하는 어느 집안 손자를 치유하는 과정에서 만난 내면아이와의 대화입니다.

15살 정도의 내면아이가 울고 있습니다. 방황을 시작한 시기와 같습니다.

"왜 울고 있나?" "엄마가 끌려갔어요." 숨이 턱에 차고 눈에서는 눈물이 흐릅니다. "어디로 끌려갔는지 모른대요. 어떻게 하면 좋아요?" "천천히 얘기해봐라." "애들과 놀고 집에 와 보니 엄마가 없어요. 옆집에 물으니 남자들이 와서 끌고 갔대요. 산을 넘고 강을 건너며 밤새도록 찾아도 엄마가 없어요." "왜 끌려갔을까?" "동네 사람들이 수군대는 거 들어보면 아들 하나 있는 거 굶기지 않으려고 흉년에 빌린 곡식을 갚지 못하여 노비로 끌려갔대요. 엄마는 배가 안 고프다며 나만 차려줄 때 꿀맛 같은 밥을 먹었고 엄마가 배고플 거라고는 생각을 못 했어요. 엄마에게 효도는커녕 애만 끓게 했는데 엄마 하나 의지하고 살았는데 나 어떻게 살아요?"

엉엉 웁니다.

현생 엄마가 엄연히 있는데 전생 엄마를 못 잊어 밤낮으로 엄마를 찾아 헤매는 소년의 이야기입니다.

2 증상

내면아이가 들어 있는 사람들은 나이는 어른인데 어느 측면에서 어린애 짓을 하곤 합니다.

사람 속에 귀신(혼)이 들어있는 경우는 웬만하면 표가 잘 나지 않습니다. 내면아이가 들어있는 경우는 알 수 있습니다. 특히 같이 사는 사람은 대부분 전적으로 공감을 합니다. 떼쓰며 앙앙거리는 꼬마가 들어있는 남편과 3~40년을 같이 산 아내라면 남편 속에 그런 아이가 들어있다는 말에 '맞아요!'라며 무릎을 칩니다.

내면아이가 들어있으면 어린애 짓을 간간이 합니다. 남편으로 가장으로 책임감이 덜합니다. 어른으로서의 성숙함이 떨어집니다. 전생에 뿌리를 두고 있기에 현생의 기운이 쇠할 때 영향을 많이 받습니다. 겉은 어른이나 어린아이로 사는 사람들입니다.

이런 사람들이 의외로 많습니다. 남자는 절반 이상, 여자는 10명 중 2명 정도.

3 원인

수많은 생을 사는 중 성장기에 엄마를 잃어버리거나 죽음의 공포에 노출되는 등 극단적인 충격을 받거나 뭔가에 마음을 홀랑 빼앗길 정도로 빠지면 그 나이에서 정신적 성장을 멈추거나 더 어린 나이로 퇴행하는 경우가 있는데, 그 흔적이 다음 생에도 내면아이 형태로 남게 됩니다.

4 치유

혼, 수, 체 등 빙의는 그 자리에서 빼고 못 들어오게 보호막을 치면 됩니다. 빙의보다 사람의 인성에 부정적인 영향을 더 많이 주는 내면아이는 그 사람의 정신적인 한 측면이기에 빼내면 되는 정도의 간단한 문제가 아닙니다. 치유와 교육을 통해 본 나이에 맞게 키워 성장시켜야 합니다.

웅크리고 있는 내면아이를 일으켜 세우고 멈춰진 사건의 기억들을 지우고 문제가 되는 지금의 나를 보여 주고 자기 나이에 맞는 본 모습을 보여주면 쪼그라져 있던 몸이 붕붕하며 지금의 나이로 커집니다. 공이 많이 들어가고 시간도 걸립니다. 6살 꼬마가 본 나이인 60살로 수개월 내에 성장한다고 상상해 보십시오. 생각이 많아지고 혼란스러운 과정이 따르기도 합니다.

이럴 때 주변 사람들의 역할이 중요합니다. 아이가 성장하여 스무 살이 넘으면 그에 걸맞게 대접을 합니다. 내면아이 성장기에도 마찬가지입니다. 이전과 다른 눈으로 보아야 합니다. 어른 대접을 하고 존중해 주어야 성장에 도움이 됩니다.

내면아이가 본 나이에 맞게 성장하여 어른이 되면 주변 사람이 알 수 있습니다. 행동이 달라지고 마음 씀이 어른스러워집니다. 이해도 더 잘하고 배려하는 마음도 생기고 떼도 안 부립니다. 남편다워지고 가장으로서의 책임감 등이 보입니다. 갑자기 어른이 되다 보니 생각이 많아지고 예민해질 수도 있습니다. 자기 나이에 맞는 어른이 되는 것입니다.

5 심리학에서 말하는 내면아이와의 차이
'내면아이'는 심리학에 이미 있는 개념입니다. 모든 사람이 어린애 같은 면을 가지고 있고 그 면이 때로는 문제가 되는 경우가 있는데 이를 내면아이라고 합니다.

맞는 말인데 경계가 모호합니다. 누구나 어린아이에서 어른이 되었기에 지나온 과정의 흔적들이 남아서 어린아이 같은 면이 있는 것은 당연합니다. 이를 모두 내면아이로 연결 짓는 것은 무리가 있습니다.

여기서 말하는 내면아이는 심리학에서 말하는 것과 좀 다릅니다. 몸속에 실제로 문제가 되는 아이의 형상이 존재하고 그 아이와 대화가 가능하며 그 뿌리가 대개 전생에 있고 그것을 명상으로 확인할 수 있으며 그 아이를 키울 수 있다는 것이 심리학에서 말하는 것과 다릅니다.

6 자가치유

남편이나 아내, 아들이 철이 없고 어린애 짓을 반복적으로 하면 기억하지 못하는 과거의 상처로 인하여 내면아이가 있을 확률이 높습니다. 어린애가 남편 노릇을 하고 어린애가 가장 노릇을 한다고 생각해 보십시오. 얼마나 힘들고 고달프겠습니까?

작은 일에도 고마워하며 칭찬하십시오. 어떤 아이가 어떤 형태로 있는지 정확히 몰라도 됩니다. 상처 받아 성장이 멈춰버린 그 아이에게 속삭이세요.

'미안해, 고마워, 사랑해.'

그러면 남편이나 아내, 아들 속에 있는 아이의 상처가 치유되고 성숙한 어른의 모습으로 회복될 것입니다.

혼, 수, 체 등과는 달리 내면아이는 본인이나 가족의 노력으로 어느 정도 치유가 가능합니다.

8. 죽은 사람이 자주 보이는 경우

돌아가신 어머니가 꿈에 나타나 배고프다며 밥을 달라고 합니다. 비몽사몽간에 할머니가 집안 사정과 안부를 묻기도 합니다. 1년 전에 돌아가신 아버지가 밤마다 찾아와 많은 것들을 참견하며 미리 알려주기도 합니다.

죽은 사람이 간혹 한 번씩 생각이 나거나 꿈에 보이는 것은 자연스런 일입니다. 기억의 잔상일 수도 있습니다. 정도가 심하여 죽은 사람 생각이 많이 나거나 꿈이나 비몽사몽 혹은 명상 중에 자주 나타나면 다음의 4가지 중 하나입니다.

① 하늘로 못 간 경우
② 하늘에 가서 파동을 보내는 경우
③ 마음으로 만들어내는 경우
④ 만신이 죽은 사람 행세하는 경우

죽음은 혼이 하늘에 있는 영을 만나러 가는 과정입니다. 이별을 두 번 해야 합니다. 몸이 죽어 몸과의 이별, 많은 것을 내려놓아 이생에서 맺은 인연들과의 마음의 이별. 그래야 혼이 하늘로 갈 수 있습니다.

정든 것들과의 이별은 항상 아픕니다. 몸은 당하듯이 죽기에 예외 없이 이별이 가능합니다. 마음은 본인의 의지와 결단이 필요합니다. 마음도 죽을 만큼 아픈 이별을 해야 합니다. 죽으면 당연 몸은 흩어집니다. 마음 또한 많은 것을 내려놓고 살았던 생의 감정들을 어느 정도 정리해야 합니다. 놓지 못하면 무거워 혼이 하늘로 올라갈 수 없습니다.

몸이 죽으면 영이 더 높은 하늘에서 중간 하늘로 마중을 나옵니다. 그 곳에서 50여 일간 기다립니다. 혼은 이 생에서 생긴 때들을 털어내고 영이 기다리는 하늘로 49일 안에 가야 합니다. 그 기간이 지나면 가고 싶어도 못 갑니다. 기다리던 영이 원래 자리로 올라가버리기 때문입니다.

정해진 기간 안에 못 가는 혼이 열에 일곱 정도나 됩니다. 가지 못하고 가까이 있기에 생각이 많이 나거나 살아있는 듯이 느껴지고 꿈에 자주 보이는 것은 자연스러운 것입니다.

- p130, 어떤 존재인가 참고

49일 안에 많은 것을 내려놓은 혼은 빛의 형태로 하늘로 올라갑니다. 더 높은 하늘에서 내려와 기다리는 영을 만나 지난 삶을 반성하고 다음 생에 관해 의논하고 선택합니다. 그런 후 이곳에서 다음 생이 시작될 때까지 기다리는 시간이 있습니다. 이 기다리는 시간에 인연이 있는 이승의 사람들에게 파동을 보내기도 합니다. 이럴 때도 생각이 나거나 꿈에 자주 보이기도 합니다.

10명 중 2-3명이 파동을 보냅니다. 좋은 인연이 있는 사람에게 좋은 기운을 보낸다고 보면 됩니다. 이렇게 보내는 기운이나 교신을 실제로 수신하려면 순수하고 감성이 예민해야 합니다. 하늘에 간 사람이 보내는 송신이나 기운을 감지하는 경우는 많지 않습니다. 보내지만 받지 못하면 보내는 쪽도 이내 시들해짐니다.

돌아가신 분이 하늘로 가서 다음 생을 얻어 다시 지구로 돌아와 어느 집 아기로 태어나 자라고 있는데도 예전 생의 모습 그대로 나타나는 경우 또한 있습니다. 이는 그렇게 보는 사람의 마음이 만든 허상입니다.

종교인이나 명상가 중에 이런 경험을 하는 경우가 있습니다. 기도나 명상 중에 예수나 석가 또는 조상 등 누군가가 나타납니다. 살아있는 대화나 상담도 하고 앞날을 예지해 주기도 합니다. 이런 경험을 한 사람은 자기의 경험을 과도하게 해석하고 이상한 행동을 하여 패가망신하기도 합니다.

건전하게 활용할 수도 있습니다. 필요한 인물을 참모로 부를 수 있습니다. 중요하고 고독한 결정을 할 때 역사 속 훌륭한 인물들을 불러 그 사람들의 의견이나 관점을 구하는 노력을 계속하면 언젠가 그 사람들이 나타나 조언을 하기도 합니다. 그 조언들은 유용합니다. 나타나는 그 사람들이 내 마음이 만들어내는 허상이라는 것만 이해하면 됩니다.

만신이 죽은 사람으로 변신하여 거짓 행세를 하는 경우는 문제가 심각합니다. 보통 사람도 10명 중 1명 정도가 무당알을 가지고 있습니다. 무당알이 있으면 만신이 붙어 있거나 따라다니며 알을 끊임없이 자극하여 부화시키려 합니다. 알을 가지고 있는 10명 중 1명은 알이 부화됩니다. 이렇게 되면 만신이 몸으로 들어와 주인 행세를 하려 합니다. 신기가 발동하고 신병을 앓게 됩니다.

만신은 다양한 모습으로 변신이 가능합니다. 돌아가신 할머니를 깊이 사모하는 손녀라면 할머니 모습으로 나타날 수 있습니다. 아버지로, 어머니로, 죽은 아들로, 옥황상제로….

이는 다음 생까지 이어지는 심각한 병입니다.

- p163, 무당알 - 무병 - 신병 참고

설명 드린 ①과 ②는 죽은 사람과 관련이 있습니다. ③은 마음이 만드는 허상이고 ④는 만신의 장난입니다.

맑고 예민한 분들이 실상을 잘 보기도 하지만 허상에 노출되기도 쉽습니다. 정확하게 알아 중심을 잡고 대응하면 문제가 되지 않습니다. 정확하게 아는 것, 중심을 잡는 것이 현실적으로 쉽지 않다면 약간 무디게 무심하게 대하는 것이 방법입니다.

2부

기통

기통이란

단전이 제 기능을 찾으며 90도가 되고

우주와 소통하는 백회가 열리고 나와

우주와 하늘의 정보를 송수신하는 송과체에 불이 들어오고

하늘과 소통하는 하늘문이 열려

갇힌 나에서 열린 나로 거듭나는 것을 말합니다.

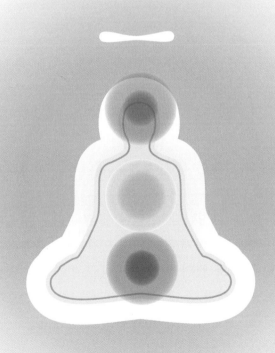

1장

기통

*
알면 모르는 것이 더 많아집니다.
다음 내용들은 수정 보완될 수 있습니다.

1. 기통이란?

하늘과 우주와 사람은 같은 체계로 돌아가는 하나의 생명체입니다.

우주는 기운의 바다입니다. 한없이 넓은 공간은 허공이 아니라 빛과 정보, 파동, 에너지로 채워져 있습니다. 온전하고 모든 존재의 모태이며 서로 열려 있어서 하나로 연결되어 있습니다. 사람에 비유하면 정신과 몸 중 몸에 해당됩니다. 음양오행의 원리에 의해 균형과 조화를 이루며 돌아가고 있습니다. 사람과는 백회(제7차크라)를 통해 연결됩니다.

하늘은 우주를 포함하나 차원이 다르게 실재합니다. 사람이 죽어서 가는 곳이 이 하늘입니다. 우주가 몸이라면 하늘은 정신입니다. 우주가 기운이라면 하늘은 마음입니다. 우주가 땅이라면 하늘은 그야말로 하늘입니다. 원리, 정화, 영성, 근원 중 근원, 온전함, 하나임….

가장 최상의 마음---하늘의 마음---사랑, 사랑입니다! 사람과는 하늘문(제8차크라)으로 연결됩니다.

사람은 우주와 하늘을 닮았습니다. 그래서 소우주라고 합니다. 우주와 하늘이 펼쳐놓은 기운의 바다에서 살고 있습니다. 하늘 마음이 이미 들어와 자리하고 있고 음양오행의 원리에 의해 균형과 조화를 이루며 살아갈 수 있도록 완벽하게 설계되었습니다.

갓 태어난 아이는 단전의 각도가 90도이며 우주와 소통하는 백회가 열려 있고 머리 위 하늘문을 통해 하늘 기운을 받습니다. 나이가 들며 현상계에 마음을 뺏겨 에고가 형성되어 단전은 접혀지고 백회와 하늘문은 닫혀져 우주와 하늘의 기운으로부터 멀어집니다.

하늘 우주 인간 만물은 열린 관계로 존재해야 합니다. 하나의 생명체와 같습니다. 연결되어 서로 소통할 때 완전해집니다.

기통이란 단전이 제 기능을 찾으며 90도가 되고 우주와 소통하는 백회가 열리고 나와 우주와 하늘의 정보를 송수신하는 송과체에 불이 들어오고 하늘과 소통하는 하늘문이 열려 갇힌 나에서 열린 나로 거듭나는 것을 말합니다. 닫혔던 문들이 열리면 우주의 기운은 백회로, 하늘의 기운은 하늘문으로 쏟아져 들어옵니다.

우주 기운은 온몸을 채우고 하늘 기운은 단전에 쌓입니다. 마른 논, 말라가던 논에 물이 들어오는 것을 연상하면 됩니다. 몸과 마음이 살아납니다! 우주의 일원으로, 하늘 백성으로 살아가도록 설계된 나의 본 모습을 회복하게 됩니다!

2. 기통이 되는 과정

기운의 중심이 아래로 내려가면 몸이 열립니다. 회음 이하에서 안정이 되면 몸은 더 열기 위해 길을 찾습니다. 단전에 핵이 생깁니다. 회음에서 백회로 충맥이 자랍니다. 대맥, 임독맥, 교유맥이 열립니다. 12경락을 구성하는 361개의 혈이 열립니다. 세포가 열립니다. 기운의 고속도로가 생긴 것입니다. 우주와 하늘 기운을 온몸으로 배달하는 도로입니다. 이러는 과정에 하단전이 중심을 잡으며 중단전, 상단전이 열립니다. 송과체라는 우주의 안테나에 불이 들어오고 백회와 하늘문이 열립니다.

우주는 기운의 바다입니다. 사람은 이 바다에서 온몸으로 숨을 쉬며 살아갑니다. 우주의 흐름에 동조해야 합니다. 그러기 위해 나를 열어야 합니다.

사람의 기운중심을 보면 대부분 배꼽 위에 있습니다. 이런 사람은 기운이 시계 방향으로 돌아갑니다. 병뚜껑을 시계 방향으로 돌리면 닫힙니다. 시계 반대 방향이어야 열립니다. 우주는 열리는 쪽으로 돌아갑니다. 인간도 우주의 일원입니다. 몸의 기운이 열리는 쪽으로 돌아야 건강합니다. 기운의 중심을 아래로 내려 방향을 바로 잡을 수 있습니다. 아래로, 아래로 내리면 열리고 열립니다.

1 기운의 중심
갓난 아기는 우주와 소통하는 백회가 열려 있고 머리 위 하늘문을 통해 하늘 기운을 받습니다. 아랫배에 원판 같은 단전이 있어서 온몸으로 기운을 받고 기운의 중심이 하복부에 잡힙니다.

3살 정도가 되면 원판 같던 단전이 동전 크기만 하게 줄어들고 5살 정도가 되면 점처럼 보일락 말락 하다가 좀 더 진행되면 하복부 피부 밑에 책갈피 속 빛바랜 꽃잎처럼 세로로 세워져 기운을 받지 못하게 되고 기운의 중심은 배꼽 위로 올라가게 됩니다. 그래서 사람들은 대부분 기운의 중심이 배꼽 위로 떠 있습니다.

상복부나 가슴, 심하면 얼굴에 중심이 이동해 있는 사람들이 있습니다. 기운이 위로 뜨면 몸의 균형과 조화가 무너집니다. 닫힌 몸이 됩니다. 닫힘의 끝은 죽음입니다. 기운의 중심이 얼굴까지 올라간 사람은 위험합니다.

절을 하면 이 기운의 중심을 아래로 내릴 수 있습니다. 기운의 중심이 하복부까지 내려오면 건강해집니다. 회음 아래로 내려가면 열린 몸이 됩니다.

2 단전의 가동

단전은 하늘 기운을 받는 장치입니다. 인간에게만 있습니다. 몸에는 하단전 중단전 상단전 3개의 내단전과 양손 양발에 각각 1개씩 4개의 외단전이 있습니다.

단전은 기운의 중심과 깊은 관련이 있습니다. 기운의 중심이 회음 아래로 내려가면 단전이 가동됩니다. 단전이 가동되면 하늘의 기운을 온몸으로 받을 수 있습니다.

③ 단전호흡

절은 온몸으로 하는 단전호흡입니다. 일어났다 앉고 엎드리기를 반복하며 기운의 중심을 하복부 아래로 끌어내리고 양손 양발에 있는 4개의 외단전이 열렸다 닫혔다를 반복하며 몸통에 있는 내단전들을 자극합니다.

하단전이 단전의 뿌리라고 할 수 있습니다. 기운의 중심이 하복부 아래 단전에 잡히면 하단전이 깨어납니다.

④ 온몸의 열림

기운의 중심이 회음 이하에서 안정되면 몸은 더 열 수 있는 길을 찾습니다. 단전에 핵이 생깁니다. 단전의 불씨가 생겼다고 할 수 있습니다. 충맥은 백회에서 회음까지 몸통을 관통하고 기운의 중심을 잡아주는 중요한 맥입니다.

대부분의 사람들은 충맥이 흐릿하고 미미하게 점선처럼 이어져 있습니다. 하단전에 핵이 생기면 회음에서 백회로 충맥이 자랍니다. 또렷한 실선으로 변합니다. 회음에서 백회까지 기운의 도로가 생긴다고 할 수 있습니다.

이 때 제 기능을 잃고 세로로 세워져 있던 단전이 조금씩 원판의 모양을 회복하며 원래 자리로 돌아갑니다. 하늘 기운을 다시 받기 시작합니다.

충맥이 열리면 대맥, 임독맥이 열립니다. 교유맥이 열립니다. 12경락을 구성하는 361개의 혈이 열립니다. 세포가 열립니다. 이러는 과정에 상중하단전이 영글어가고 백회가 열립니다.

우주의 기운이 들어옵니다. 머릿속 간뇌가 활성화되어 송과체에 불이 들어오고 인당과 목창이 열립니다. 몸 밖 머리 위에 접시 같은 하늘문-하늘동그라미가 생깁니다. 하늘 기운이 내려꽂힙니다. 그동안 공들여 열었던 단전, 기경팔맥, 12경락의 혈, 세포 속으로 우주와 하늘의 기운이 쏟아져 들어옵니다.

기통입니다! 하늘문이 열리는 것은 기통의 완성이고 신통의 시작입니다. 한없이 열어가는 과정은 계속됩니다.

5 기통

눈에 보이지 않는 기운을 따라 피가 흐릅니다. 기운의 흐름이 약하거나 막히면 피의 흐름도 약하거나 막힙니다. 병이란 기운의 흐름이 온전하지 않아 해당 부위에 피가 제대로 공급되지 않기 때문에 일어납니다.

기통이란 온몸에 기운의 고속도로가 뚫려 개통하는 것을 의미합니다. 기통이 되면 단전호흡이 저절로 됩니다. 몸의 변화들이 자동화됩니다. 스스로 굴러갑니다. 몸의 모순들이 순차적으로 정리됩니다. 건강 걱정은 더 이상 하지 않아도 됩니다.

놀라운 능력들이 계발됩니다. 새로운 눈이 생깁니다. 인간으로서의 자기 존재에 자부심을 느낍니다. 다른 사람을 도울 수 있는 능력도 생깁니다. 하늘과 우주와 하나 되는 삶이 얼마나 행복하고 소중한지를 알게 됩니다. 자유로워집니다.

6 기통이 되더라도 공력의 크기나 느끼는 정도, 보는 정도가 다릅니다. 공력은 높은데 보지 못 하는 경우도 있고 반대로 공력은 낮은데 많은 것을 보는 경우도 있습니다.

기통이란 봉인되었던 많은 능력들이 잠금해제된 것을 의미하기도 합니다. 방향을 잃지 않고 꾸준히 수련하면 누구에게나 놀라운 일이 일어날 수 있습니다. 다만 지금 내가 보는 것이 전부가 아닐 수 있다는 것을 알아야 합니다.

단정적이고 성급한 결론은 삼가야 합니다. 보다 낮은 자세로 조심스럽게 접근하고 검증된 결과를 갖고 말해야 합니다. 어디까지 열리느냐, 얼마나 크게 열리느냐는 사람마다 다릅니다. 수많은 생을 살아오며 가꾸어온 마음의 크기나 열린 정도가 다르기 때문입니다.

이기심을 기반으로 자기중심적인 삶을 살며 쌓아온 성 속에 갇힌 사람들이 많습니다. 이렇게 쌓은 성은 나를 보호해주는 것이 아니라 앞으로 나아갈 수 없게 옭아매는 함정입니다. 온 우주가 열어가는 쪽으로 돌아갑니다. 성을 허물고 마음을 열어 우주의 흐름에 동참하면 많은 발전을 할 수 있습니다.

3. 기통 진행과정 실제 예시

발원문을 쓰면 기운의 중심과 열려가는 과정을 예전에는 주 1회, 요즘은 10일에 1번이나 월 1회 점검을 해드립니다. 다음은 점검 해드린 기록입니다. 지면상 빨리 진행된 3명의 실례만 올립니다.

① 발원문 – 함께 하겠습니다 / 태인(전태인) 기통 5호

1964년생 여자입니다.
남편 61세, 아들 26세, 딸 21살입니다.
27년 직장 생활 50살을 맞이하면서 그만두고 현재 찻집을 운영하면서 정원 가꾸기와 프랑스자수를 하며 감사히 지내고 있습니다. 일상이 골골거렸으나 현재 먹는 약과 큰 고질병은 없습니다. 일어난 일을 받아들이며 살려는 마음으로 크게 마음의 뿌리가 흔들리지는 않습니다. 지금보다 건강하고 에너지가 넘치게 되면 몸과 마음이 힘든 사람들을 잘 헤아리며 살고 싶습니다. 가족 모두가 건강하고 본인이 원하는 세상에 우뚝서기를 소망합니다.

2020년 7월 15일부터 7월 22일까지 8일째 333배 하였습니다. 하늘과 가까이 하는 삶을 살며 주변의 어려운 사람들과 마음을 나누고 하늘이 허락하는 시간까지 낮은 자세로 쓰임 받는 사람이 되고자 합니다.

 무인 2020년 7월 31일 16:52
좋은 선택을 축하합니다. 기운의 중심 회음

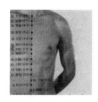

 태인 2020년 7월 31일 17:45

감사합니다. 꾸준히 할게요^^

 무인 2020년 8월 11일 10:10

1. 기운의 중심.

2. 진행경로 : 단전에 핵-충맥-대맥-임독맥-교유맥-12경락(혈)-세포-
(백회 열림)-하늘문 완성

3. 단전의 각도 : 몸통 기준

1. 복토 2. 충맥-곡골 3. 50도

 태인 2020년 8월 12일 13:17

감사합니다.

 무인 2020년 8월 21일 11:06

1. 족삼리 2. 관원 3. 60도

 태인 2020년 8월 22일 11:34

감사합니다.
어제 밤에는 왼손잡이라서 그런지,
왼쪽으로 무한 뱅글뱅글 돌다가 어지러워서 드러누웠어요.

무인 2020년 8월 31일 11:42

1. 족삼리 2. 관원 3. 80도

 태인 2020년 8월 31일 19:24

선생님~~~ 너무너무 감사합니다.

 무인 2020년 9월 11일 11:33

1. 복토 2. 신궐 3. 80도

 **태인** 2020년 9월 12일 21:49

꾸준히 하겠습니다 ^^
감사합니다.

 무인 2020년 9월 21일 18:30

1. 복토 2. 단중 3. 80도

 태인 2020년 9월 21일 19:06

감사합니다^^

 무인 2020년 9월 30일 22:20

1. 발바닥 2. 교유맥 진행 3. 90도

 태인 2020년 9월 30일 22:54

와우! 감사합니다^^

 무인 2020년 10월 11일 21:14

1. 발바닥 2. 혈 3. 90도

태인 2020년 10월 12일 07:29
선생님 말씀처럼 잘 가고 있네요. 감사합니다.

 무인 2020년 10월 20일 21:52
1. 발바닥 2. 기통

2020년 10월 19일에
태인이 하늘문이 열리고
기통이 되었습니다.
축하하고 사랑합니다.
하늘님 감사합니다.

 태인 2020년 10월 20일 22:32
다시 한 번 더 감사드립니다. 기운 발바닥에 머물도록 계속 성장하겠습니다.

2 영이 발원문 / 영이(성영순)기통 34호

가족
같이 사는 짝지와
덩치 큰 아들 둘 결혼해서 독립 살아갑니다.

하는 일
헤어와 집농사 짓습니다.

마음상태
마음 편히 살겠습니다.

노력

111배와 하늘에 다가 가는 삶을 살겠습니다.

이런 노력이 모아져서 건강해져서
내 삶에 그림을 아름답게 그려나가겠습니다.

 무인 2020년 10월 31일 20:22

좋은 선택을 축하합니다.
기운의 중심 음교

 영이 2020년 11월 1일 06:49

감사합니다. 고맙습니다. 사랑합니다.

 무인 2020년 11월 10일 17:58

신궐

 무인 2020년 11월 20일 12:08

곡골

 무인 2020년 11월 30일 20:39

1. 기운의 중심.
2. 진행경로 : 단전에 핵-충맥-대맥-임독맥-교유맥-12경락(혈)-세포-(백

회 열림)-하늘문 완성

3. 단전의 각도 : 몸통 기준.

1. 복토 2. 임독맥 80 3. 20도

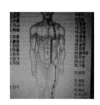

 무인 2020년 12월 10일 19:15
1. 발바닥 2. 교유맥30, 백회 열림 3. 90도

 영이 2020년 12월 11일 11:52
(기) 잘 받고 있습니다. 감사합니다.

 무인 2020년 12월 21일 09:41
1. 발바닥 2. 혈 30, 백회 열림 3. 90도

2020년 12월 27일에
영이가 하늘문이 열리고 기통이 되었습니다.
축하하고 사랑합니다.
하늘님 감사합니다.

③ 발원문 올립니다 / 기통 79호

❶ 소개
- **닉네임 :** 돌담(권원욱)
- **나이 :** 56세(남)
- **가족관계 :** 아내(감사가득), 아들(군복무중)
- **하는 일 :** 회사원

❷ 몸의 상태 : 평소 피부가려움증으로 힘들었으나, 지리산박 선생님한테 기치유를 받고 많이 호전되었으며, 술, 담배를 즐겨하여 간과 폐의 기능이 다소 좋지 않습니다.

❸ 마음상태 : 인간관계에서 마음의 상처를 많이 받아, 어느 순간부터 사람 대하기를 주저하게 되었습니다. 산청으로 귀촌한 이유도 그냥 소박하게 살고픈 마음이었네요.

감사가득님이 나이 어린 아내지만, 옆에서 같이 살면서 마음공부도 많이 보고 배우고, 절을 하게 되면서부터는, 내가 느낀 상처를 나또한 다른이에게 했던 것은 아닌가하는 생각이 많이 듭니다.

❹ 소원하는 것
- 소박하게 살고 싶습니다. 소소한 것에 기쁨과 만족을 느끼며 살고 싶습니다.
- 건강하게 살고 싶습니다. 아내의 병이 빨리 완치되기를 바랍니다. 가족이 건강하고 유쾌하게 살기를 바라며, 그런 좋은 기운들이 옆에 있는 모든 이들과 같이 느끼고 싶습니다.
- 남에게 조그마한 도움이 되는 사람이 되고 싶습니다. 기치유를

받으면서 지리산박 선생님의 모습에서, 드라마에서 보던 허준 선생님의 이미지가 자꾸 겹쳐지는 건 무엇때문일까요. 지리산박 선생님은 저의 롤모델입니다. 공부 많이 하도록 노력하겠습니다.

5 노력할 것

• **절하기** : 요즘 111배 + 33배를 하고 있습니다. 매일 333배하도록 노력하겠습니다.

• **명상하기** : 절하기 전후로 명상을 하고 있습니다. 진솔하고 깊이있는 명상으로 하늘님께 다가갈수 있도록 노력하겠습니다.

• **발끝치기** : 오늘 1회 2,000번 도전, 성공했습니다. 할수록 기분이 좋아지고 체력이 붙습니다. 아침.저녁으로 2,000번씩 할 수 있도록 노력하겠습니다.

• **공부하기** : 마음공부, 대체의학공부 노력하겠습니다.

6 **다짐** : 빙그레 선생님과 지리산박 선생님. 태인님의 따뜻하고 유쾌함 속에서 느껴지는 사람에 대한 정에 감사하며, 돌담도 주위사람들에게 그러한 모습으로 다가갈 수 있도록 노력하겠습니다.

 무인 2021년 2월 11일 17:25

좋은 선택을 축하합니다.

기운의 중심 회음

돌담(권원욱) 2021년 2월 11일 19:14

감사합니다. 더욱 노력하겠습니다.

 돌담(권원욱) 2021년 2월 21일 16:58

감사합니다. 건강한 몸으로, 맑은 정신으로 보답토록 하겠습니다.

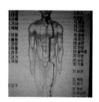 **무인** 2021년 3월 1일 10:35

1. 기운의 중심

2. 진행경로 : 단전에 핵–충맥–대맥–임독맥–교유맥–12경락(혈)–세포–(백회 열림)–하늘문 완성

3. 단전의 각도 : 몸통 기준

1. 족삼리 2. 임독맥 10, 백회 열리는 중 3. 90도

 돌담(권원욱) 2021년 3월 1일 10:43

감사합니다.

 무인 2021년 3월 21일 13:49

삼음교

 무인 2021년 4월 1일 12:28

발바닥

무인 2021년 4월 11일 09:54
1. 발바닥 2. 혈 10, 백회 열리는 중 3. 90도

 무인 2021년 4월 21일 14:58
1. 발바닥 2. 세포 30, 백회 열림 3. 90도

2021년 4월 28일에
돌담이 하늘문이 열리고 기통이 되었습니다.
축하하고 사랑합니다.
하늘님 감사합니다.

 무인 2021년 5월 1일 11:16
발바닥

 무인 2021년 6월 2일 11:07
삼음교

 하늬바람(돌담) 2021년 6월 19일 23:18
큰선생님, 감사합니다.
더욱 정진토록 하겠습니다.

4. 기통이 되면

기통이 되는 사람들이 나오고 있습니다. 앞으로 이어서 나오게 됩니다. 처음 대하는 과일이라 먹어도 되는 건지 먹으면 어떤 맛인지 먹고 나면 무엇이 좋아지는지를 대부분의 사람들이 모릅니다. 이들에게 도움을 드리고자 합니다.

1 기통과정에 일어나는 변화들

① 머리가 맑아집니다.
② 몸이 가벼워집니다.
③ 입에 침이 많이 생기고 배고픔을 느낍니다.
④ 덜 피곤합니다.
⑤ 병, 미병들이 드러나고 풀립니다.
⑥ 몸 여기저기서 전기 같은 느낌이나 열감 압력 흔들림 자발공 등 기적인 감각이 살아납니다.
⑦ 방구나 하품이 자주 나옵니다.
⑧ 숙변이 빠지기도 합니다.
⑨ 피부 발진이나 역겨운 냄새가 납니다.
⑩ 몸살기 같은 것이 오고 아프거나 불편한 곳이 드러납니다.
⑪ 속이 울렁거리고 머리가 우리하고 답답하고 열이 나기도 합니다.
⑫ 머리가 아프거나 어지러울 수 있습니다.
⑬ 고주파 파동처럼 미세한 떨림이 일어납니다.
⑭ 빛이나 색깔, 여러 가지 상들이 나타납니다.

2 기통이 되면

1) 몸의 변화
① 기통과정에서 일어났던 긍정적인 변화들이 강화됩니다.
② 감각들이 정교하고 예민해집니다.
③ 우주와 하늘 기운이 수시로 들어와 몸의 모순들을 순차적으로 정리합니다.
④ 암이나 풍 치매 골다공증 등 고질적인 병이나 미병 상태에서 벗어납니다.
⑤ 몸이 알아서 스스로 돌아가 균형과 조화를 이루는 흐름이 강화되고 자동화됩니다.
⑥ 골밀도가 올라가고 키가 자랄 수 있습니다. 기통 후 6개월 단위로 검사해서 확인해 볼 일입니다.
⑦ 시력이 좋아져 안경을 바꿔야 하는 경우가 생깁니다.
⑧ 머리에 함몰된 곳이 채워지고 빈약한 곳이 차올라 골상이 변할 수 있습니다.
⑨ 곱게 늙고 죽을 때 까지 자기수발을 할 수 있습니다.
⑩ 세상 마지막을 순하게 맞을 수 있습니다.
⑪, ⑫, …

2) 마음의 변화
① 한꺼풀 막이 벗겨져 세상이 새롭게 보입니다.
② 우주와 하늘에 연결되어 그 속의 일원이라는 소속감을 느낍니다.
③ 자연과 세상이 가까워집니다.
④ 명상이 잘 되고 깊이 들어갑니다.
⑤ 사람과 자연, 동물과 식물, 사물과 교감이 일어납니다.

⑥ 세상과 우주와 하늘이 내 편이라는 생각이 듭니다.

⑦ 편안함을 느끼고 무장해제가 됩니다.

⑧ 하늘에 감사하는 마음이 저절로 생깁니다.

⑨ 행복감을 느끼고 스스로를 귀하게 여기고 사랑하게 됩니다.

⑩ 여유롭고 관대하며 자유로워집니다.

⑪ 유위의 영역(200)에서 무위의 영역(2,000 이상)으로 마음이 흐릅니다.

3) 능력

① 우주와 하늘의 기운이 들어와 내 몸과 마음을 채우고 차고 넘쳐서 다른 사람들을 도울 수 있습니다.

② 내 속에 사장되어 있는 수많은 능력들이 계발되어 발현됩니다.

③ 소위 제 3의 눈이 생깁니다. 기운을 보고 귀신을 보고 전생을 볼 수 있습니다.

④ 기운을 볼 수 있을 뿐만 아니라 사람의 몸속 상태를 느끼고 직접 들여다볼 수 있습니다.

⑤ 암이나 치매, 풍 등 고질병이나 의학적으로 불가능한 병들도 치유할 수 있습니다.

⑥ 유체이탈, 시간여행, 공간여행을 하기도 합니다.

⑦ 전생을 치유할 수 있습니다.

⑧ 꼬였던 매듭들이 풀리고 세상살이가 저절로 되어집니다.

기통은 끝이 아닙니다. 신통, 영통의 출발점입니다. 더 열어가면 새로운 지평이 열립니다. 이 길의 끝은 하늘입니다. 어디까지 갈 수 있느냐 얼마나 가까이 가느냐는 마음의 크기와 여는 정도에 따라 달라집니다.

5. 기통이 되려면

맑고 밝고 선하고 긍정적이고 열린 마음이면 기통이 잘 됩니다.
전생치유를 통해 몸과 마음의 긴장을 풀어야 합니다. 절과 명
상으로 몸과 마음을 열어야 합니다.

열고, 열고, 열어 그 끝은 하늘입니다. 자기 속에서 빠져나와
하늘 향해 한없이 나아가야 합니다.

■ 전생치유

전생치유란 사람 속에 있어서는 안 될 빙의나 헛것들을 걷어
내고 많은 생을 살며 받은 상처를 치유하고 마음에 자리 잡은 바
위들을 덜어내는 것을 말합니다. 몸은 361의 혈과 80조가 넘는
세포가 있습니다. 혈과 세포는 몸을 구성하는 기본 요소이며 내
외부적으로 연결되는 소통의 통로입니다. 일반인들의 혈과 세포
는 많이 긴장되어 있습니다. 투구 쓰고 갑옷 입고 한 손엔 창, 한
손엔 방패 든 성을 지키는 병사와 같은 모습입니다.

수많은 생을 살아오며 세상사 뜻대로 되지 않아 다치고 상처
받은 마음이 자기의 성을 쌓아 세상과 대적하고 있는 모습입니
다. 혼, 수, 체, 만신, 채널 등 빙의를 걷어내고 집착, 욕심, 시기
질투, 슬픔, 아만, 악한 마음, 공포, 분노, 내면아이, 천벌, 잘못된
믿음과 신념 등 마음에 있는 수많은 바위들을 덜어내는 전생치
유를 하면 혈과 세포들이 변합니다.

긴장감이 사라지고 느슨해집니다. 무장해제를 합니다.

마음의 긴장 몸의 긴장이 풀려 기운이 원활하게 소통할 수 있

는 조건이 됩니다. 새싹회 기통은 최소 혈과 세포 이상까지 열립니다. 전생치유와 깊은 관련이 있습니다.

2 하늘이 내 편 되는 삶

하늘을 포함한 이 우주에 가장 높은 산이 있습니다. 그 산 꼭대기에 앉아있는 이가 있습니다. 석가도 예수도 영 맑은 이라면 그 누구도 다가가고자 했던 유일한 존재, 하늘님입니다.

하늘님은 절대자입니다. 그 자체가 질서이고 법이고 원리이고 모든 것입니다. 사랑입니다. 모든 존재의 뿌리입니다. 지향점이고 궁극의 목표입니다.

이 하늘님이 내 편 되어 주신다면? 걱정 두려움이 없어지고 온 세상이 내 편이 되는 해방감을 느낍니다. 몸과 마음이 편해지고 하는 일이 잘 풀립니다. 어떻게? 나에게, 세상에, 하늘에게 좋은 사람이 되면 됩니다.

내가 하는 모든 행동과 행동으로 드러내지 않은 속마음까지 우주와 하늘에 소문이 다 납니다. 지난 만 년 이상의 세월을 살아오며 한 행동이나 마음씀이 소문이 다 났을 뿐만 아니라 기록까지 되어 있습니다.

사람뿐만 아니라 우주 만물은 서로 연결되어 있는 동창생들입니다. 풀잎이나 나무 꽃들에게, 벌이나 나비 새들 동물들에게, 바람이나 구름이나 공기에게, 흙이나 돌이나 흐르는 물에게, 나에게, 사람들에게, 하늘에게 나는 어떤 존재일까? 그들에게 비친 나의 모습이 그대로 반사되어 나를 감쌉니다.

나는 이 우주 동창생들에게 어떤 평판을 받고 있을까? 하늘은 내 모습을 어떻게 보고 있을까?

이기심을 기반으로 한 자기중심적인 삶은 지독한 함정입니다. 한 번 빠지면 몇천 년간 빠져나오지 못합니다. 삼천 년 전이나 이천 년 전이나 천 년 전이나 지금이나 다람쥐 쳇바퀴 돌 듯 그 자리에서 뱅글뱅글 돌며 비슷한 삶을 반복합니다.

세상만사 돌아가는 원리는 2000 그 이상의 영역입니다. 200도 안 되는 머리로 굴리고 돌려도 뜻대로 되지 않는 일이 당연히 많습니다. 이로 인해 상처받고 망가진 200은 고작 한다는 짓이 성을 쌓아 스스로를 고립시키며 세상과 맞서는 것입니다.

세상살이 중 가장 위험한 짓이 스스로를 소외시키고 가두는 행위입니다. 하늘과 멀어지는 선택입니다. 성을 허물고 나와야 합니다. 나 속에서 빠져 나와야 합니다. 세상과 한 편이 되어야 합니다. 우주 동창생들과 함께 해야 합니다. 하늘 향해 다가가야 합니다.

어떻게 빠져나올까?

가장 효과적인 방법이 이타적 행위입니다. 나의 마음씀이 누군가에게 위로가 되고, 나의 손길이 누군가에게 도움이 되고, 나의 노력이 누군가에게 희망이 되고 빛이 되어, 나로 인해 다른 이들이 좋아지고 행복해지고 살아나는…

우주 공동체에 이바지하고 보탬이 되기 위해 노력하는 삶. 가지고 올 때보다 줄 때 마음이 편합니다. 내 것을 주어 다른 이에게 도움이 되는 것을 보는 기쁨은 누군가를 딛고 취해서 가져올 때 느끼는 성취감이나 즐거움과는 차원이 다릅니다.

사람 속에는 하늘마음이 있습니다. 그 마음과 마음이 만날 때 공명이 일어납니다. 하늘까지 전해집니다. 갇혀서 쪼그라져 있던 하늘마음이 살아납니다. 나를 나로부터 빠져나오게 하는 힘이 생깁니다. 보다 나다워지고 하늘 향해 마음의 문이 열립니다.

많은 세월 동안 하늘님은 나를 짝사랑하였습니다. 하늘님은 간도 쓸개도 없습니다. 수천 년간 망나니짓을 했어도 반성하고 마음 열면 웃어주십니다. 지금 서 있는 지점이 어디이든 방향을 틀어 다가가면 '헤헤헤'하며 받아주시는 바보입니다. 성을 허물고 세상과 한 편 되어 공동체에 이바지하는 노력을 하면 내 편이 되어 주십니다.

한없이 자애로운 바보 하늘님 편이 될 만 하지 않습니까?

3 절

절은 온몸으로 하는 단전호흡입니다. 절을 통해 몸을 열어야 합니다.

- p273, 제3장 절 참고

4 명상

명상을 하며 하늘과 우주와 내가 하나 되는 경험을 통해 열어 가기를 권합니다.

- p295, 제4장 명상법 참고

5 +α

세상에는 좋은 마음을 가진 좋은 사람 중 절을 하고 명상을 하며 하늘에 다가가고자 수십 년간 노력하는 사람들이 많습니다. 그런데 그들은 왜 기통이 되지 않는가? 물이 없는 곳을 아무리 파도 목마름만 더할 뿐 갈증은 해소되지 않습니다. 물이 있는, 물이 나오는 곳을 다시 찾아야 합니다. 하늘의 문이 열려 하늘의 기운이 쏟아지는 곳을 찾아야 합니다.

2장

기통이 된 사람들의 이야기

기통이 된 사람들의 인생이야기와 기통 전후의 변화

1. 기통의 신비함

- 이름 : 빛나리(홍필연, 덕산)
- 나이 : 51년생
- 지역 : 경남 산청
- 직업 : 주부
- 기통 : 2021년 7월 17일(104호)

지금까지 기통이 그저 기통인가 보다 했던 기통이 되고 나니 기통의 신비함이란 말로써 표현을 다 하지 못할 정도입니다. 기통후의 변화가 너무 많아 혼자 알고 있기엔 너무 아까워 글을 올려 새싹회 회원님들에게도 알려드립니다.

기통 후의 신비함은 본인 자신의 아픈 곳 치유를 본인의 의지와는 관계없이 스스로 아픈 곳곳을 찾아 치유를 한다는 것입니다. 발끝에서부터 시작, 기운이 위로 오르면서 본인도 모르게 '하늘님 감사합니다' 하는 주문이 입으로 나오면서 머리 위까지 기운이 오르면서 아픈 곳곳을 찾아 치유한다는 것입니다.

기통후의 자체 치유된 곳을 적어보면!

1) 녹내장치유 - 녹내장 진단받은 것이 3년 정도 지났는데 진단 후 담당의사왈 '녹내장은 치유가 불가능해 잘못 관리하면 실명이 됩니다'라고 하여 매일 6차례이상 약물을 투입하여야 한다고 하여 매일 6차례 이상 약물을 투입했습니다. 약물 투입 후에는 눈이 침침하여 사물이 밝게 보이지 않아 짜증스러움은 물론 하루 6차례 이상 시간 맞춰 약물을 투입해야하는 번거로움이란 표현 할 수 없을 정도였습니다.

그런데 기통이 되고나서 자체치유하면서 눈이 맑아지는 느낌이 오면서 사물이 침침하게 보이던 것이 밝게 보이기 시작했고 약물을 투입하지 않아도 되겠다는 감을 느끼면서 약물을 투입하지 않은지가 1달이 지났습니다. 지금은 사물이 밝게 보이면서 보는 느낌도 상쾌하여 새로 태어난 느낌으로 하루하루를 즐겁게 살아가고 있습니다. 기통이 병원 의사보다 한수 위인가봅니다.

2) 발목장단지치유 - 발목과 장단지 혈류 흐름이 원활치 않아 (병원진단결과)여름에도 발목장단지가 시려 버선을 신어야 했던 것을 치유.

3) 허리통증 치유 - 허리협착증 수술후유증으로 날마다 진통제로 살아오던 것이 치유.

4) 머리뒷목 및 머리통증 치유 - 가끔씩 통증이 오면 견디기 어려운 정도이던 것이 치유.

5) 온몸을 톡톡 쏘는 통증치유 - 가끔 온몸을 톡톡 쏘는 통증으로 고생하던 것이 치유.

6) 소변 고통에서 벗어남 - 소변 때문에 밤낮으로 고생하던 것이 치유.

7) 수면고통해소 - 밤에 한 번 깨면 밤새도록 잠을 못 자던 것을 치유.

8) 마음불안 초조치유 - 마음이 항시 불안초조 하던 것을 치유.

9) 식후 나른함 해소 - 식후에 언제나 나른하여 곧바로 누워야 했던 것 치유.

10) 느림보걸음 해소 - 평소에 걸음걸이가 연세 많은 할머니 걸음걸이가 지금은 남편 호산의 걸음(어느 누구도 따라 걷지 못할 정도의 빠른 걸음)걸이와 맞춰 함께 나란히 빠르게 걸을 수 있게 치유. 이 모두가 안봉리 큰선생님과 마음선생님 덕분이라 생각하여 나도 모르게 아침저녁으로 '안봉리 큰선생님, 마음선생님 감사합니다. 사랑합니다'를 몇 차례씩 반복되풀이 하고 있습니다. 또한 저의 기통이 되기까지 빛나리라는 닉네임을 지어주시고 몸이 아파 111배를 할 수 없음을 아시고 와공하는 방법을 직접 지도하여주신 산청 태인선생님께 감사인사 올립니다.

2. 감사하며 살겠습니다

- 이름 : 청봉(조윤주 진주1)
- 나이 : 49년생
- 지역 : 경남 진주
- 기통 : 2021년 3월 14일(62호)

농업을 천직으로 여기시던 부모님 사이에서 4남 3녀 중 다섯째로 태어났습니다. 태어난 지 얼마 안 되어 많이 아팠답니다. 살아날 가망이 없어 포기하는 마음으로 윗목에 밀쳐두었는데 다음날 꼼지락꼼지락 살아났다고 합니다. 인자하신 할머니와 부모님, 우애 있는 형제들 사이에서 사랑을 받으며 별 어려움 없이 자랐습니다.

할머니께서는 불교를 극진히 믿으셨고 아버지가 돌아가시기 전까지 매년 섣달 그믐날 밤에 할머니와 아버지, 아들 4형제가 함께 절에 가서 설날 아침 첫 불공을 올릴 정도로 불심이 깊은 집안에서 자랐습니다. 그래서인지 어른이 되어서도 절에 가기를 좋아했고 어려움이 있으면 부처님께 기도를 많이 드렸습니다.

부모님은 타고나신 부지런함으로 힘든 일 마다하지 않으셨고 열심히 일하셔서 자식들 공부를 시키셨고 7남매를 모두 남부럽지 않게 키우셨습니다. 저도 공무원이 되어서 근무하다가 집사람을 만나서 결혼을 하고 편안하게 잘 살았습니다.

아이가 빨리 생기지 않아 부처님께 기도를 많이 드렸고 그 가피로 아들 둘을 얻어서 행복하게 지내던 중 40대에 갑자기 임파

선종이 생겨 몇 년의 어려운 고비를 넘겼습니다. 집사람의 지극한 내조로 잘 버티고 일어나서 건강을 되찾고 직장에서도 좋은 일이 많았습니다.

승진도 잘 되었고 정년퇴직으로 마무리를 잘 하고 이제 건강하게 제 2의 인생을 살고 있습니다. 2020년 봄부터 집사람이 아침저녁으로 111배와 발끝치기를 열심히 하면서 건강에 너무 좋다고 같이 하자 하는데 사실 그 이전부터 절을 아침에 꾸준히 해왔기 때문에 절하는 건 자신이 있었지만 그다지 마음이 내키지 않았습니다. 집사람도 저러다가 그만두겠지 했는데 몇 달을 꾸준히 하고 있었습니다.

무릎이 아파서 절을 못하게 되니까 와공이라고 하면서 처음 보는 운동을 계속했습니다.

무릎과 허리가 아픈데도 중단하지 않고 해나가는 집사람의 모습이 종전과 좀 달라보였습니다. 그래서 응원하는 마음으로 같이 절을 하기 시작하였습니다. 이 때까지도 안봉리 선생님들에 대해서는 알지 못했습니다. 작년 가을에 가족모임 식사를 하다가 안봉리 선생님에 대한 이야기를 처음 들었습니다. 그리고 선생님에 대해 궁금하기도 하였지만 내색을 하지 않았습니다.

작년 12월에 집사람이 기통이 되었다고 했습니다. 처음에는 좀 우습기도 하고 기통이 뭔지 궁금하기도 했습니다. 자주 피로감을 느끼던 집사람이 피로한 줄 모르고 기운도 생기는 것이 신기해 보였습니다. 그 때부터 마음이 이끌려 새싹회에 가입하고 집사람을 따라서 매일 111배와 발끝치기 명상을 해보니 몸도 가벼워지고 유연성이 생기면서 피로감도 못 느끼게 되니까 점점 더 재미가 나고 믿음이 생겼습니다.

이제 발원문을 써보라고 해서 2021년 1월 31일 발원문을 올리고 본격적으로 아침저녁으로 111배, 명상, 발끝치기, 미고사를 열심히 했습니다.

기통자님들의 기 나눔을 받겠다고 신청하고 기를 처음 받는데 갑자기 손바닥에 가벼운 애드벌룬을 올려놓은 것 같은 느낌을 받았는데 그게 기감이라는 걸 처음 알았습니다. 그 뒤로도 팔이 저절로 위로 옆으로 뒤로 자석에 끌리듯이 당겨지기도 하고 끌렸습니다.

신기하면서 기분이 날아갈 듯이 좋았습니다. 어떤 때는 온 몸이 좌우로 먼저 흔들리고 손바닥과 얼굴로 기감이 오는 날이 많았습니다. 기를 나누어 주신 기통 선배님들께 감사드립니다.

기통 전 현상

머리가 띵, 하는 통증이 와서 감기인가 생각하고 있는데 먼저 기통이 된 아내 한별이 그게 기통이 되는 과정이라고 했습니다. 다음날 또 같은 현상이 생겨 아스피린을 먹을까 하다가 참았습니다. 계속해서 머리가 띵하고 통증이 있다가 사라졌습니다.

3월 14일 한별이 마음카페에 들어가 보더니 저도 기통이 되었다고 알려주는데 도저히 믿기지 않았습니다. 공부도 많이 하지 않았고 아직 부족한 것이 많은데 기통이 되었다니 믿어지지 않았고 지금도 실감이 나지 않습니다.

모두 선생님들 덕분입니다. 선생님 정말 감사합니다. 하늘님 감사합니다.

기통 후 변화

기통 후 111배 발끝치기와 명상을 더 열심히 하고 있습니다. 피로하지 않아 몸이 가벼우며 머리가 맑아지고 시력이 좋아졌으며 잠이 잘 오고 숙면을 합니다. 산행 시에 숨이 덜 차고 식욕이 좋아졌습니다. 마음이 편안하고 기분이 좋습니다. 기통 후 전반적으로 몸 상태가 좋아지고 있다는 걸 느끼고 있다가 건강검진을 받았습니다.

젊을 때 B형간염을 앓았던 적이 있어서 그동안 계속해서 간염약을 복용하고 있었는데 건강검진 결과 간염균이 99.9% 박멸되었다고 하면서 6개월 후 면역이 생기면 그때는 약을 끊어도 된다는 의사선생님 소견을 듣고 너무 기분이 좋았습니다.

기 수련 일지

`2021년 3월 10일`

오후에 머리가 띵하고 약간 두통이 느껴지면서 오후 10시 기를 받는데 손바닥에 강한 기감과 머리가 조이듯이 압축감이 느껴졌습니다.

`2021년 3월 11일`

기를 받고 있는데 머리가 띵하면서 무척 아픈데 열과 통증은 없었습니다.

`2021년 3월 13일`

오른쪽 손목에서 팔꿈치까지 주사 바늘로 찌르는 듯한 통증이 10분 정도 느껴지다가 사라졌습니다.

2021년 3월 14일

왼쪽 손목에서 팔꿈치까지 찌릿한 통증과 동시 기감이 오로라처럼 연기가 흔들리듯 기가 흔들리는 느낌이 들었습니다.

2021년 4월 2일

손과 얼굴에 강한 기감이 느껴지면서 팔이 끌어당겨지면서 새가 공중에서 할강과 상승하는 느낌처럼 팔이 날개짓 하듯이 무아지경 속에서 저절로 춤이 추어졌습니다.

2021년 4월 7일

기 나눔을 받을 때 초대한 분들이 보이면서 손바닥에서 나오는 기 전파로 기를 공유하는 것이 보이고 나중에 보니 양팔이 옆으로 들려 있었는데 시작하면서부터 마칠 때까지 계속해서 같은 자세로 팔을 30분 이상 옆으로 들고 있어도 고통을 느끼지 못했습니다.

2021년 5월 10일

앉아 있는데 몸이 흔들리고 심한 울렁거림이 나타났습니다.

2021년 6월 23일

머리가 조이고 왼쪽 광대뼈 밑을 손끝으로 만지는 느낌이 들었습니다.

2021년 7월 2일

손과 얼굴에 강한 기감과 인당과 코끝이 찡하고 조여들었습니다. 아직까지 부족한 것이 너무 많은데 기통이라는 하늘님의 큰사랑을 받았습니다. 앞으로 더 감사하고 이로운 삶을 살도록 노력하겠습니다. 하늘님 감사합니다. 선생님 감사합니다.

3. 하늘님의 짝사랑을 마주하다

- 이름 : 하랑(이정미 진주1)
- 나이 : 64년생
- 지역 : 경남 진주
- 기통 : 2020년 10월 29일(12호)

사천에서 첫울음을 터트리면서 이 세상과의 삶이 시작되었습니다. 전라남도 여천군에서 고기를 잡는 일을 하시는 부친과 다섯 살이 될 때까지 살았습니다. 다섯 살이 되었던 해에 고기를 잡으러 나가신 아버지는 돌아오시지 않으셨습니다. 같이 나가서 돌아오지 못한 선원분들에게 보상을 해야 했던 엄마는 친정인 사천으로 올 차비가 없어서 마당에 열린 감을 따서 팔아서 친정으로 올 수 있었다고 합니다. 이후 여천군 쪽으로는 고개도 돌리기 싫다고 하셨습니다.

외가에서 첫 손녀라 많은 사랑을 받고 자랐다고 합니다. 하지만 싹싹하고 영리한 남동생에게 밀리고 엄마의 직장생활로 인해 주말에만 오시는 엄마는 우리를 외갓집에 맡기는 미안함 때문인지 언제나 많은 일을 하셨고 엄마와 저 사이에는 그 어떤 마음의 교류도 없는 생활을 하게 되었습니다.

무덤덤한 학교생활은 공부에도 열정이 없었고 꿈이 있지도 않았던 시간이었습니다. 고등학교를 졸업하고 엄마 손에 이끌려 미용학원을 가게 되면서 하기 싫은걸 강요하는 엄마를 보면서 점점 더 엄마를 잊고 사는 생활을 하게 됩니다.

스물다섯 사월에 결혼을 하면서 좋은 남편과 애인이라고 온 동네에 자랑해주시는 시아버님과 눈에 보이는 욕심이 많은 시어머님과 좋아해주시는 시누이님과 시숙님들 덕분에 제2의 인생이 행복했습니다. 1년 뒤 똑똑한 딸아이가 생기고 딸아이 백일 때쯤 집도 사고 행복한 시간이 이어졌습니다.

남편이 다니던 직장을 그만두고 사업을 아는 분과 동업으로 시작하면서 저의 시련은 시작되었습니다. 동업자의 욕심과 사기로 결국 별 보고 나가고 별 보고 들어오던 남편은 각자의 길을 가기로 하고 따로 회사를 차렸습니다. 여기서 또 하청을 받아서 목돈을 만들어 건물을 사겠다고 작은 공사에서 벌인 돈을 하청 받은 현장에 쏟아 부었습니다.

공사가 끝나고 돈을 관청으로부터 받는 날, 하청을 준 회사 사장이 돈을 들고 도망을 갔습니다. 첫 번째 부도였습니다.

처음으로 중학교 친구가 스님으로 있는 포교원과 인연이 되어서 부처님을 만났습니다. 그때는 딸과 7살 차이가 나는 아들을 유치원에 보내고 나면 다시 아들이 집에 오는 시간동안 온통 부처님께 매달렸습니다. 부처님께 떼도 쓰고 원망도 많이 하고 억울하고 분해서 울기도 많이 하면서 조금씩 부처님을 저희집의 집사로 만드는 시간을 보냈습니다.

인연은 나의 의지와 상관없이 이 절, 저 절로 떠돌게 만들고 그러는 동안 또 좋은 시절로 돌아오고 남편이 회사를 종합건설 하나와 전문건설 두개를 운영하게 되고 무리하게 운영을 하다가 이번에는 저희들 때문에 제2의 부도가 나고 말았습니다. 시누님과 이모와 엄마에게 큰 빚을 지고 말았습니다.

제2의 부도는 제가 감당하기가 너무나 벅찼습니다. 마지막 남은 다이아반지와 금을 팔아서 천도제도 하고 그러나 소용이 없었습니다. 결국 살고 있던 집과 모든 남아있던 것들에 빨간 종이가 붙고 이사 비용으로 받았던 100만 원이 전 재산이었습니다.

원룸으로 이사 오던 날 밤, 참 허망함과 아이들에게 미안함으로 남편을 향한 원망으로 소리죽여 참 많이도 울었습니다. 이글을 쓰는 지금도 알 수 없는 눈물이 핑 돕니다.

이때부터 저는 낮에는 여행사 일을 하고 밤에는 24시 김밥집에서 저녁 9시부터 아침 9시까지 일을 하였습니다. 이때까지도 절을 부지런히 다녔습니다. 나의 유일한 쉼을 주는 곳이라는 생각에 스님이 내 주신 숙제인 경전 독송을 하면서 버텼습니다. 불과 올 봄까지 오전 아르바이트를 했습니다.

시누님의 소개로 미국으로 이민을 갔다가 사업차 방문한, 일본에서 60이 넘어서 정법공부를 하신 박** 선생님을 만나면서 종교가 생활보다 먼저가 아니라는 생각을 하게 되면서 자연적으로 절에 세 번 갈 걸 한 번만 가고 불전 놓을 돈을 우리 아들 치킨 사주고 그러던 중 스님들도 우리와 같은 사람이라는 것을 알게 되고 그들이 가진 것들을 유지하기 위해 힘든 사람의 위로처가 되지 않는다는 생각에 그렇게 좋아하던 절도 딱 끊고 한 달에 한번 한국에 오시는 박** 선생님께서 알려주시는 마음의 중요성과 긍정적인 자세, 부처님이 원하고 행하신 정법공부를 하게 되면서 조금씩 주체가 저라는 것과 모든 원인이 저라는 것을 알아가기 시작했습니다.

연세가 팔순이 넘으신 선생님께서 당신의 사명을 조금이라도 더 수행하시기 위해 책을 만드시면서 2017년부터 만남이 뜸해지면서 저의 마음공부는 천천히 저의 얕은 생각으로, 폭이 좁은 공부를 해 나갔지만 현실은 너무 희망이 안보이고 삶의 무게가 저를 짓눌렀습니다.

연초록언니의 소개로 안봉리와의 인연이 이어졌습니다. 처음 접하는 전생치유는 낯설고 이해하는데도 시간이 걸렸습니다.

한 달 집중치유 기간 동안 성만 내고 보냈습니다. 그러면서도 더 이상 할 수 있는 게 없다는 생각에 선생님이 내주시는 숙제는 대답을 했으므로 지키려고 노력했습니다. 주위의 인연들 덕분으로 저도 함께 계속적으로 치유를 받을 수 있어서 제 마음도 서서히 안정이 되면서 나만 힘들다고 생각했는데…. 집에서 누워만 있었던 남편도, 자영업을 하고 싶어서 직장을 그만두고 장사에 뛰어들면서 처음으로 딸이 우리 가정의 짐을 떠맡게 됩니다. 저도 함께 일을 하면서 많이도 부딪치고 서로 상처 주었습니다. 운영이 잘 안 되다 보니 서로에게 배려와 존중 할 여유가 안 되었기 때문입니다.

대구에서 대학을 다니는 아들도 부모가 있어도 기댈 수가 없으니 혼자 힘으로 살아야했으니 타지에서 얼마나 외롭고 힘들었을지…. 선생님께서 가족 모두가 힘들다는 말씀에 저의 어리석음이 보였습니다.

저의 가슴에 있던 무당알도 빼고, 남편에게 붙어있던 누워있던 여자 귀신도 내보내고, 딸아이의 가슴속에 있던 사기도 빼주고, 저의 가슴속에 있던 사기도 정리하고, 하늘로 가시지 못한 아버지도 올려 보내주고, 썩고 더러운 제 바가지도 새로 만들게 해주고, 문제가 되는 전생의 연결고리도 풀어주셨습니다. 그 힘든 작업을 선생님들께서는 무심한 듯 아무렇지 않은 척 말씀 해주십니다.

점점 마음이 안정이 되어갔습니다. 미고사만이 선생님의 강의를 들으면서 정화라는 걸 알고는 모든 올라오는 것들을 미고사로 답했습니다. 정화가 되는지 지혜라는 게 조금씩 자라났습니다.

6개월 후 저의 안봉리 첫 번째 원이었던 남편이 일을 시작하게 되었고 운영하는 가게에도 사람들이 들어오기 시작하였는데 지금은 너무 손님이 많습니다.

어떤 분인지 기억나지 않지만 저에게 팁을 가르쳐 주셨습니다. 안봉리에서는 말을 잘해야 한다고. 긍정적으로 대답하고, 약속한 것들을 지켜야 하고, 미고사 열심히 하고, 그러면 이루어진 자리에 가 있을 거라고.

일 년 반의 시간동안 많은 변화가 있었습니다. 옆집 아줌마 같은 마음의 거리에서 바라봤던 엄마를 엄마의 입장에 서서 보려고 노력하면서 조금씩 엄마에게 미안한 마음, 안쓰러운 마음을 가지게 되면서 엄마를 생각하는 제 마음에도 온기가 생겼습니다.

2020년 9월의 어느 날, 일 년 반 동안 하루에 11배만 하던 저에게 드디어 빙그레 선생님께서,

"이제 절을 좀 해보세요." 하십니다.

"선생님 이제 공부를 해야 할 시간이 되었습니까?"

"네, 할 때가 되었어요."

"선생님 제가 절을 많이 할 용기가 안 나서 망설이고 있습니다."

"그럼 66배라도 해보세요."

이후, 발원문을 써서 카페에 올리고 그래도 세면서 할 용기가 안 나서 20분 타이머를 맞춰 놓고 되도록이면 절 동작을 정확하게 하려고 노력하면서 시작을 했습니다만 나중에 알고 보니 순엉터리로 하고 있었더군요.

이후 계속 수정을 했습니다.

나중에 알았지만 선생님들께서 제 백회에 구멍이 난걸 아시고 절 수행을 권하신 것 같았습니다. 남들은 서울 가서 1,000만 원 들여서 백회에 구멍을 낸다는데 공짜로 구멍이 났으니 얼마나 신기하고 한편으로는 아무 노력도 없이 구멍이 났으니 선생님의 숙제를 꾸준히 이어나갑니다.

절, 명상, 기 전달 연습….

기운이 아래로 내려가고 단전이 열리고 기맥들이 교류하면서 온 몸이 흔들리고, 어지럽고, 대못으로 찌르고, 몸이 돌면서 뚜두둑 뼈를 맞추는 것처럼 온몸에서 소리가 나고, 몸에서 저만 느낄 수 있는 정도의 냄새도 나고, 전류가 찌릿찌릿하면서 자꾸만 눈앞에 여러 가지의 색들이 보였다 사라졌습니다.

2020년 9월 14일 발원문을 올립니다.

2020년 10월 11일 단전반으로 옮겨주십니다.

2020년 10월29일 기통이 되었습니다.

절을 마치고 명상을 하는데 머리 위를 묵직한 무엇인가가 누르는 것 같은 압력이 끝나고 나서도 계속되었습니다. 이후에 방문한 안봉리에서 빙그레 선생님께서 '카페 읽어봤어요?' 하시기에 '아니요' 했는데 '기통 되었는데' 하셨습니다.

"정말요?"

서둘러 카페를 열어 보니 '하랑이 하늘문이 열리고 기통이 되었습니다'라는 글귀가 확 들어왔습니다.

"선생님, 감사합니다."

빙그레 선생님께서 거하게 차려주신 잔칫상도 받았습니다.

큰선생님께서 '하늘님께서 그 긴 시간을 저를 보고 계셨다는 걸 알겠냐고' 하시는 말씀에 알 수 없는 눈물만 났습니다.

하늘님의 저를 향한 짝사랑을 마주한 날! 저는 기통이 되었습니다. 제가 자유로워졌습니다. 기통이 된 날은 하루 종일 발바닥에 파동이 느껴지고 발바닥이 따뜻하고 사물 하나, 하나가 각각의 개체로 너무 잘 보였는데 꼭 어릴 적 봤던 600만불의 사나이 눈같이 정확하게 보였습니다. 불안감이 없어졌습니다.

혼자 길을 걸어가는데 자꾸만 웃음이 '크크크' 나오고 손뼉을 치면서 '하늘님 뽑아주셔서 감사합니다, 고맙습니다. 쾌지나 칭칭나네' 하면서 몸이 자꾸만 흔들거립니다. 모르는 사람이 보면 미쳤나 했을 겁니다.

매일 반복되는 일상 속에서 장롱면허 수준인 기운행의 핸들을 이리저리 작동하는 연습도 하며, 얼마 전에는 새싹회 회원인 언니로부터 전화가 왔습니다.

"동생이 치유를 받고 있는데 이해를 못해서 치유가 늦는 것 같으니 대화를 나눠보면 안될까?"

마지막 치유인데 형부가 바쁘셔서 안봉리 가시는 분이 계시면 같이 갈 수 있는지 알아봐 달라는 부탁을 받고 마음이 편치 않아서 마침 시간이 나기에 그 동생분이 '마음이 편안해지면 좋겠습니다' 하고 기를 보내봤습니다.

제 마음에 동생분이 엄청 화가 난 느낌을 받았습니다. 정말 제가 화가 난 느낌이었는데 그 느낌이 한참이 지나도록 이어지기에 미고사로 정화를 했습니다. 기 운행를 하면서 그때그때마다 다름을 알고 부딪치면서 아직은 뭐가 뭔지 잘 모르겠지만 선생님들의 가르침을 받으면 기운행도 잘하리라 저에게 기대해봅니다.

만년하고도 56년을 살아오면서 때로는 사랑하고, 또 미워하고, 또 시기하고, 질투하고…. 무수히 많은 죄업으로 살아왔을 알지 못하는 그 시간의 나를…. 이 생에서 고통 없기를 바란 나의 욕심과 집착과 이기심을 조금이나마 알 수 있도록 깨우쳐주신 선생님 감사합니다.

사랑으로 주신 고통을 기회인줄 모르고 원망했던 저를 기다려주신 하늘님 감사합니다, 사랑합니다. 평범한 사람이었던 제가 하늘문이 생기면서 귀하고 소중한 존재라는 걸 알게 되었습니다. 현실을 받아들이고 내 잘못임을 알고 나를 낮추고 상대를 배려하고 존중하고 꼬인 매듭을 하나씩 풀어갈 때, 저절로 하늘님께 감사하는 마음이 나올 때 행복해지고 하늘님도 우리 곁에 함께 하시는 것 같습니다.

저는 이제 막 하늘님의 집 문지방을 넘어섰습니다. 오늘도 여전히 제 몸엔 다른 다양한 반응들이 일어나고 뭔지 모를 느낌들과 순간적으로 보이는 영상들을 즐기면서 내일의 삶이 어떤 모습일지 기대됩니다. 하늘님 편에 서게 해 주셨으니 기쁘게 나아가 보겠습니다.

이 글을 쓰는 3일 동안 가슴이 두근거리는 건지 아닌지? 이해하기 힘든 파동이 가슴에서 시작해서 밑으로, 밑으로 내려갑니다. 발바닥에 내려와서도 떨림이 계속됩니다.

두서없고, 표현력도 부족한 긴 글을 읽어 주셔서 미안합니다. 고맙습니다. 사랑합니다. 감사합니다.

기공유 체험

2020년 11월 8일

안봉리에서 세분에게 기 전달을 했습니다. 한 사람은 몸 전체가 검은 느낌, 미동이 없습니다. 가슴 밑에 압박이 느껴집니다. 외로움이 느껴집니다. 끝날 무렵 전반적으로 몸이 조금 밝아졌습니다.

두 번째 사람은 몸의 한쪽이 기울어져 보입니다. 엄마의 사랑을 원합니다, 자존감이 너무 낮아서 자존감을 올립니다.

세 번째 사람은 머리가 뱅뱅 돕니다. 몸에 반쪽만 보이는, 흡사 메두사 머리처럼 생긴 뱀들이 입을 벌리고 물려고 합니다. 가운데 있는 뱀머리를 손으로 뽑아서 멀리 던져버립니다 나머지 뱀들은 끝날 때까지 발광하는 모습이었습니다. 머리 뚜껑을 열어보니 뱀 머리가 보였습니다.

끝나고 느낀 것을 빙그레 선생님께 말씀을 드렸더니 뱀 머리가 다섯 개라고 하시면서 나머지 네 개는 선생님께서 처리해주신다고 하십니다. 한 달 정도가 지났는데 이글을 옮기는 이 순간에도 기억이 생생합니다.

미안합니다, 고맙습니다, 사랑합니다.

대상자의 왼쪽 어깨, 등 가운데에서 밑쪽, 왼쪽 옆구리, 허리중간까지 안 좋은 곳에 빛으로 비추어 보여주십니다. 눈 안에 동그란 모양의 딱딱한 것이 보입니다. 가슴 쪽이 뻥하고 터지고 검은 연기가 목으로 나옵니다. 아래쪽으로 내려와 혈관 같은 게 두 줄이 보이는데 왼쪽 줄이 가늘어 보입니다. 전립선 같습니다.

전반적으로 몸의 균형이 왼쪽으로 기울어져 보입니다. 웅크리고 있는 모습이 보이고 이마, 눈썹 사이, 코 중간까지 통증이 느껴집니다. 마치고 나누기 할 때 대상자 말이 쓰러져서 왼쪽으로 마비가 와서 한동안 고생 했는데 본인이 이야기 안 하면 모른답니다. 눈은 백내장이 있다고 합니다. 전립선도 검사하고 있다고 합니다. 참 신기했습니다.

2020년 12월 4일

마음속에 풀리지 않은 의문이 있습니다. 결혼을 하면서 시작된 저에 대한 엄마의 관심이 때로는 간섭으로 느껴져 주체할 수 없는 화가 올라옵니다. 많은 것들을 저에게 주고 희생하신 엄마인데 정말 저는 어느 순간부터는 엄마가 무슨 말을 하면 소리를 빽 지릅니다. 이성적으로 생각하면 제가 잘못한걸 알면서도 사과 한번 하지 않고 지나갔습니다.

엄마를 향한 나의 냉정함은 이성적으로 생각해봐도 저 자신조차도 이해가 되지 않았습니다. 마음을 들여다보는 공부를 안봉리 인연으로 시작하면서 마음 한구석에 넣어 두었던 엄마와의 전생이 궁금해졌습니다.

어느 집의 하녀가 보입니다.

주인님이 결혼을 하면서 하녀는 주인마님의 전담하녀가 됩니다. 하녀는 주인인 마님의 모든 일을 자기의 일처럼 도웁니다. 주인마님의 눈에는 그런 하녀가 보이지 않습니다. 관심이 전혀 없습니다. 하녀는 항상 옆에 있는 자기에 대한 감사함이 없는 마님이 밉습니다. 그림은 다시 거꾸로 돌아 마님과 하녀가 인연을 맺기 전으로 돌아와서 하녀가 툇마루에 앉아서 한가로이 파란하늘을 바라보고 있었습니다.

엄마와의 전생관계 같습니다.

그림을 보고나니 궁금증이 풀렸습니다. 이해가 되고 서로의 마음이 왜 그런지 알게 되었습니다. 2주가 지나 엄마에게 엄마와 나의 전생이야기를 해주었습니다. 미안한 마음이었습니다. 그리고 오늘 아침 꿈자리가 뒤숭숭하다고 하셔서 기 전달을 하고 전화를 해서 느낌을 물어보는데 대뜸,

"우리 전생에서 니가 잘못했나, 내가 잘못 했나?"

묻습니다.

"엄마가 잘못했지. 그러니까 내 한테 잘못했다고 하소."

했는데 엄마가 웃으며 말합니다.

"미안하다. 용서해라."

그 말에 저도 웃음이 나왔습니다.

"이제 엄마 빚 다 갚았소. 이제부터는 사랑하며 삽시다."

서로 그렇게 하자면서 웃으면서 통화를 끝냈습니다. 마음에 찌꺼기가 없어졌습니다. 하늘님 감사합니다. 알게 해주셔서 고맙습니다. 마음에 스멀스멀 엄마에 대한 사랑이 올라옵니다. 긴 숙제를 마친 기분이 듭니다.

4. 가슴 설레는 현실

- 이름 : 빙그레(이현실 본원)
- 나이 : 66년생
- 주소 : 경남 산청
- 기통 : 2020년 9월 26일(2호)

2남 2녀의 장녀로 태어납니다. 겨울밤, 백일 된 아이가 자지러지게 한 시간을 넘게 울었다합니다. 옆방에서 잠을 청하던 할머니가 아이가 너무 우니까 무슨 일인지 방문을 엽니다. 그때 아버지는 나오다가 픽 쓰러지고 엄마는 땅에 코를 박고 숨을 쉽니다.

연탄가스!

아이가 울지 않았다면 그날 밤 고스란히 세 명 모두 죽었을까요? 대학 때 자취방에서 또 한 번 연탄가스 마시고 마당으로 기어 나오다 화단 땅에 코를 박고 숨을 쉬는데 참 편안합니다.

아이큐가 100이 안되어 살았기에 학교 공부는 꽝이었지만 신기하게 중요한 자격증 시험은 언제나 붙습니다.

결혼을 해서 큰아이를 낳고 키우면서 무척 힘이 듭니다. 힘이 든다는 건 내 방식대로 키우려고 힘들다는 걸 지금 압니다. 그때 알았다면 마음으로 응원만 하면 되는 것을 기침에 천식을 앓아서 그거 고쳐보겠다고 수지침을 배우고 여러 요법들을 섭렵해도 아이의 천식은 고쳐지지 않았습니다.

지금 생각해보면 원인은 엄마입니다. 아이를 있는 그대로 봐주고 어떤 색깔을 좋아하는지 어떤 걸 볼 때 얼굴 가득 환하게 웃는지 그런 게 중요했는데 내 취향에 끼워 맞추려고 온갖 스트레스를 주었다는 게 많이 부끄럽고 미안합니다.

10대 20대의 기억은 통째로 날아가서 학교 후배가 이런 추억이 있다고 세세히 말해도 먼 나라 이야기 같았고 마음에 요동으로 30대를 미친 것처럼 삽니다.

40대 하나님을 믿으면서 하늘에 계신 우리 아버지여 이름이 거룩히…. 귀신이 보여도 그냥 바람처럼 느껴집니다. 무섭지 않고 아무 느낌 없이 바라봐집니다. 그리고 큰선생님을 만나 날뛰는 망아지 같던 성격이 사람답게 하나씩 고쳐집니다.

송과체가 열리고 이때 소원이 생깁니다.

1번: 명이 다할 때까지 곱게 살다가 '죽어서 그 시체를 찾을 수가 없더라' 하는 성경의 구절처럼 혼은 하늘로 깃털처럼 올라가고 죽은 몸은 순간에 흩어져 공간으로 스며들기를….

2번: 생각만으로도 상대 아픈 것이 치유되는 것이 원격치유의 시작점이었습니다.

가장 좋아하는 성경 구절 중 '내가 한 것처럼 너희도 능히 할 수 있다'는 예수님의 말씀을 오늘도 가슴에 새깁니다.

기 공유 체험

2020년 9월 14일 월요일 밤 9시

법연님의 기운을 받아봅니다. 몸 안에서 갑자기 머리카락 다섯 개가 뭉쳐서 돌아다닙니다. 여기저기 탐색 머리에서부터 스캔을 하며 이리저리 머리카락 휘날리듯 날아다닙니다. 긴 건 20센티 정도, 짧은 건 5센티 정도, 고관절 통증….

어떻게 찾아냈을까?

고관절로 머리카락 휘날리며 모여들더니 피부에 달라붙어 서로 속삭이듯 이야기하고 너는 여기, 나는 저기, 라며 원래부터 일처리를 그래야 하는 것처럼 파고들면서 이리저리 움직입니다. 그리고 살을 꿰매는 것도 아닌 것이 살들을 하나씩 모았다 헤집으면서 한참을 놀다가 이제 뼛속에 까지 파고들어 이리저리 움직이며 쥐어짜기도 하고 뭉쳐서 흔들기도 하고 밀가루 반죽하듯 늘리고 줄이고 잡아당기고 퉁기고 일사분란 각자 자기 맡은 바대로 더 정교할 수 없을 만큼 전문적이게 움직이며 돌아다닙니다.

한참을 놀고 있는 것을 보니 참 신기합니다.

2020년 9월 25일 밤 8시

큰선생님께서 '이제 기통이 될 거다'라고 하십니다. 손바닥 발바닥이 지글지글거린 건 계속 있어왔고 눈으로 보여 지는 건 있어도 느낌은 크게 느껴지는 건 없던 차에 절을 마치고 나니 기운이 계속 회음에 머물다가 비관으로 내려 온 것을 봅니다.

큰선생님이 뭉게구름 같은 기운을 한번 쏘아줍니다.

밤 10시 반, 자려고 누웠는데 갑자기 다리 양쪽 비관에서부터 꽉 쪼이며 아래로, 아래로 기운 중심을 이동시키는 시간이 10여분, 결국 발바닥까지 내리고 나서야 쪼이는 것을 멈춥니다. 기운이 쉼을 얻어 나도 쉽니다. 머리카락 같은 기운들이 온 몸 속을 날아서 휘젓고 다닙니다. 움직임이 휘황찬란, 요란합니다.

등뼈 안쪽 척추강을 따라서 바쁘게 오르락내리락 합니다. 온몸이 잔잔한 떨림 같은 진동이 이어지다가 뭐가 급한 모양입니다. 부산합니다.

임맥 독맥의 기운의 흐름을 따라가다 보니 입술에서 진짜 만나서 타통되고 교유맥 정리 끝나고 혈이 열리고 세포가 열리고 며칠 전부터 충맥이 머리 가마까지 와도 백회 구멍이 안 나다가 갑자기 구멍이 뻥 뚫리면서 기운이 쏟아져 들어옵니다.

몇 년 전에 송과체가 열렸으니 신통의 영역을 맛보기는 했지만 '기통이 언제 되냐구요?' 궁시렁거린 게 엊그제 같은데 하룻밤 사이 그 많은 작업들이 이뤄지고 제일 먼저 하는 일이 왼쪽 어깨로 갑니다. 뼈를 잘게 부수고 때를 녹이고 다시 반죽해서 뼈를 제자리로 보내고 통증의 기억을 지웁니다.

밤새 자는 둥 마는 둥 기운들의 움직임을 느끼고 있었는데 이 많은 작업을 하면서 기본으로 온몸의 미세한 떨림은 계속 됩니다. 선생님이 먼저 간 길이기도 하여서 '이 떨림이 그건가?'라는 느낌을 받습니다. 남은 건 하늘접시(하늘문, 하늘동그라미)였는데 오늘(9월 26일) 보니 완성됩니다.

얼마 전, 법연님도 완성된 하늘동그라미입니다.

2020년 9월 26일 아침

덕이와 산책을 나와 걷는데 땅속과 내 세포 하나에 줄 하나씩 연결되어 발 한 발짝 뗄 때마다 수많은 은줄이 반짝거리면서 나와 함께 움직입니다. 이 줄이 아무리 가늘어도 어느 누구라도 타의로 이 줄은 끊을 수 없다는 생각이 듭니다.

커다란 빽이 생긴 것 같습니다. 큰선생님의, 사람으로서 자부심을 갖게 만드는 기통이 되면 행복해진다는 말이 맞습니다. 그냥 좋습니다. 우주에 엎드려 감사를 전하고 하늘에 사랑을 바칩니다.

2020년 10월 7일 밤 10시

6일 날 밤 자면서 인당 청소를 유리 닦듯 뽀독거리는 소리까지 납니다. 7일 날은 전중에 연꽃이 흐드러지게 핀 것을 보았습니다. 단전에 연꽃이라는 글을 책인가 인터넷인가 본 적이 있어 단전에 찾아보니 그릇이 보입니다.

인당은 보이지 않는 것을 볼 수 있는 눈의 역할을 하고, 전중은 연꽃을 피워 향기와 아름다움이 퍼지게 하고, 단전은 기운을 담아서 자신과 타인의 몸과 마음에 기운을 나눠주는 역할을 하는 것이라 짐작합니다. 아낌없이 최선을 다해 기를 나눠주시는 지리산박 선생님 고맙습니다.

2020년 10월 12일 밤 8시

은줄은 생각만 하면 나타납니다. 세포 하나에 은줄 하나라고 하면 일 십 백 천 만 십만 백만 하고도 천만 억 십억 백억 천억 1조 그리고 10조. 80조 개라면 은줄도 80조 개가 햇볕이 있건 없건 반짝입니다. 내 움직임에 따라 땅과 연결된 은줄은 예술입니다.

손바닥 발바닥에는 작은 귤 크기의 구멍이 보입니다. 눈으로 보면 손바닥인데 마음으로 보면 구멍이 뽕, 지글지글하다가 화닥거리다가 발바닥 전체가 힘 떨어졌을 때 화닥거린 느낌하고 구멍에 딱 맞춰 화닥거리는 거는 구별이 됩니다. 그냥 좋습니다. 하늘이 파란 것도 보이고, 나무 한그루가 눈에 확 들어 올 때도 있고, 풀이 독립적으로 보이기도 합니다.

얼치기는 눈에 무언가 덧 씌워져서 세상이 흐릿하다는데 내 눈에 얇은 막이 있었나 봅니다. 그게 걷어져서 선명히 보이기도 합니다. 아직은 잘 모르겠습니다. '뭐가 좋은지, 뭐가 변했는지. 더 가보면 이게 얼마나 엄청난 것인지를 알게 된다는 큰선생님 말씀 믿어보자. 안 믿으면 어쩔?'

하루 종일 기가 돌아갑니다. 다 알지 못해도 언젠간 선명하게 알게 될 날이 온다는데, 태인은 가슴이 계속 따뜻해진다는데, 왜 가슴이 미어지게 아픈지 잘못한 게 많아서인지 밤에 작업은 더 치열합니다. 아파서 깰 때가 많고 어디 아파? 딱 집어 어딘지 모르고 오늘밤에는 또 어떤 기몸살이 올지 그냥 당하는 세월. 서 있으면 단전그릇과 연꽃이 하늘을 보고, 누우면 배위에 올려져있듯 하늘 보고 있습니다.

인당은 백회와 역할을 나눠가지는지 하늘은 꼭 보고 있는 건 맞습니다. 오늘도 단전에 기운이 안개처럼 흘러넘칩니다.

오늘밤 손바닥을 위로 하고 편한 자세로 앉았습니다. 하늘에서 손목 굵기의 한줄기 기둥이 내려오더니 두 갈래로 되어 노궁을 목표로 내리꽂힙니다. '아 신기하다' 하는 순간 용천을 찾아가는 줄기 단전 전중 인당까지 줄이 몸속으로 박힙니다.

361개의 혈에 원래 주인이었던 것처럼 깊숙이 뿌리박습니다. 그 다음 80조 개나 되는 세포 하나에 줄 하나씩 표창에 줄달아 던져서 목표를 맞추듯….

땅과 연결된 줄은 은줄
하늘과 연결된 줄은 금줄

그 와중에 드는 생각
'엉키지 않을까?'

'바보가 나타났다~'
하늘에서 내려온 줄인데
'너 바보지?'
'세포와 세포사이가 별과 별 사이만큼 넓다면 엉키겠어?'

'아~ 그렇구나! 그냥 보여지는대로 기록하면 되겠습니다.'

2021년 3월 22일

오늘 하루도 눈을 뜨고 살아있음에 감사합니다. 발바닥이 땅에 닿는 순간을 느껴봅니다. 밥이 숟가락에 담겨져 내입으로 들어가서 몇 번을 씹고 있는지를 느껴봅니다.

자동차를 타고 가면서 주변에 나무에 색과 꽃모양까지 보려고 합니다. 살아서 움직이고 느끼고 하는 것들에 전율이 일어나게 감사합니다. 이 지극한 감사가 공중에 떠 있는 내 소원 하나와 착 맞닿는 순간을 명상으로 봅니다.

착착 닿아서 소원 하나씩이 이뤄집니다.

'이 순간을 살고 지극한 감사만 했는데 내 소원이 이뤄졌다? 믿을 수 없어'라고 하지만 생각이 없어지고 감사가 늘어나고 살고 있는 지구가 이렇게나 황홀하고 아름다웠는지를 알게 됩니다.

2021년 3월 31일

오늘 아침에도 5시 반에 기몸살이 시작됩니다.

내 인체 중 가장 취약한 대장시간에 시작되는 기 몸살. 발바닥 불이 활활 타오르고 있는 듯 화닥거립니다. 살살 영역을 넓히더니 오금까지의 영역을 중심으로 근육을 씹어서 뱉어 다시 만드는 것처럼 강도는 7, 10분간 합니다.

어제 그제 같으면 그 기몸살이 힘들어 벌떡 일어났을 시간인데 오늘은 어디까지 하는지 볼까 하는 마음으로 지켜봅니다.

'어떤 것이라도 좋아!'

옷에 물감 옅게 들이듯 무릎에서 서혜부까지 기운이 옮겨 와서 쿵짝쿵짝 뭐 그리 할게 많은지 열심히 합니다. 강도는 6. 그리고 단전으로 올라와 휘젓고 다니는데 그 아래 발바닥, 종아리, 허벅지는 여진이 남아있지만 그래도 주인공처럼 작업하는 곳은 단전입니다. 강도는 5. 전중은 하도 워낙 여러 번 생활할 때 작업을 많이 해서인지 하는 둥 마는 둥 안 하면 서운하니까 하는 건지 생각할 정도로 강도가 3밖에 안됩니다.

그리고 얼굴로 올라가 인당을 간질이더니 백회가 시원하고 머리통만 했던 구멍이 머리통보다 더 커졌습니다. 수박 위를 잘라 속 다 파먹고 남은 것처럼 빈 공간으로 보이는 머리통을 가만히 들여다보고 있습니다.

총 시간은 30분. 가만히 누워 있으려니 허리가 아픕니다. 그래도 잘 참았다 이런 구경 어디 가서 해볼거나 싶습니다.

기통자가 작년 9월부터 시작해서 올 3월 31일까지 68명이 배출됩니다.

밭 매다가,

나무 하러 가다가,

머리 파마 말다가,

화장품 팔다가,

회사 다니다가,

양봉 꿀 따다가 등등….

절만 하면 된다하여 시작한 기통입니다.

고운님은 가부좌로 기운을 주는 자세를 취하면 상대가 받을 마음이 없으면 하늘 보던 손바닥이 살살 아래로 내려가 도무지 다시 하늘 볼 생각이 없는 기이한 일이 일어나고, 꿀 따는 꽃님은 가슴에서 기운이 팡팡 나가는 게 보이고, 회장인 태인은 그 작은 체구 온몸에서 기운이 활활 나가는 게 보이고, 혜인스님은 명상 속 영상에서 한참을 노닐다 나오고, 밭 매는 붉은 장미는 90대를 바라보는 노부부를 한 달간 원격으로 기운을 주니 입에 침이 나오고 밥맛이 좋아지고 성격까지 좋아졌다며 할머니가 와서 손을 꼭 잡으며 그리 고마워했다고 하니 이걸 금을 주고 살 수 있을까 싶습니다.

머리 파마하는 영이는 기운을 줄 때 보면 온 사방이 사랑으로 가득 찬 기운이 나가는 게 보입니다. 카페 차 만드는 하랑은 더 잘 하고 싶은 마음을 싹 없애면 잠재되어 있던 능력들이 앞을 다투어 나올 것입니다.

닉네임처럼 어디까지 시원한 그늘을 만들어 줄 것인지 봤더니 우주까지 뻗을 만큼 기운을 모으고 살아서 상대에게 주고 있는 느티나무, 경주에 사는 하늘마음은 무엇을 하든 욕심꾸러기라서 하루 90명 넘게 기운주다가 너무 어지러워 잠시 중단하라 권합니다.

오랜 공직생활로 눈에 보이는 것이 제일이었던 두 분 청인과 멋진 인생은 하도 안 믿으니 밤에 자는 도중에 깜짝 놀라게 기운이 작용을 해서 결국에는 '눈에 보이는 것만이 전부가 아니구나.' 입을 모읍니다.

이 얼마나 하늘의 은혜인지 신묘막측합니다. 그 외 68명 각자 자신의 능력이 어디까지인지를 시험해보고 있는 이 흥미진진한 놀이판이 오늘 하루도 감사함으로 몸이 떨림이 올 정도로 살아가고 있는 기통자들을 대신해서 하늘에 지극한 감사를 올립니다. 그 감사함 속에 지구에 사는 모든 사람들이 이런 혜택을 받을 수 있기를 소원합니다. 사람이라서 자부심을 느끼고 걸음 한 걸음마다 감사함으로 발자국이 되는 그런 세상 꿈을 꿉니다.

'생각이 닿는 곳에 에너지가 머문다.'

이곳에 에너지를 두겠습니다. 하늘님, 감사합니다.

5. 새로운 삶이 시작됩니다

- 이름 : 영이(성영순 덕산)
- 나이 : 58년생
- 지역 : 경남 산청
- 직업 : 미용사
- 기통 : 2020년 12월 27일(34호)

내 생에 이런 행운이 올 줄 몰랐습니다. 선생님을 처음 만나게 된 날이 생각납니다.

2013년 3월, 중국 여행을 갔는데 특별히 아픈데도 없는데 너무나 많이 힘이 들었습니다. 왜 아프지? 허리수술하고 암 투병하고 있는 순자 언니는 펄펄 날아다니는데 싫었습니다.

"언니 비결이 뭐요?"

"전생치유 한다."

전생치유? 처음 들어보는 말이었습니다. 그런데 뭔가 끌렸습니다. '나도 한번 치유 받아볼까?' 싶어 선생님을 소개해 달라고 합니다. 이후 선생님과의 인연으로 좋은 일도 많았고 도움도 많이 받고 은혜도 덕도 많이 입었습니다. 세상에 욕심 없고 이런 분들도 있구나 하는 마음에 내가 받은 공덕을 이야기해서 소개도 많이 했습니다.

그 과정에 좋은 소리도 듣고, 나쁜 소리도 들었습니다만, 만년 전생의 습을 벗고 가볍고 행복한 삶을 살기 위한 안내였기에 아무런 후회도 없었습니다. 당시 허름한 집에 살고 있는 선생님을 보면 마음이 찡하고 언제 좋은 집에 살 수 있을까 생각하며 마음이 아팠답니다. 지금은 너무 좋습니다.

경남 산청군 지리산 아래 유덕골 아주 가난한 집 6남매 중 셋째 딸로 태어나 농사일도 많고 집안일도 도우며 자랐습니다.

16세에 엄마 품을 떠나 직장생활을 하였고 남친을 만나 교제하다가 남편이 되었습니다. 시댁이 너무나 가난했고 홀시어머니 외동아들 고생도 많이 합니다. 아들 둘 낳고 남편의 사업실패와 교통사고 후유증과 간의 병으로 남편 고쳐보겠다고 굿도 여러 번 하고 서울 대구 부산 예천 용하다는 병원은 모두 다니며 내가 할 수 있는 일이라면 최선을 다해 해봤습니다.

살기가 너무 팍팍해서 밤이 되면 눈물로 밤을 새웠고, 돈 없고 배고픈 속에서 하늘이나 알고 땅이나 알까 싶었습니다. 정말 아무도 모릅니다. 시어머니도 병들어, 남편도 병들어, 두 아들의 아버지 자리를 놓치지 않으려고 얼마나 용을 쓰고 살았는지 그 노력이 손가락 사이로 물이 새듯 하늘로 소풍 갔습니다.

아이들 공부도 해야 하는데 가게가 10평이었고 딸린 방 한 칸에서 미용실하며 17년을 삽니다.

아주 어려울 때 나도 어려운데 오지랖은 왜 넓은지요. 친구를 돕다가 문제가 생겨 방 딸린 미용실도 그만 두게 되었습니다. 집 주인이 와서 나가라 합니다. 갈 곳이 없으니 아이들 대학교 갈 때까지만 살게 해달라고 사정도 하고 빌어도 봤지만 주인아저씨는 장날만 되면 찾아와 화를 내곤 했습니다.

옆집 아주머니께서 보다 못해 자기 창고를 수리해서 쓰라고 했습니다. 너무 고마워 덜컥 들어가 살았는데 비만 오면 비가 새고 손님 얼굴에 빗방울이 뚝뚝 떨어집니다. 그래도 그곳에서 12년을 살고 이사를 합니다.

지금 살고 있는 가게는 아는 언니의 소개로 이사 온 곳입니다. 여기서 아들 공부시키고 장가보내고 손자 손녀 다보고 성공했습니다. 그 성공에 자만했나 봅니다. 벌꿀 채취하러 갔던 2017년 7월 사고가 납니다. 5명이 한 조로 차를 타고 가던 중이었습니다. 가슴을 운전대에 심하게 부딪히고 머리가 아프고 한기가 심하게 들었지만 진통제를 먹고 대수롭지 않게 여기고 있었는데 어느 날 선생님께서 오셨습니다.

"머리 아픈 것의 전생 3~4개를 지웠는데 가슴은 큰 병원 가서 진단 받아보세요."

남의 속 다 보는 분의 조언이라 뭐가 있나 싶었지만 워낙에 미용실 일이 바빠서 차일피일 미루다가 안 되겠다 싶어 서울 삼성병원에서 검진을 합니다. 결과가 너무 심각합니다.

암이었는데 이미 뼈까지 전이되어 수술을 할 수 없는 상태였습니다. 큰선생님께 이야기하니 오히려 잘 되었다 하십니다. 2기나 3기라면 잘라내자고 할 터인데 뼈까지 전이되었으니 뼈는 수술 못하니 병원 항암 치료를 받으면서 선생님께서 하라는 대로 해보자고 하십니다.

기통을 목표로 부지런히 절을 하고 미고사하는 것이었습니다. 기통을 하면 아픈데도 없고, 약도 안 먹어도 되고, 곱게 늙고 죽을 때까지 건강하게 자기 수발을 할 수 있다는 선생님의 말씀을 듣고 바로 절을 시작합니다.

하루 111배 절과 발끝치기, 뜸뜨기였습니다. 이걸 실천할 때까지 여러 가지 생각들과 여러 사람들의 시선이 너무나 신경이 쓰였는데 세월이 지나니 남의 말은 3일이라는 걸 알게 됩니다.

2020년 11월 20일 태인님에게 기치유를 받기 시작합니다. 그 과정에서 몸 상태가 오르락내리락 하면서 나도 기통될 수 있을까 막연한 생각뿐이었습니다. 그러다가 지리산박 선생님께 기치유를 받으면서 자신이 생겨서 3주에 한 번씩 4년째 맞던 항암주사도 중단합니다.

2020년 10월 25일 지역장 모임 때, 기통이라는 말을 들었습니다. 2020년 끝자락 12월 27일 기통소식을 듣고는 2020년 12월 31일자로 먹던 약을 모두 끊었습니다.

2021년 4월인 지금, 저는 아주 싱싱하게 살아가고 있습니다.

말로다 할 수 없이 하늘에 감사하고 기통으로 이끌어주신 선생님, 안솔기 지리산박 선생님, 태인 선생님, 응원해주신 새싹회 회원님들 앞앞이 감사를 드립니다. 건강하게 살 수 있게 한 기통부자 영이는 두 아들 결혼해서 지 앞길 살고 있어 감사하기 짝이 없습니다.

살아있는 이유가 되었던 아들이었습니다. 그래서 저는 또 아들부자입니다. 깎은 밤처럼 이쁜 손자 손녀 있으니 손자부자도 됩니다. 나를 사랑해주고 아껴주는 주변 인덕이 많으니 사람부자도 되지요. 그 뿐 아니라, 내 손 움직여 돈을 벌수 있으니 돈 부자입니다. 집 한 채 편히 누워서 잘 수 있으니 집부자까지 되었으니 소원성취하였습니다.

하늘님, 감사합니다. 모두 하늘의 덕입니다.

기통 후 변화

기통이 된 후 특별한 능력이 생겼습니다. 내 속의 나와 대화가 됩니다.

우리 어머니가 요양원에 계시는데 그 삶이 감옥 같아서 늘 마음에 걸렸던 터라, 어머니가 일어나 걷게 하는 게 원이었습니다. 어느 날, 명상 중에 '우리 엄마 걸을 수 있겠습니까?' 하고 물으니 어머니 다리에 찬란한 빛이 위 아래로 레이저처럼 두 번을 왔다 갔다 하더니 '안 되겠다'고 합니다.

또 한 번은 이런 일도 있었습니다. 꿀을 주문받아 두었는데 전하려고 보니 도무지 기억이 안 나는 겁니다. 계속 생각하며 누구지? 하는데 '귀덕이, 귀덕이' 하는 소리가 마음에서 울려왔습니다. 귀덕이에게 전화해서 나한테 물건 주문했느냐? 물으니 그렇다고 합니다. 신기한 게 한두 가지가 아닙니다. 피곤한 것, 건강에 대한 걱정, 어떻게 하고 살아야 하나 걱정했던 모든 것들을 하늘에 맡기는 삶으로 바뀌었습니다. 하늘님 참말로 감사합니다. 더 건강해져서 다른 사람들에게 덕이 되는 삶을 살아가겠습니다.

6. 살아온 길, 살아갈 길

- 이름 : 혜인(최혜인 진주3)
- 나이 : 63년생
- 지역 : 경남 진주
- 기통 : 2020년 12월 28일(36호)

저녁 9시. 오늘도 양치를 하고 깨끗한 수건을 적셔 몸을 닦은 후 법당으로 갑니다. 절을 합니다. 두 손을 합장하여 가슴 가운데다 모으고 무릎을 접습니다.

미안합니다! 살면서 살펴주지 못한 나 자신과, 헤아리지 못해 상처 입었을 많은 분과, 귀히 여기지 않았던 미물들과, 고마움을 몰랐던 우주 만 자연물에 진심으로 미안한 마음을 냅니다.

고맙습니다! 그럼에도 지금까지 올 수 있게 살펴 주셨던 하늘에, 도움 주셨던 사람들에, 스스로를 포기하지 않았던 나 자신에 고마운 마음을 냅니다.

사랑합니다! 똑바로 일어서서 항문근육을 모으며 사랑하는 마음을 냅니다. 자연에, 사람에, 미물에 고요하고 그윽한 사랑의 마음을 냅니다.

한 배, 또 한 배 111배를 마치고 나면 마지막으로 접족례 한 자세를 유지합니다. 하늘님 감사합니다. 너무도 몰랐던 저를 이렇게 품어 안아 주셔서 감사합니다. 다시 한 번 111배를 반복합니다. 이 때는 생각나는 모든 이름들을 부르며 그들에게 한 배씩을 합니다. 마지막 111배 째는 가장 낮춘 자세로 오래 머물며 접족례한 손에 의식을 집중합니다.

하늘님 감사합니다. 제 이 손바닥을 딛고 많은 사람들이 당신 가까이로 가기를 소원합니다. 제게 이런 튼튼한 손바닥을 주심에 무한한 감사를 올립니다. 절이 끝나면 체온은 올라가고 정신은 맑디맑습니다. 기운은 하단전에 모여서 빵빵합니다. 어떤 것이 와서 흔들어도 끄떡 않을 힘이 생깁니다.

제 몸은 한마디로 걸어 다니는 종합병원이었습니다. 위는 무력하여 소화를 시키지 못했으며 변비는 평생의 동반자였습니다. 피부는 툭하면 습진이 생겼고 두피도 오랜 지루성피부염을 앓아 겨울이면 비듬과 가려움증으로 여간한 고민이 아니었습니다. 피부과 약은 바를 때뿐이었습니다. 오히려 내성이 생겨 피부염의 면적은 점점 더 넓어져만 갔습니다.

비염과, 콧물이 목으로 넘어가는 후비루 증상으로 설레는 사람과 밥을 먹을 수 없었고 눈은 안구 건조증으로 뜰 수 없었을 정도였습니다. 3개월을 눈을 감고 산적도 있습니다. 피부는 건조하고 약해서 겨울에는 마스크 팩이 없으면 당겨서 견딜 수 없었으며 얼굴에는 잡티가 내려앉았고 허리와 목디스크로 참 오래도 고생을 했습니다.

1년 전에는 경추 3~4번 디스크가 터져 수술을 했고 4~5번은 내년 쯤 수술하기로 예정되어 있었습니다. 어깨는 뭉쳐서 돌덩이처럼 변했고 툭하면 고개가 돌아가지 않았습니다. 등뼈조차 틀어져서 등의 양쪽 높낮이가 달랐으며 골반뼈는 만져도 표가 날만큼 위치와 각도가 틀어져 있었습니다. 당연한 결과로 다리는 저렸고 바지를 입으면 언제나 왼쪽이 짧았으며 신발도 왼쪽이 먼저 닳았습니다. 그 때문에 척추운동을 하느라 몸을 동그랗게 말고 롤링을 하면 늘상 왼쪽으로 뱅글뱅글 돌아가곤 했지요. 카이로프라틱, 추나요법, 도수치료 등 온갖 물리치료를 거쳤지만 그때뿐이었습니다.

그런데 말입니다. 삼일 전부터 달라진 것이 있습니다. 절 방석 위에 덮은 손뜨개포가 222배가 끝나도 그대로인 것입니다. 삼일 전까지만 해도 자꾸만 왼쪽으로 돌아가서 절이 끝날 동안 몇 번이나 바로 놓아야 했는데 말입니다. 너무 신기해서 누워서 다리를 맞춰보니 두 다리 길이가 똑 같습니다. 똑바로 서서 골반뼈의 위치를 만져봅니다. 양쪽이 똑바른 위치에 자리 잡고 있습니다.

며칠 전부터 어쩐지 절을 할 때마다 왼쪽 다리에서 둑 두둑 소리가 많이도 나더니 아마도 관절이 제 자리로 돌아가는 소리였나 봅니다. 111배를 거쳐 222배 다시 333배로 늘리려 노력한 지 겨우 두 달입니다. 그저 올바른 방법으로 절하고 진심으로 미고사 했을 뿐인데 기통은 물론 이십대부터 틀어졌던 척추가 거의 돌아온 것입니다. 그러고 보니 경추 디스크로 인한 목당김도 사라졌습니다. 이제 두 번째 목디스크 수술은 하지 않아도 되겠습니다.

이 갈리게 힘들었던 청춘도 지나고 중년의 초입에 들던 어느 날, 꿈에 동자승이 찾아왔습니다. 하얀 그릇에 청수 한 그릇을 올리기에 받아먹고는 바로 출가의 길에 올랐습니다. 같은 과에서 공부하는 비구니 스님의 절을 향해 달리는 길 위에서 저는 온 몸이 녹아내리도록 울고 또 울었습니다. 두렵고 무서웠습니다. 그곳에는 무엇이 기다렸다 나를 또 힘들게 할까 공포스러웠습니다.

시커먼 분진이 눈앞을 가렸습니다. 그러나 그 분진을 뚫고 도반스님의 절에 도착했습니다. 참 이 갈리는 행자생활이었습니다. 새벽 세시에 일어나 잠이 드는 아홉시까지 잠시도 허리를 펼수 없었습니다. 그렇게 어려운 행자생활을 끝내고 대중들과 나란히 앉을 수 있는 신분이 되었을 때 저는 또 절망하지 않을 수 없었습니다. 대중은 속세 때가 절어서 절로 들어온 저를 똥통이라 여기고 있었다는 사실을 알게 되었습니다.

똥통은 청정한 비구니들이 먹다가 남은 것을 다 먹어야 했습니다. 음양이 순환되지 않아 생기는 히스테리를 제가 고스란히 떠안아야 했습니다.

이를 악물고 버티던 어느 날, 사건이 생겼습니다. 그 사건을 겪고 저는 결심했습니다. 이곳도 아니다. 옷 다 벗고, 거기서 묻은 공기 한 자락, 한 줌 흙까지 탈탈 털고 다시 돌아왔습니다. 그렇게 시작한 토굴생활입니다. 삼사년을 손가락 관절에 변형이 올 만큼 일했습니다. 그리고 지금에 이르렀습니다. 수많은 배신을 겪었고, 말도 못할 험담을 들었습니다. 원망하지 않았습니다. 제가 다 지어놓은 업이란 것을 알았기 때문입니다.

부처님 전에 엎드려 기도했습니다. 저를 부처님 뜻대로 쓰소서. 어디로 인도하든 가겠습니다. 그리고 어느 순간, 제게도 영적 스승이 필요하다는 것을 깨달았습니다. 자신을 내세우지 않으면서 무량한 사랑을 품은 분, 그러나 헤프지 않는 분, 그리고 2020년이 다 가는 즈음에 안봉리 선생님을 만나게 되었습니다. 뵙는 순간 알았습니다. 이 분이다! 이 분이 진짜다! 그리고 콧수건 가슴에 달고 부지런히 따랐습니다. 큰선생님과 빙그레 선생님 한 말씀 한 말씀을 부처님께서 들려주시는 말씀이라 여기고 온 마음 다해 받들었습니다.

선생님 만난 이후, 모든 채널을 거두고 오로지 하늘 가까이 가는 삶에 채널을 맞추며 살았습니다. 그냥 그렇게 되어졌습니다. 발원문을 쓰고 절과 발끝치기와 명상을 시작한 지 한 달여, 기통! 소식이 날아왔습니다. 기통이 되기 며칠 전부터 증상이 나타났습니다. 머리가 하루에 열두 번도 더 박살나는 듯 했습니다. 마치 지금까지의 삶이 박살나고 새로운 삶이 시작되는 것 같았습니다. 오장육부도 울렁울렁 새롭게 정비되는 것 같았습니다. 몸은 휘달려서 심한 몸살을 앓는 사람처럼 몸져누웠습니다. 그 와중에도 발바닥 용천혈에서 불이 났습니다. 따가워 견디기 힘들 지경이었습니다.

신기했습니다. 그 며칠의 몸살 끝에 제 몸은 새로 태어난 듯 가볍고 싱그러웠습니다. 사춘기 이후 줄곧 이어온 변비가 씻은 듯 사라졌습니다. 아침에 눈을 뜨자마자 화장실을 찾습니다. 기분 좋은 배고픔이 느껴집니다. 바쁜 하루를 보내도 피곤하지 않습니다. 거의 매일 밤 꾸던 꿈이 사라지고 깊은 숙면을 취할 수 있습니다. 눈을 감고 뜨면 아침입니다. 어떤 험한 소리를 들어도 마음의 안정감이 흔들리지 않습니다. 마스크 팩으로 버티던 건조했던 겨울피부가 스킨 하나만으로도 촉촉합니다. 세상 모든 생명들이 사랑스럽게 느껴집니다. 심지어 돌멩이, 못 하나에도 감사함이 느껴집니다.

과거에 나를 힘들게 했던 사람들을 떠올리며 저도 몰래 감사의 눈물을 흘리게 됩니다. 그들이 모두 오늘의 나를 있게 해 준 은인처럼 여겨집니다. 그러자 저를 이해하지 못하겠다며 돌아섰던 사람들이 하나 둘 전화가 와서 사과를 합니다. 가족들과의 얽혔던 관계가 실타래 풀리듯 풀립니다.

요통이 사라졌습니다.
경추통이 사라졌습니다.
어깨 뭉침이 사라졌습니다.
입속에 단침이 고입니다.
비뚤어졌던 골반뼈가 제 자리를 찾았습니다.
높낮이가 달랐던 등판이 판판해졌습니다.
건망증이 많이 호전되었습니다.
기억력이 좋아졌습니다.
피부 습진이 거의 다 사라져갑니다.
발바닥 갈라짐도 거의 다 사라져갑니다.
얼굴의 상이 제가 원하던 대로 바뀌었습니다.
납작했던 머리통이 볼록하게 솟아올라 원만하게 변했습니다.
세상이치가 웬만큼은 꿰뚫어 보입니다.
사람들의 마음이 읽힙니다.
그들이 왜 아픈지 알게 되었습니다.
육신의 아픔은 물론 마음의 아픔도 알게 되었습니다.
상대의 아픈 곳을 제가 느낍니다.
깊이 명상을 하면 사람들의 전생이 보입니다.
모든 영상들이 전하는 메시지가 리딩 됩니다.

그 메시지를 통해 상대의 아픈 마음과 몸을 치유하는 능력이 생겼습니다.

카리스마가 느껴진다고 합니다.

말의 권위가 느껴진다고 합니다.

이 모든 것은 이제 시작이며 진행 중에 있습니다. 어디까지 발전할 수 있을지는 미지수이지만 느껴집니다. 여태까지 배웠던 것을 더욱 갈고 닦는 동시에 더욱 매사에 감사하고 하늘에 가까이 가는 삶을 멈추지 않는다면 상상할 수 없는 능력이 생길 것이라는 것을. 그리고 저의 이 능력은 믿고 수련하며 따르는 그 누구도 가질 수 있는 것이라는 것을.

'하늘이 한 사람에게 큰 소임을 맡기려 할 때는, 반드시 먼저 그 심지를 괴롭게 하고, 그 근육과 뼈를 수고롭게 하고, 그 몸을 굶주리게 하며, 어떤 일을 함에 있어 그 일을 어렵게 하나니, 이는 그 마음을 흔들어 참을성을 기르게 해서 지금까지 하지 못한 일을 하게 하려 함이라.'

맹자 제 6편 고자장구 하 15장에 나오는 이 구절은 제 이 갈리는 삶을 지탱해 준 필살의 지줏대입니다. 이 하늘의 이치를 많은 분들이 만나고 알고 행하고 베풀어서 그들 모두가 하늘의 마음이 되기를 간구합니다.

저는 오늘도 인연 따라 오신 분들의 아픈 마음을 듣고 공감하며 치유의 방편을 써서 돕기를 주저하지 않습니다. 더 나아가 그들이 하늘님께 가장 가까이 가는 삶을 안내하며 살고 있습니다.

감사합니다.

7. 지금 어디에 서 있고 어디로 가고 있는가?

- 이름 : 행복해(이진겸 대구)
- 나이 : 64년생
- 지역 : 대구 수성구
- 직업 : 철학관 운영
- 기통 : 2021년 4월 3일(70호)

오늘도 퇴근하고 9시 50분 기 나눔을 받습니다. 또 기 전달을 합니다. 제가 도움이 될 수 있게 간절하게 마음 나누어 봅니다.

절 수행합니다.
두 손 모으고 내려가면서 하늘님 감사합니다.
일어서면서 미안합니다. 고맙습니다. 사랑합니다.
뇌활성화 명상음악과 함께 오늘도 저녁 절수행 20분 발끝치기 20분, 아침 절수행 20분 발끝치기 20분 미고사하면서 아침시작과 저녁 마무리 합니다.
감사합니다. 미안합니다. 고맙습니다. 사랑합니다.

한적한 시골 마을(경북 고령) 4남매 중 막내로 태어났습니다. 위로 오빠 2명과 언니를 두고 귀여움을 독차지하고 자랐습니다. 언니 오빠들은 도시로 떠나고 시골에서 초중고를 다니면서 부모님 농사일 도우면서 학교를 다녔습니다.

초등학교 6학년 교장선생님의 특강이 아직도 제 삶의 목표로 남아있습니다. 사람인(人)자를 5글자 쓰시고 사람이면 다 사람이냐 사람이 사람다운 행동을 해야 사람이지 하시며 사람의 종류가 있는데 난사람 든사람 된사람이 있다고 하시며 어떤 사람이 될 것인지를 생각해보라고 하셨습니다.

사람다운 삶이란 무엇인가를 늘 생각하였습니다.

결혼 후 어느 날 작은 오빠가 금강경을 하루 7독을 하면 도통을 할 수 있다는 이야기를 했습니다. 저는 그때부터 도통이 하고 싶었습니다.

어느 날 집에서 뒹굴다가 문득 나는 현재 내 인생 지금 이 순간 낭비하고 사는 것이 아닐까 벽에다 써서 붙였습니다.

"지금 너는 인생낭비하고 있지는 않나?"

한 번뿐인 주어진 내 인생 낭비하고 살고 싶지 않았습니다. 그러면서 열심히 공부했습니다. 다도, 꽃꽂이, 한복(미싱)만들기, 한식조리사, 미싱사, 부동산경매, 명리학(사주), 타로, 한글성명학, 기문둔갑, 구성기학, 매화역수, 풍수(현공풍수, 음택), 손금, 그리고 자격증으로는 뇌교육사, 직업상담사, 심리상담사, 워드자격증까지. 직업으로는 전통찻집, 미싱사, 식당 운영, 네트워크 마케팅(다단계), 부동산 실장, 식당 홀서빙을 했고 현재 철학원을 운영하고 있습니다.

24살 꽃다운 나이에 남편을 만나 결혼을 합니다. 그리고 제 인생은 뱃머리에 선 선장이 되어 삶의 파도를 몸으로 맞서 싸우며 도전하는 도전이 연속된 삶이 시작되었습니다.

결혼 후 첫 아이 출생하고 첫 돌이 되기 전에 전통찻집을 시작했습니다. 그 이후 앞에서 말한 직업을 수 없는 도전 속에서 살아남으려는 의지로 살아 내야만 했습니다.

아이들 학비가 없어도 남편은 먼 산만 봅니다. 돈을 빌려서 공납금을 내야 했습니다. 애들 학원비 내야 한다고 하면 왜 학원에 보내냐고 생활비도 없는데 그 돈 달라고 합니다.

공장에서 미싱사로 일하면서 받은 월급 생활비로 안준다고 시어머니 난리쳐서 월급 통장 그대로 드렸습니다. 그리고 버스비(토큰) 구입비만 받아서 공장에 다녔습니다. 그 와중 시동생 이혼하고 시동생과 아이들이 우리 집에 들어옵니다.

우리 식구들 시어머니, 시아버지, 남편, 아이 2명, 저까지 6명인데 시동생, 시동생아이 2명 포함 3명까지 9명이 한집에 살고 있습니다. 그때 제 나이 29살, 군복 만드는 공장에 다니면서 퇴근하고 밥하고 애들 씻기고 애들 나이 3살, 4살, 5살, 9살. 힘들다고 하면 남편 하는 말 '다른 사람도 다 그렇게 사는데 뭐가 힘들다고 엄살이냐' 합니다. 더 이상 이야기 할 수 없습니다. 그렇게 28년 간 시어머니를 모시고 살았습니다.

어느 날 나의 인생을 돌아보니 긴긴 어두운 터널을 불빛하나 보이지 않는 캄캄한 길을 혼자서 울면서 걸어온 저를 바라보았습니다.

삶이 힘들어서 울면서 절에도 가봅니다.
해인사 백련암 아비라기도 절 3,000배도 해 봅니다.
그러나 삶은 개선되지 않았습니다.

어느 날 문득 저 길가에서 종이 줍는 할머니 신세 되지 않으려면 어떡하면 될까? 나도 늙으면 몸도 아플 텐데 곰곰이 생각해 보았습니다.

'명리공부의 시작.'

지금이라도 전문기술 평생 할 수 있는 직업을 찾아보자.

2014년 한글성명학을 부산까지 다니면서 6개월 공부하고 2015년 3월 명리학 공부 시작했습니다. 낮에는 식당에서 일하고 밤에 퇴근하고 다른 사람들 자는 시간에 공부했습니다. 저는 물러날 수 없는 막다른 골목에서 죽기 아니면 살기로 공부했습니다. 다행히 건강을 주었기에 할 수 있었습니다.

식당에서 일주일에 한번 쉬는 날은 저는 아침부터 저녁까지 하루 종일 공부하러 다녔습니다. 명리학공부, 타로공부, 기문둔갑 3개 과목을 하루에 버스, 지하철 타고 다니면서 공부했습니다. 점심 먹을 시간이 없어서 김밥 한줄 사서 지하철 도착하기 전 허겁지겁 밀어 넣다시피 점심 한 끼를 때웁니다. 명리학 공부를 시작하면서 하루도 쉬는 날 없이 지금 까지 달려 왔습니다.

감사하게도 인연이 있어 저에게 공부하시러 오시는 선생님들이 계십니다.

그저 감사합니다.

아직도 명리학 공부가 미진한 것 같습니다. 그래서 제가 몇 년 전부터 지혜 공부, 도 공부가 배고픈 아이 마냥 고팠습니다.

지혜를 얻기 위해 여러 가지 명상, 기 운동, 구령삼정주 기도 또 아시는 무당께서 굿을 하면 천문을 열수가 있다고 하는데 그것은 내키지 않았습니다.

새로운 길 新세계로 들어갑니다.

찾고 또 찾았는데 어느 날 글자너머 풍경님이 이런 곳이 있다고 혜인스님을 알고 있는데 한번 알아보지 않겠느냐는 이야기를 듣고 저는 더 이상 묻지도 따지지도 않고 가 보자고 했습니다. 마침 2월 8일 월요일 수업이 없는 날이라 문을 닫고 안봉리로 향했습니다. 그 자리에서 해보겠다고 했습니다. 무엇인지 먹어봐야 무슨 맛인지 알 수 있지 않겠습니까.

2021년 2월 8일, 인생이 또 다른 항해를 위해 닻을 높이 들어 올렸습니다.

2021년 4월 3일, 56일 만에 기통이라는 세상에 한 번도 보지도 만질 수도 냄새도 맛도 느낄 수 없는 기통을 했습니다.

새싹회 회원들만이 아는 기통하신 분들만이 아는 기통을 했습니다. 하늘님 감사합니다. 감사합니다. 감사합니다.

이렇게 길고 길게 돌아 돌아서 하늘님의 새로운 사명을 받았습니다.

내일이 기대됩니다.
새로운 세상이 기대됩니다.
가슴이 환희로 울렁거립니다.

기통 과정

3월 4일 오전 10경

버스 타려고 기다리고 있는데 머리 부분에 전기가 통하는 느낌을 받아서 시간을 보니 오전 기나눔 시간이었습니다. 신기했습니다. 어떻게 생각도 하지 않았는데 머리로 기가 들어올까?

3월 5일 저녁 8시경

퇴근길 일찍 퇴근해서 기 나눔 하려고 버스를 타고가고 있는데 배가 뒤틀리기 시작하는데 이게 뭐지 한 번도 이렇게 복통이 온 적이 없는데 화장실 가고싶은 것도 아니고 참고 집에 도착하니 조금 진정되었다가 한차례 더 복통이 있었습니다.

3월 7일

안봉리에서 혜인스님께 기 전달하는 과정에서 심장에서 계속해서 소리가 들렸고 백회 쪽에서 전기가 들어오는 것을 느꼈습니다. 그리고 스님께서 전생에 무엇을 했을까 명상 중 관을 하니 스님께서 단아하게 봄노래를 부르고 계셨습니다. 신기한 경험이었습니다.

3월 8일 저녁 기나눔 시간

오른쪽 발바닥에 뜨거운 느낌과 찌르는 느낌이 있다가 왼쪽 발바닥에서도 뜨거움과 콕콕 찌르는 것이 느껴졌습니다. 하루 종일 왼쪽 등쪽이 아팠습니다.

3월 9일 저녁 기나눔 시간

귀 위쪽으로 머리 전체 전기가 들어오는 것같이 찌릿 찌릿하고 양손에 따뜻하고 무거운 기운이 느껴지고 양 발바닥에도 뜨거운 기운과 함께 찌릿 찌릿한 기운이 들어왔습니다.

3월 18일 저녁 기나눔 시간
머리부터 발끝까지 저리저리하게 전기가 들어오는 듯한 느낌을 받았습니다.

3월 19일 저녁 기나눔 시간
발바닥부터 콕콕 찌르는 듯한 기운이 들어오고 손바닥에서 무거운 기운이 누르는 듯한 느낌이 들어옵니다. 오십견으로 왼쪽 팔이 아픈데 아픈 부분에 기운이 집중적으로 들어옵니다.

3월 22일 오전 기 나눔 시간
왼쪽팔 허리 오른쪽발(1년 전 발뼈에 금이 가서 기부스 했슴) 부분이 아픈데 아픈 부분에 기가 집중적으로 들어옵니다. 신기합니다. 어떻게 아픈 곳만 집중 치유 할 수 있을까? 하늘님 감사합니다.

3월 22일 저녁 기 나눔 시간
머리 전체에 기운이 들어오더니 얼굴에 동그란 쇠틀로 조이듯이 얼굴 전체를 조여줍니다. '신기하다'기 받으면서 '이게 뭐지?'했습니다. 그런데 다음날 얼굴을 보니 세상에 얼굴이 작아졌습니다. 너무 신통방통합니다.

그 뒤로 오랜만에 손님이 왔는데 '선생님 리프팅 했어요? 얼굴이 작아지고 탄력이 있어 졌어요'라고 합니다.

대박입니다. 돈 안들이고 안 아프고 얼굴성형 했습니다. 하늘님 감사합니다. 제가 예뻐졌어요.

3월 26일 저녁 기나눔 시간

25일과 같은 기운이 계속해서 들어옵니다.

3월 29일, 30일, 31일, 4월 1일, 2일

내부 수리 중 하루 종일 기운들이 온몸을 다니면서 몸 전체를 수리하고 있는 중인가 보다 여기 저기 온 몸 구석구석 쑤시고 다닙니다. 여기 아팠다 저기 아팠습니다. 그러려니 하고 기다립니다. 수리 끝나면 없어지겠지요. 즐거운 아픔입니다. 다리에 한 번 쿡 찌르기도 하고 팔에 한 번 쿡 찌르기도 어느새 아프다가 없어졌다 합니다.
아~하 지금 내부 수리중이구나!!!

4월 3일

눈을 떠보니 기통이 되었다 합니다. 카페에 올라왔습니다. 얼떨떨합니다. 뭐 기통이 되었다고 춤을 추고 싶습니다. 세상을 다 얻은 느낌입니다. 너무 행복합니다.

이제부터 또 다른 새로운 삶의 시작입니다. 나의 사명은 무엇일까? 저에게 상담하러 오시는 분들 세상 지치고 힘들 때 위로가 되고 희망이 되고 삶의 새로운 방향으로 갈 수 있는 안내자 역할 열심히 최선을 다하겠습니다.

8. 자연화에게도 이런 일이…

- 이름 : 자연화(우미숙 진주1)
- 나이 : 66년생
- 주소 : 경남 하동
- 기통 : 2021년 4월 7일(74호)

어린 시절 아버지는 늘 부재했습니다. 아버지는 긴긴 방황에 작은집을 차렸고 성인이 돼서야 영정사진으로 돌아왔습니다. 이후 49재를 모셔드리는 것으로 아버지와의 이생 인연은 끝났습니다. 그때는 철도 없었지만, 아버지의 부재를 느낄 수 없을 만큼 어머니의 울안에서 부족함 없이 잘 자랐습니다. 그렇게 유년 시절과 학창 시절을 보내고 직장생활을 하면서 결혼 적령기를 지나 조금 늦게 결혼했습니다.

자기만의 기준에서 열심히 반듯하게 살면 되는 줄 알았습니다. 의지와 상관없이 평범함의 범주를 넘기 시작합니다. 일상에서 서서히 강도를 높이며 힘든 시기가 몰아쳐 왔습니다. 그땐 한 걸음만 떼도 마치 기다렸다는 듯이 동시다발적으로 일들이 일어났습니다. 그 상황을 받아들이기 힘들어 어느 날 천지신명이 계신다면 마음 한곳 쉴 곳을 안내해달라고 소리쳤습니다. 불교를 의지처 삼아 긴 터널을 지날 즘 몸에 이상 반응이 나타나기 시작합니다.

병원을 가도 치료가 잘되질 않았습니다. 그즈음, 태극권으로 꾸준한 수련하면서 몸과 마음이 많이 단련되었습니다. 그렇게 호전되고 안전 궤도에 들어설 때쯤 친정엄마께서 파킨슨이라는 진단을 받아서 다니던 직장을 접고 간호를 하기 시작했습니다. 온 가족이 합심해서 간호했지만 결국 자가 호흡이 안 되어 4개월 병원 신세를 지고 4년 4개월간의 투병 끝에 하늘로 가셨습니다.

모든 것에 지쳐갈 때 하랑님의 소개로 안봉리 선생님을 만나 인연이 시작됩니다. 오만해지고 하늘과 멀어지는 삶을 살면서 여기까지 오게 된 이유를 선생님께 듣고는 집에 돌아오면서 하염없이 눈물지었습니다. 첫날 하랑님이 리딩하셨는데 백골만 보인다고 하였습니다. 그땐 그 말조차 와닿지 않았습니다. 그렇게 치유가 시작되었고 4주간의 집중 치유가 끝나고 발원문을 올리면서 새싹회 회원님들의 응원 댓글이 쏟아졌습니다. 그때의 감동은 잊을 수가 없습니다. 얼굴도 모르는 이들에게 응원 메시지 받고 이렇게 힘을 받을 줄은 몰랐습니다. 나 역시도 이 마음을 실천하는 사람이 되자고 약속했습니다.

그렇게 큰선생님과 빙그레선생님, 하랑님, 새싹회원님들의 응원을 받으며 드디어 4월 7일, 118일 만에 큰선생님으로부터 기통 소식을 듣고는 연신 '감사합니다'를 수없이 되뇌면서 '정말 맞나? 나에게도 이런 일이?' 하면서 '감사합니다'로 도배를 했습니다.

기통은 또 다른 시작이라고 합니다. 초심을 잃지 않고 열심히 미고사 하면서 하늘과 가까워지는 삶을 살겠습니다. 하늘님의 사랑의 정표를 받았으니 그 사랑을 나누며 살겠습니다. 그동안 큰선생님, 빙그레선생님, 하랑님, 새싹회원님들의 무한한 사랑에 감사드립니다.

 # 기통 전 변화 #
① 몸이 아주 무겁고 관절이 굳고 통증으로 일상이 다시 힘든 시

기가 다시 왔습니다. 몸은 그런데 마음은 뭉클한 감사함이 평소보다 진하게 다가옵니다. 코끝에 좋지 않은 냄새가 납니다.

② 명상 중 어디선가 돌멩이가 툭 떨어져 발로 차버리는 모습을 봅니다. 며칠간 무거운 것이 머리를 누르는 느낌입니다.

③ 명상 중 머리 뒤통수 부분에 지퍼가 보입니다. 조심스럽게 열어보니 한 겹이, 또 한 겹이 학창 시절 생물 시간에 보던 세포의 단면도가 보입니다.

④ 그런 후 4월 7일 기통 소식이 왔습니다.

기통 후 변화

① 몸이 가볍습니다. 눈이 밝고 선명하게 보입니다. 인간관계가 무심해집니다. 명상과 와공의 집중도가 높아집니다.

② 명상 중 남편이라고 하는데 지금의 모습은 아닙니다. 황량한 들판에서 머리카락은 곱슬머리로 약간 길고 가슴이 터질 듯이 울부짖는 모습이 보입니다. 뭔가 억울해서 그런 것 같은 느낌입니다. 어떻게 해야 할지 몰라 미고사로 연신 마음 전달하고는 마무리를 지었습니다.

③ 와공 중 일어난 일입니다. 집 왼쪽 테라스 기둥에 타원형으로 깎은 나무푯말에 '행복한 집'이라는 글귀가 새겨있었습니다. 신기했습니다. 그때 본 푯말을 하나 달까 합니다.

④ 새벽 2시 44분경 백회로 맑은 기운이 쏟아져 들어오는 느낌에 잠을 깨고는 바로 오른쪽 어깨를 잡습니다. 손바닥 크기의 혹이 하나 잡히고는 통증을 유발하고 어~하고 한 번 더 잡으니 조금 작아지고 나중엔 500원 동전 크기로 작아져 손가락으로 누르니 사라졌습니다. 아침을 맞으니 어깨가 무척 가볍습니다.

⑤ 피곤하면 생기는 바이러스성 수포가 콧구멍 입구에 자리를 잡습니다. 그날 저녁 명상을 하는데 수포가 생긴 콧구멍에만 강

한 스팀을 쐬는 듯한 열감과 욱신욱신한 통증으로 나타나더니 다음날 흔적만 남기고 없어졌습니다.

⑥ 명상 중 초록빛을 띤 동그란 빛이 연신 미간에 와 꽂힙니다.

⑦ 새벽 얼굴도 모르는 럭키님이 선물을 가져왔다 해서 잠에서 깨어 바로 명상으로 이어봅니다. 그런 후 명상을 하는 나의 모습이 보입니다. 어디선가 동그란 형태의 빛이 나를 향해 들어오고 계속 통과되는 모습이 보입니다.

⑧ 조카사위에게 기전달을 했습니다. 식도가 쓰린 느낌 후 가슴통이 느껴졌습니다. 마치고 물어보니 식도염약을 먹고 있고 가슴이 답답하다 했습니다.

기통 후 현재, 아직 불편한 통증이 몸에 남아있지만, 예전의 몸이 아닌 것은 분명합니다. 2,000의 나는 24시간 여기저기 보수공사 하느라 너무 바빠 보입니다. 200인 나의 고집 때문에 고생을 많이 합니다. '미안합니다. 고맙습니다. 사랑합니다.'로 연신 마음 전달해봅니다.

기공유는 기통자들이 하늘님의 사랑을 또 다른 나에게 사랑을 전달한다고 하지만 사실은 내면의 공력을 키우는 하나의 방법인 걸 알게 합니다. 우주의 동창생들과 나누면 나눌수록 공력이 한없이 커가는 것을 알았기에 삶의 방향은 정해진 것입니다.

사랑을 마음껏 펼쳐 사명을 다하는 것입니다. 그리고 어른으로 사는 것입니다. 다시 한번 더 큰선생님, 빙그레선생님, 하랑님, 새싹회원님들께 감사드립니다. 사랑합니다. 자연화의 몸과 마음 수련은 오늘도 계속됩니다. 자연화의 몸과 마음 수련은 오늘도 계속됩니다.

9. 새로운 마음의 눈을 갖게 되었습니다

- 이름 : 헤라클레스(김민수 진주3)
- 나이 : 82년생
- 지역 : 서울 영등포구
- 직업 : 회사원
- 기통 : 2021년 7월 10일(102호)

기통은 정말 큰 선물입니다.
기통 되길 원하는 분들께 도움이 되고자 적어봅니다.

진주시 미천면에서 1남 1녀 중 둘째로 태어났습니다. 대학교에 진학하면서 서울에 상경했습니다. 부모님은 나이가 많으셔서 지금은 텃밭 정도만 가꾸고 계시나, 대학 진학 때까지 저와 누이를 키우려고 고생을 많이 하셨습니다. 시골 일이 모두 노동으로 되는 일이고 논일, 밭일, 하우스, 밤 산…, 종일 밖에서 일한 몸은 나이보다 더 늙으셨고, 현재는 약해지고 왜소한 두 분만 남으셨습니다.

그런 부모님을 보면서 노동 없이 머리로 돈 버는 직업 갖자고 결심합니다. 대학 학비와 생활비는 직접 해결하고, 여유가 되면 용돈도 드리면서 대학을 마칩니다. 그리고 군대를 미군 부대(카투사)로 들어갔습니다.

그리고 제일 중요한 사람, 바로 제 배우자를 만나게 됩니다. 상사의 소개로 아내를 만났고, 군생활 중에 연애를 이어갑니다.

아내 집에도 가서 미래의 장인 장모님께 따뜻한 식사와 정을 받게 됩니다.

군대를 마치고 복학해서 취업 준비를 합니다. 드디어 지금 다니고 있는 직장에 합격했다는 소식을 전해 듣습니다(2007년 12월). 원하던 직군으로 발령받아 회사 생활도 순탄하게 하고, 아내와 결혼하게 됩니다(2009년 4월).

정말 순탄한 삶을 살았습니다. 복 받은 삶을 살았고, 행운이 계속 저에게 주어졌습니다. 그러나 우리 부부에게 어려운 점이 한 가지 있습니다. 바로 2세가 아직 없다는 것입니다.

저희는 비교적 젊은 나이로 결혼하였고, 2세 계획을 조금 미루기로 했습니다. 그동안 저는 직장 생활에 매진하고 자기계발을 했으며, 아내는 대학원, 공무원 준비, 교직원 준비를 합니다.

그리고 결혼 5년 차부터 2세 계획을 갖기 시작합니다. 그러나 임신은 잘되지 않았고, 어렵게 찾아온 생명은 중간에 유산하게 됩니다. 좋다는 약도 먹어보고 노력을 계속합니다. 병원에서는 안 될 이유가 없다 하지만 아내는 유산하고, 그러는 사이 아내는 스트레스로 마음이 많이 약해지고, 몸도 약해집니다. 생명은 또 찾아왔다가 몇 주 후 떠나버립니다. 더 이상 스트레스를 받는 건 좋지 않을 것 같아서 하던 일은 그만두고 휴식과 여유를 갖도록 합니다. 그리고 순리대로 살아보자 마음을 먹습니다.

아내도 저도 2세를 갖고 싶은 마음은 계속 있고, 양가 부모님도 기다리시는 마음이 보입니다. 전국에 좋다는 절도 다녀 보고 장모님의 소개로 무속인도 만나봅니다. 그러는 중에 혜인 스님의 소개로 산청 안봉리를 소개받습니다. 처음엔 어색했습니다.

전부터 혜인스님을 잘 알아 왔기에 가봐야 할까 싶었는데, 올 설날에 또 말씀하시기에 바로 안봉리로 가서 빙그레 선생님과 큰 선생님을 뵙게 됩니다. 그리고 그 자리에서 전생 치유를 결심하고 바로 빙그레 선생님에게 혼도 나고 치유도 받게 됩니다. 돌아오는 길에 무언가 우리 내외에게 도움이 될 거 같다는 강한 생각이 들었습니다.

당시에는 우리 내외의 2세 문제도 있었으나, 저는 회사 상사로부터 받은 스트레스로 이직까지 결심할 정도였습니다. 그런데 빙그레 선생님의 조언과 응원으로 점점 회사 생활은 나아졌고, 마음을 달리 먹기 시작하자 새로운 눈을 가지게 됩니다. 아내도 마음의 변화가 보이기 시작합니다.

기통 과정

전생 치유를 하면서, 이제 우리 내외의 문제가 좀 해결될 거라는 느낌이 들었습니다. 아내와 저의 몸에 변화가 느껴졌고, 그래서 처음에는 기통이라는 것이 꼭 필요할까도 생각했습니다. 그러나 큰선생님께서는 우리 내외가 기통을 하면 우리가 원하는 것이 좀 보이고, 그리고 앞으로 둘이 인생에서 할 얘기가 많아질 거라 말씀하십니다. 그래서 기통을 결심하고, 발원문도 썼습니다(2021년 3월).

111배를 시작합니다. 처음엔 11배, 33배, 66배, 그리고 111배로 계속 키워나갑니다. 힘든 날은 11배라도 해서 절을 꾸준히 합니다. 절에 놀러 간 날은 대웅전에서도 111배를 합니다. 여행을 간 날은 숙소에서도 111배를 합니다. 미고사를 자주 합니다. 힘든 날은 내 몸에 미고사를 하고, 하늘을 보다가도 '감사합니다'라고 말합니다.

회사 출근할 때는 회사 건물을 바라보고 감사하다고 말합니다.

아내가 카페 글을 읽다가 김영우 선생님의 '김영우와 함께 하는 전생 여행'이라는 책에 대해 알게 되어 그 책을 읽고 제 머릿속이 바뀌기 시작합니다. 나를 괴롭히는 것에 집중하지 말고 나를 완성해 나가는 데 애쓰라 하고, 어려움을 겪는 동안이나 끝난 후에는 마음이 무척 단단하고 강해진다는 구절에 영감을 얻습니다. 그리고 겸손하고, 선행을 베풀고, 지금 살아있는 생애에서 정말 자신이 추구하며 어떤 삶을 살아야 하는지를 바로 볼 수 있는 눈을 가지라는 말에 마음공부를 더 합니다. 카페 글도 읽고, 노자의 도덕경, 박진여 선생님의 책도 읽었습니다. 그러면서 마음의 눈을 계속 떠보려고 노력하며 큰선생님 강의도 꾸준히 듣습니다. 백, 혼, 영에 대해서, 전생과 이생에 대해서, 마음 정리에 대해서, 2,000의 삶에 대해서, 나다운 삶에 대해서, 좋은 사람에 대해서, 도인의 삶에 대해서, 하늘과 친해지는 삶에 대해 꾸준히 듣고 마음을 가꾸어 나갑니다.

코로나19가 심해지기 전에는 안봉리에 한 달에 두 번 정도 찾아뵈어 큰선생님과 빙그레 선생님의 도움을 받습니다.

드디어 7월 10일, 기통 소식을 듣습니다. 큰선생님, 빙그레 선생님, 혜인 스님, 그리고 주변 모든 분께 감사했습니다. 그리고 카페에서 응원해 주신 모든 분께 감사했습니다.

기통 전후 변화

기통 날을 기준으로 1~2주 전 즈음부터 색다른 느낌을 받았습니다. 예전보다 마음이 더 차분해졌고, 외부 자극에 대해서는 무뎌지고, 감사하는 마음이 충만해졌습니다. 그리고 얼굴에는 여드름이 나기 시작하고, 얼굴과 머리에 기름기가 많아졌습니다. 마지막으로 여드름이 났던 때가 26살 정도였으니 10년은 젊어진 것 같았습니다. 몸이 가벼워지고, 피로가 잘 들지 않았고, 아침에 자고 일어나면 예전보다 개운한 느낌이 많이 들었습니다. 기통 소식을 듣고 나서도 계속 몸이 젊어진다는 느낌을 받았습니다. 얼굴에는 계속 여드름이 나고, 마음은 더 가벼워지고, 몸은 더 활기차졌습니다. 기통은 각자 다양하게 온다고 하는데 저는 젊음이라는 큰 선물을 얻었습니다. 그리고 예전과 다른 마음의 눈을 키우게 되었습니다.

기 공유 경험

안봉리를 다니게 되면서 부친, 모친, 그리고 장인, 장모님도 안봉리로 이끌었습니다. 한번은 양가 부모님을 모시고 안봉리를 찾아갔고, 모친과 장모님께 처음으로 기를 보내게 되었습니다. 빙그레 선생님의 가이드로 처음 기를 보내고, 하늘님께 두 분의 건강이 좋아지면 좋겠다고 전해보았습니다.

종종 집에서 명상할 때는 삼태극에 아내와 양가 부모를 모두 초대해 걱정하는 일들이 무난히 해결되면 좋겠다고 전했습니다. 한번은 아내가 계속 머리가 아프다 하여 머리를 지그시 손으로 감싸고 머리 아픈 게 나아질 거라고 마음을 가져보았습니다. 아내가 머리 아픈 것이 곧 나아졌습니다.

진주3 기통 수련 모임에서는 몸 마음이 아픈 분들을 위해 삼태극에 초대해 따뜻한 마음을 전했습니다. 처음에는 믿기지 않고 신기했지만 이런 마음을 가질 수 있게 해 주신 하늘님께 감사드립니다. 그리고 이렇게 이끌어 주신 큰선생님, 빙그레 선생님, 새싹회 모든 분께 감사드립니다. 최고 중요한 마음을 얻었습니다. 긴 글 읽어 주셔서 감사합니다.

10. 하늘님이 인도하는 대로 살아가겠습니다

- 이름 : 감사가득(최혜숙 산청)
- 나이 : 74년생
- 지역 : 경남 산청
- 기통 : 2021년 3월 28일(66호)

기통 전날 잠이 안와 이리 뒤척, 저리 뒤척 하다가, 앉아서 명상하자 싶어 명상도 하고, 미고사도 하며 자는 둥 마는 둥 시간을 보냈는데, 다음날 아침 태인님께서 '너 기통했더라!' 하며 전화가 왔습니다. 제일 기다리던 소리를 들었는데 어안이 벙벙하며 놀랐습니다. 마당에 나가 두팔 벌려 하늘을 껴안고 "하늘님 감사합니다, 하늘님 감사합니다" 하며 눈물의 춤을 추었습니다.

경북 의성에서 1남 2녀의 장녀로 태어났습니다. 70년대가 다 그렇듯이 아들인 오빠가 집안의 기대와 사랑을 많이 받았지만, 저 또한 사랑을 많이 받고 자랐습니다.

어릴 적에는 집에 손님들이 많이 찾아왔는데, 할아버지께서 빠진 뼈를 잘 끼워맞추는 능력이 있으셔서 주로 팔이나 어깨가 빠졌거나 턱이 빠진 분들이었습니다. 지금 생각해보면 병원이 거의 없던 시절이라 소문 듣고 찾아왔지 싶어요. 돈을 줄려고 하면 손사래를 치며 받지 않으셨는데, 그 대신에 그때는 귀했던 복숭아 통조림이나, 과자를 사오셔서 저는 손님 오는 게 참 좋았습니다.

어릴 적 동네에서 유일하게 우리 집에만 트럭이 있었는데, 동네사람 119였습니다. 밤이나 낮이나 누가 아프다고 전화하면 아버지는 자다가도 일어나 옷 갈아입고 나가셨습니다. 그때는 다 그렇게 살았지요.

설거지 한번 안 해보고 살았다는 엄마는 9남매 맏이로 시집와서 시부모 모시며 시누이, 시동생 키우며 고생도 많이 했는데 한번도 짜증을 내는 것을 못 봤습니다. 어린 내가 봐도 부당한데도 속으로 삼키는지, 다 받아주는 착한 엄마를 보며 속상했지만, 참 신났던 어린 시절이었습니다.

학교 마치고, 잠시 직장 다닐 때 남편을 만났습니다.

보통의 다른 사람들처럼 돈에 연연하지 않는 성격이라 좋았는데, 결혼하고 살아보니 너무 신경을 안 쓰니 오히려 제가 힘이 들었습니다. 남편이 직장에서 스트레스가 많았는지, 언젠가부터 회사를 관두고 산에 들어가서 살고 싶다고 했습니다. 아이가 아직 초등학생이라 달래며 몇년을 끌다가 결국 지리산행을 결심하고 산청으로 귀촌했습니다. 처음엔 남편 혼자만 보낼까 하다가 가족은 함께 살아야 된다는 생각에 잘 운영되던 미술학원도 같이 있던 선생님한테 넘기고 정리를 했습니다.

막상 귀촌을 하니 제가 더 빨리 적응하고 열심히 살았습니다.

모임도 생기고, 교육도 받고, 도서관에서 미술관련 프로그램도 진행하고, 그림책 만들기 강의도 하고, 주말에는 펜션 운영도 했습니다. 바빴습니다. 그래도 항상 건강하다고 생각했습니다. 건강검진 받으면 다 정상이었습니다. 남들은 여기저기 아프다는데 별시리 아픈데도 없고 밥 잘 먹고 잠 잘 잤으니까요.

저는 건강하다 생각해도 제 몸은 바쁜 삶에 지치고 있었나 봐요. 태인언니가 어느 날은 절 보더니 너무 피폐해 보인다고 하며 전생치유를 받으라고 해서, 억지로 코 꿰듯이 빙그레 선생님 앞에 앉았습니다.

빙그레 선생님께서 보시더니 간이 많이 안 좋다고 하셨어요. 아픈데 없냐고 묻길래 요실금이 조금 있다고 했더니 뜸을 뜨라고 하셨어요(나중에 알고 보니 요실금이 아니었어요).

그렇게 한 달간 나도 몰랐던 나를 알아가며 상담을 하는데 마음은 나아지는데 몸이 나아지지 않았습니다. 그때 큰선생님께서 제게 하던 일을 모두 그만두라 하시고, 큰 병원에 가서 사진을 찍어보라고 하셨는데 바빠서 미뤘습니다.

그러다 여름 성수기라 펜션 일이 많아 몸살이 났습니다. 며칠 밥도 못 먹고 누워있었는데 다른 때랑 좀 다르다는 생각이 들어 겨우 경상대병원에 갔습니다. 코로나 아니냐고 의심하는 의사선생님, 요실금 처방전만 받고 그냥 나왔다가, 이상해서 다시 가서 간호사하고 상담하고 나왔다가, 이건 아니다 싶어 다시 진료실로 들어가 아프다고 거짓말을 했습니다. 그랬더니 CT를 찍으라고 합니다. 그 다음주에 CT결과를 보더니 산부인과와 소화기내과 예약하라고만 하고, 결과는 말을 안해줍니다.

다음 주에 산부인과를 갔더니 혼자 왔냐고 묻습니다. 그렇다 하니까 암이랍니다. 나팔관에 암이 보인답니다. 간에도 전이가 되었다합니다.

이 무슨 드라마 같은 일이 나한테 일어날까 꿈인가 생시인가 싶어 허벅지를 꼬집어봅니다. 내 의지와 상관없이 그 자리에서 바로 수술 날짜를 잡았습니다만, 믿을 수 없어 대구 경북대병원 암센터를 찾아갔습니다. 결과는 같았습니다.

경북대병원에서 수술하고 퇴원과 입원을 한 달 이상 반복하다가 산청으로 왔습니다. 잘 먹지도 못하고 널부러져 있다시피 하는데 태인언니가 와서 절을 하라고 합니다. 항암주사를 맞아 다리에 힘이 없어 뒤로 엎어집니다만, 겨우 11배는 했습니다. 발원문을 쓰고 꼭 절을 하라고 신신당부합니다.

"111배 하는 날 니가 사는 날이다" 하면서.

큰선생님께서도 기통을 목적으로 절을 해라, 6개월이면 할 수 있다 하셨습니다. 그때는 까마득히 먼 6개월이 상상이 안됐지만, 하루하루 절을 11배, 33배, 66배를 거쳐 어느 날 111배를 해냈습니다. 너무 기뻤습니다. 명상과 함께 발끝치기도 조금씩 해나갔습니다.

안솔기 쉼터를 방문해 주 1번씩 기치유를 받았습니다. 지리산 박 선생님께 치유를 받으며 몸과 마음이 안정되는 것을 느꼈습니다. 매일매일 조금씩 좋아지는 것을 느끼기 시작하면서, 책도 보고 유튜브도 보며 몸공부를 했습니다.

나도 할 수 있다는 자신감이 생기며 마음에 희망의 불씨가 생겨났습니다. 나의 영이 하늘에서 날 지켜보고 있고 함께 하고 있다는 걸 알고는 두려움보다는 희망이 생기기 시작했습니다. 누가 나를 미워해도 나는 그가 밉지 않았고, 우리는 모두 결국 하나라는 인식도 가지게 되면서 모든 것이 사랑으로 이어졌습니다.

이 모든 것을 알게 하기 위해 책도 사주고 공부도 하게 도와준

태인님께 무한감사를 보냅니다. 이것을 모르고 생을 마쳤다면 어쩔 뻔 했나, 얼마나 안타까운 일인가 생각합니다.

이제 수술한지 6개월이 지났습니다. 6개월 만에 기통도 되었습니다. 지금은 몸도 마음도 가볍습니다. 죽음이 눈앞에 와 있는 순간을 겪으면서 삶이란 무엇인가 많은 생각을 하게 됩니다. 이제는 하늘이 인도하는 대로 살아보려 합니다. 감사하는 마음으로 살아가려합니다. 이 길을 알려주신 무인 선생님과 빙그레 선생님께 감사드립니다. 매주 희망을 주시며 치유해주신 지리산박 선생님께도 감사드립니다.

긴 글 읽어주셔서 감사합니다.
아픈 과정을 쓴 이유는 누군가 저처럼 너무 빡빡하게 살다가 본인도 모르는 사이에 불청객을 맞이할 수 있기 때문에 삶에 여유를 가지고 편안히 흘러가듯 살아보면 어떨까하는 마음이 들어서입니다.
사랑합니다.

11. 인생의 터닝포인트

- 이름 : 비아(김은주 경주)
- 나이 : 62년생
- 지역 : 경북 경주
- 직업 : 주유소 운영
- 기통 : 2020년 12월 12일(29호)

2019년 12월 남편(평화)과 같이 안봉리를 방문합니다. 처음엔 모든 것이 생소하고 받아들이기 어려웠습니다. 전생이 있다는 것. 돌아가신 아버지께서 못 올라가셨다는 얘기 등.

천도를 하고 일주일에 한 번씩 마음치유와 상담을 하는 중에 공감이 많이 되었습니다.

일주일에 한번 경주에서 안봉리로 소풍가듯 치유도 받고 큰선생님의 강의도 뜻 깊게 들었습니다.

지난 일 년 동안 난생처음 마음공부도 해보고, 많은 것을 체험하고 느끼고, 참으로 소중하고 귀한 시간을 보냈습니다.

전생치유 책을 읽으면서 앞부분의 체험담도 특별해보였지만, 뒤편에 있는 절에 대한 부분이 머릿속에 맴돌았습니다. 기통이 되면 자기 자신의 건강도 챙기고 남에게 기운을 나눌 수 있다는 부분이 특히 마음에 와 닿았습니다.

신통은 감히⋯.

'기통이 될 수는 있을까?'

'기통이 되면 참 좋겠구나.'

'기통은 모르겠고 절은 운동 삼아 해보면 참 좋겠구나.'

평소에 무릎이 아파서 수시로 붓고, 심할 때는 계단을 내려올 때 뒷걸음으로 내려오기도 한터라 걱정은 좀 되었지만, 그동안 마음선생님께서 마음과 함께 몸도 치유해 주셔서 용기를 냈습니다.

2020년 2월 3일 발원문을 올리고 111배를 시작했습니다. 절하는 중간에 주변에서 '무릎도 안 좋은데 절하면 무릎 다 나간다'며 걱정을 많이 했습니다. 무릎이 더 나빠지면 안 되기에 뜸도 뜨고 아플 때마다 스트레칭을 열심히 해가며 절을 했습니다.

8월 1일부터 단전반에 이름을 올리고 333배를 시작했습니다. 111배 하다가 333배를 하자니 온몸이 배배 꼬입니다. 그래도 내가 한 약속이라 꾸준히 했습니다. 절을 할 때는 땀도 많이 나고 힘들지만, 절을 다하고 나면 몸이 힘든 게 아니라 오히려 가벼워졌습니다. 어느 순간부터인지 기운이 받쳐줘서 무릎에 스프린터가 붙어있는 것처럼 쉽게 일어납니다. 덕분에 가볍게 절이 됩니다. 감사합니다.

① 기 체험담 및 기통과정

11월 2일

법연선생님께 처음으로 대면해서 기를 받았습니다. 기 받는 동안 '이렇게 나를 귀하게 여긴 적이 있었나?' 하는 마음이 올라옵니다. 자신을 많이 사랑해야겠습니다.

원격으로 기 받을 때는 목 뒤쪽에서 머리 쪽으로 쭈욱 올라가기도 하고, 손과 발은 화끈거리고, 장단지도 조여 오고, 몸이 흔들의자에 앉은 것처럼 부드럽게 앞뒤로 흔들거렸습니다. 오늘 하루 내게 주어진 하루가 눈물 나도록 고맙고 감사합니다.

11월 3일

오후에 속이 심하게 메슥거리고, 저녁 무렵에는 발바닥에 뜨거운 열감이 훅 느껴지고, 조금 있으니 양 손바닥이 후끈 뜨거워집니다. 지인과 대화 중이었는데 순식간에 일어난 일입니다.
'하느님 감사합니다.'
저녁시간 333배를 가볍게 거뜬히 했습니다. 절하는 동안 손바닥의 무게감이 묵직합니다.

11월 19일

손바닥 발바닥뿐만 아니라 발끝 손끝까지 화끈거리고 징징한 느낌이 계속 있고 백회도 꿈틀꿈틀 하면서 따가운 느낌이 듭니다. 기운이 여기저기 돌다가 코뼈를 강하게 누르는 느낌이 오랫동안 계속되다 갑자기 코가 뻥 하고 뚫어졌습니다.
눈을 감고 있는데도 눈앞이 환하게 밝아지면서 상체가 화한 느낌이 들었습니다. 숨쉬기가 아주 편해졌습니다.
며칠 지나서 돌이켜보니 비염이 치유되어 만성기침이 뚝 떨어졌습니다. 지난날 오랫동안 비염과 마른기침을 달고 살았습니다. 병원 약 먹을 때만 조금 덜하고 온갖 기관지. 비염에 좋다는 약은 다 해 먹어봤지만 별 효과가 없어 포기하다시피 하고 살았습니다. 기치유의 효과를 체험해보라고 섭리하셨나 봅니다.

'하느님 감사합니다.'

기통되기 전 기 몸살을 많이 했습니다. 밤새도록 기가 돌아 밤을 꼬박 세운 적도 있고, 멀미하는 것처럼 속도 울렁울렁 미식거리고 어지럼증도 심했습니다. 기몸살 중에 오른쪽 어깨 옆으로 시커먼 사기가 빠져나가기도 하고, 옆구리에서 뽕뽕 소리도 두 번 났습니다. 옆구리에서 소리가 나는 건 지금 생각해봐도 미스테리한 일입니다.

의외로 기통 되는 날은 감지하지 못하였고, 하늘마음 언니로부터 축하전화 받고 알았습니다. 기통을 허락하시다니 눈물 나도록 감사했습니다.
'하느님 감사합니다.'
'하느님 사랑합니다.'

오늘에 이르기까지 말씀으로, 마음으로 이끌어주신 안봉리 큰선생님, 마음선생님 감사합니다. 법연선생님 감사합니다. 언제나 함께해주고 곁에서 응원해준 남편(평화님) 한없이 고맙습니다. 오전오후로 기운 보내주신 선생님 감사합니다. 한마음으로 응원해주신 새싹회 회원님 감사합니다.

나 혼자 건강하게 잘 먹고 잘 살라고 기통이라는 큰 선물을 주신건 아님을 짐작합니다.
초심을 잃지 않고 주변 분들과 나누면서 순천하는 삶을 살도록 노력하겠습니다.

2 기통 후 마음과 몸의 변화

① 사물이 선명하게 보입니다.
② 몸이 가볍습니다.

③ 마음이 고요합니다.

④ 무릎이 좋아졌습니다.

⑤ 비염, 만성기침 나았습니다.

⑥ 혈압약, 고지혈약 끊었습니다.

⑦ 자세교정이 됐습니다. 척추 뼈가 굳어있지 않고 말랑한 느낌입니다.

🖤 기통 된 지 한 달이 지났습니다.

눈이 더 선명해진 것 같습니다. 명상이나 기나눔을 할 때 두 손을 무릎 위에 올려놓고 시작합니다. 조금 있으면 진동이 많이 옵니다. 진동이 심해서 힘들다 싶으면 두 손을 무릎에서 띄웁니다. 그러면 여러 가지 동작들이 나옵니다.

기운을 모아서 전하기도 하고 받기도 하고, 손으로 하트를 만들어 보내기도 하고 받기도 하고, 두 손 모아 절도 합니다. 새로운 동작이 자꾸 나옵니다. 춤을 추기도 하고 손동작이 점점 커지는 것 같습니다.

신비롭습니다. 한 시간도 전혀 길게 느껴지지 않습니다. 앞으로의 시간이 기대가 됩니다.

지금까지 너무나 많은 것을 받았습니다. 감사하는 마음으로 살겠습니다. 미안합니다. 고맙습니다. 사랑합니다. 감사합니다.

🖤 기통한 지 백여 일이 지났습니다.

사물이 더욱더 또렷하게 보입니다.

명상할 때나 기 공유할 때 날이 갈수록 집중이 더 잘되어지고 기감도 많이 좋아진 것 같습니다.

감기 걱정 안 하고 숨쉬기가 너무 편해서 행복합니다.

일교차가 커서 저녁에 코가 약간 막히는 듯해도 아침이 되면 멀쩡합니다.

몸이 가벼워서 하루하루가 즐겁게 생활이 됩니다.

할 일이 많아도 걱정이 안 됩니다.

감히 상상하기도 어려운 기통이라는 엄청난 일이 일어난 걸 살면서 새삼 실감합니다.

3월 25일에는 신비한 체험을 하였습니다.

오후 시간 근무 교대 전에 잠시 쉬려고 누워있는데 비몽사몽 중에 온몸이 불덩어리가 되었습니다. 몸 전체가 너무 뜨거워 정신이 번쩍 들었습니다. 눈을 감고 있는데도 눈앞이 환하게 밝아지면서 한참 동안 계속 뜨거웠고 땀이 났습니다.

찜질방에 누워있는 듯한 기분이었습니다. 신비롭고, 상상하지 못한 일들도 많이 경험합니다. 감사합니다.

③ 기 공유 체험담

가족과 지인들과 기공유를 하고 있습니다.

처음에는 아무 느낌도 못 느끼던 분들이 요즘엔 기감도 많이 느끼고, 몸이 좋아지고 마음이 편안해졌다는 반가운 소식을 듣습니다. 그중에 한 분은 목이 건조해서 아침이면 많이 힘들었는데, 지금은 목이 촉촉해서 너무 좋고 두통도 많이 좋아졌다고 합니다.

한 분은 기감을 많이 느끼고, 어깨와 팔 쪽에 진동이 와서 들썩들썩 흔들흔들 한참 하고 나면 아픈 어깨가 시원해진다고 합니다.

한 분은 마음이 많이 안정되어서 화가 덜 올라오고, 기운이 들어와 머리가 앞뒤로 좌우로 자동으로 움직여지고, 팔 동작도 어깨를 쭉 펴지는 동작도 나오고 기운이 스트레칭을 알아서 시켜주니 너무 신기하면서도 시원하고 좋다는 반가운 소식을 알려줍니다.

한 분은 천식으로 인해 감기도 자주 걸리곤 했는데, 올해는 감기도 한번 안 걸리고, 잠자리에 누우면 목에서 쌕쌕거리는 소리가 안 난다고 좋아라 하십니다.

감사한 일이 많아서 감사합니다. 사랑합니다.

절

*

1. 절을 하라

죽을 병에 걸린 어느 여가수가 도력이 높다는 스님을 찾았습니다.

"스님 살려 주십시오!"

"…."

"해볼 것은 다 했습니다. 다들 이제는 방법이 없다네요."

"절을 해라."

"…."

아픈 사람은 말문이 막힙니다. 같이 갔던 사람이 어이가 없는 듯 대신 말합니다.

"혼자 일어서지도 못해 부축을 하고 왔는데 어떻게 절을 합니까?"

"살고 싶은가?"

"…. 네."

"그럼 절 만 배를 하고 와라."

많은 사람을 살렸다는 스님의 도력에 희망을 갖고 갔던 사람의 돌아오는 발걸음이 천근만근입니다. 마음속은 더 무겁고 복잡합니다.

'절을 해야 살려 주겠다는 뜻인가? 죄 많은 삶이라고는 생각했지만 혼자 제대로 설 수도 없는데 절을 만 배나 해야 할 만큼 벌을 받아야 하는가?'

집으로 돌아와 며칠을 끙끙거렸습니다.

'이대로 죽어야만 하는가?'

'절을 하다 힘들어 더 빨리 죽는 것은 아닌가?'

…

'이판사판이다. 어차피 죽는 것 한 번 해 보자.'

절을 시작합니다. 쉽지가 않습니다. 우선 일어서기가 되지 않습니다. 몇 번이고 넘어지기를 반복합니다. '일어서지 못하면 이대로 죽는다'라는 생각이 가슴에 꽂힙니다. 침대를 잡고 온 힘을 다해 일어섭니다. 다시 한 번, 또 한 번… 11번을 했습니다.

다음 날도, 그 다음 날도 11번씩을 채웁니다. 이제는 잡지 않고 일어서기를 시도합니다. 힘들지만 가능합니다. 11번씩 3일을 하고 나니 몸은 힘들어도 한편으로 자신감이 생깁니다. 합장을 하고 앉고 일어서기를 해봅니다. 가능합니다. '감사합니다'라는 마음이 저절로 가슴을 메웁니다. 눈물이 나옵니다.

절을 이렇게나 어렵게 시작했습니다. 어지럽고 아픈 곳이 더 많아지고 몸이 무너져 내릴 정도로 무거워도 포기할 마음이 없습니다. 늘 누워 있기만 했었는데 홀로 일어설 수 있다는 사실이 놀랍습니다. 실낱같은 희망이 생깁니다. '기어이 만 배를 채우리라'고 다짐하며 매일매일 반복해서 절을 합니다.

몇 달이 걸려 만 배를 채웠습니다. 스님을 찾아갑니다.
"스님, 만 배를 하고 왔습니다. 이제 살려 주세요."
"어떻게 왔나?"
"지팡이를 짚고 왔습니다."
"돌아가서 만 배를 더 하고 와라."
"…."
실망이 컸지만 달리 방법이 없습니다. 다시 절을 시작합니다.
하나, 둘, 셋, 넷, 다섯…
둘, 둘, 셋, 넷, 다섯…
셋, 둘, 셋, 넷, 다섯…
…
만 배를 채웠습니다. 이번에는 한 달 남짓 걸렸습니다.

다시 스님을 찾아갑니다.
"스님, 만 배를 하고 왔습니다."

"어떻게 왔나?"

"걸어서 왔습니다."

스님은 몸 전체와 안색을 찬찬이 살핍니다.

"가서 다시 만 배를 하고 와라."

"…."

돌아오는 발걸음이 무겁지 않습니다. 스님의 뜻을 어렴풋이 짐작할 수 있습니다. 만 배를 합니다. 채 한 달이 걸리지 않습니다.

스님을 만나러 갑니다. 발걸음이 가볍습니다.

"스님, 저 왔습니다."

"오는 발걸음이 어떻던가?"

"가벼웠습니다."

스님은 빙그레 웃으며

"그럼 됐다. 절을 그렇게 생활화해라.

한 달에 만 배씩 일 년 정도 더 하면 새로운 몸이 될 것이다."

"살려주셔서 고맙습니다."

여가수는 스님께 큰 절을 합니다.

그 후 살아난 여가수는 스님의 은혜를 칭송하는 곡을 만들어 노래를 불렀다고 합니다. 전해들은 것이어서 가수의 이름도 노래 곡명도 모르지만 절에 관한 이야기는 사실에 가까운 가능한 이야기라고 생각합니다.

아픈 것은 형벌입니다. 앰뷸런스에 실려 병원으로 가는 사람, 수술대 위에 누워 배를 드러내고 처분만 기다려야 하는 사람, 집에 가지 못하고 병실에서 생활해야 하는 사람, 고질병으로 늘 불안하고 고통 받는 사람….

병든 사람은 죄인입니다. 마음대로 먹을 수 없습니다. 자유롭게 다닐 수 없습니다. 편한 마음으로 쉴 수 없습니다. 하고 싶은 일을 할 수 없습니다. 그리운 사람들을 만날 수 없습니다. 스스로 할 수 있는 일들이 극히 제한됩니다. 당연히 사람대접을 못 받습니다.

이 형벌에서, 창살 없는 감옥에서 벗어날 수 있을까요? 있습니다. 하루 1시간의 노력이면 가능합니다.

어지럽거나 머리가 아픈 사람, 귀에서 이상한 소리가 들리는 사람, 눈이 침침하거나 백내장 녹내장인 사람, 목이 뻣뻣하고 어깨가 뭉치는 사람, 팔이나 손이 저리는 사람, 깊은 잠을 못 자고 꿈자리가 어지러운 사람, 생각이 많은 사람은 절을 하십시오.

숨이 차고 기침이 나는 사람, 갑상선으로 고생하는 사람, 가슴이 답답하고 불안한 사람, 쉽게 흥분하고 화가 잘 나는 사람, 가슴이 옥죄이듯 답답하고 통증이 있는 사람은 절을 하십시오.

뚱뚱한 사람, 야윈 사람, 많이 먹는 사람, 적게 먹는 사람, 더부룩하고 소화가 되지 않는 사람, 속이 쓰린 사람, 당뇨나 고지혈 고혈압등 성인병으로 고생하는 사람은 절을 하십시오.

대소변이 불편한 사람, 아랫배가 차고 하체가 부실한 사람, 잘 붓고 허리가 아픈 사람, 피곤하고 힘이 없는 사람, 오장과 육부에 이상이 있는 사람은 절을 하십시오.

목디스크, 허리디스크, 사지 무력증, 파킨슨병으로 고생하는 사람은 절을 하십시오.

치매, 풍, 골다공증, 암 등으로 고생하거나 걱정이 되는 사람, 검사 결과가 겁이 나서 병원에 가기가 두려운 사람은 절을 하십시오.

죽는 날까지 내 수발 내가 하다가 가고 싶은 사람은 절을 하십시오.

좀 더 비우고 좀 더 겸손하고 좀 더 안정적이고 좀 더 고요하고 좀 더 여유로운 마음을 원하는 사람, 건강은 하나 건강 그 이상을 추구하는 사람은 절을 하십시오.

2. 절의 효과

중국 기공에서 시작하여 태극권, 우리나라 수련 단체들을 돌며 몸에 좋은 많은 동작들을 접할 기회가 있었습니다. 약간의 기감이 있어서 어떤 동작이 몸이나 장부의 어느 부위에 어떻게 작용하는지 알 수가 있었습니다. 몸에 좋은 운동은 수백 가지가 넘었습니다. 이 많은 운동을 다 할 수는 없기에 하나를 골라야 했습니다. 누구나 따라할 수 있고 꾸준하게 하면 건강 걱정은 안 해도 되는 딱 하나의 운동, 절이었습니다.

절은
① **온몸운동** - 발끝에서 손끝까지 온몸의 기와 혈에 활력을 일으키는 온몸운동입니다.

② **효율적인 운동** - 111배를 하는데 20분 내외가 걸립니다. 건강한 사람이 건강관리를 위해 하루에 할 수 있는 양으로 적당합니다. 20분 정도의 운동으로 온몸의 기혈을 돌리고 근골을 강화할 수 있습니다.

③ **내공, 외공** - 몸은 마음대로 움직여 강화시킬 수 있는 부분과 스스로의 법칙에 의해 자율적으로 돌아가는 부분이 있습니다. 마음대로 움직여 강화할 수 있는 부분을 강화시키는 운동을 외공, 스스로 돌아가는 영역을 강화하는 운동을 내공이라 합니다. 절은 내공과 외공을 겸한 운동입니다. 절을 하면 근육과 뼈가 튼튼해지고 내장의 기능들이 좋아집니다.

④ **좌우, 상하의 균형운동** - 몸은 대부분 좌우가 틀어져 불균형 상태입니다. 불균형은 병의 원인이 됩니다. 목디스크, 허리디스크, 골반, 팔다리 이상 등 근육 골격으로 인한 병뿐만 아니라 내장 기능에도 부정적인 영향을 줍니다.

좌우의 불균형보다 심각한 것이 상하의 불균형입니다. 대부분의 사람들이 대맥, 횡격막 부위가 막혀 있어서 몸의 상하 소통이 원활하지 않습니다. 이로 인해 더운 기운이 위로 찬 기운은 아래로 몰리는 현상이 일어납니다. 한 몸인데 위아래가 다른 환경이 됩니다. 이것이 병의 가장 큰 원인이 됩니다. 절을 하면 좌우뿐만 아니라 상하의 불균형을 바로잡을 수 있습니다.

⑤ **몸을 정화** - 기감이 있는 사람은 절을 10여 차례 이상 하면 덥고 탁한 기운이 머리로 온몸으로 빠져 나가는 것을 느낄 수 있습니다. 기감이 없더라도 절을 계속하면 탁한 것들이 빠진다는 것을 알 수 있습니다. 역하고 누린내 같은 냄새가 심하게 납니다. 몸속에서 빠져 나온 것들입니다. 절을 하면 이런 나쁜 것들이 빠지고 맑은 기운이 몸을 채우게 됩니다. 몸을 정화시키게 됩니다.

⑥ **기운의 중심을 잡아주는 운동** - 대부분의 사람들은 기운의 중심이 상체에 있습니다. 몸이 약하거나 나이가 들면 이 정도가 심화됩니다. 이것이 만병의 원인이라 할 수 있습니다. 절 운동으로 기운의 중심을 배꼽아래 하복부로 옮길 수 있습니다. 기운의 중심이 아래에 잡혀야 건강합니다.

⑦ **자연치유력, 자율조절기능 향상** - 병은 불균형 부조화에서 옵니다. 절은 좌우, 상하 불균형과 부조화를 잡아줌으로써 자연

치유력과 자율조절기능을 높여 줍니다. 똑똑한 동생이 제 역할을 다할 수 있는 환경을 만들어 줍니다.

⑧ 수승화강 – 몸은 물과 불의 기운이 균형과 조화를 이루어야 따뜻하고 건강합니다. 물은 허리 아래 콩팥에서 관장합니다. 그냥 두면 물의 성질이 그러하듯 아래로 처집니다. 불은 가슴에 있는 심장에서 관장합니다. 그냥 두면 불의 성질이 그러하듯 위로 타오릅니다.

우리 몸은 신비롭게도 콩팥의 물기운이 위로 오르고 심장의 불기운이 아래로 내려가 균형과 조화를 이루도록 설계되었습니다. 설계된 대로 진행되면 머리는 시원하고 아랫배는 따뜻하며 다리에 힘이 있고 온몸에 활력이 생깁니다. 절이 위아래 소통을 원활하게 하여 수승화강을 돕습니다.

⑨ 미병 뿐만 아니라 난치병, 불치병 극복 – 마음이 떠 있고 기운이 떠 있는 것이 병의 원인이자 결과입니다. 기운을 내리고 마음을 내려 몸과 마음의 중심을 잡으면 어떤 병도 극복할 수 있습니다. 절이 이를 가능하게 합니다.

⑩ 부작용 없는 단전호흡 – 단전은 하늘의 기운과 소통하는 인간만이 가지고 있는 귀한 장치입니다. 하단전, 중단전, 상단전 등 3개의 내단전이 있고 양손, 양발에 1개씩 4개의 외단전이 있습니다.

하늘의 기운이 하단전까지 내려가야 이 단전들이 가동됩니다. 단전호흡은 하단전까지 기운이 내려갈 수 있도록 돕는 호흡을 말합니다. 그런데 그것이 쉽지가 않습니다. 가슴과 대맥 등이 막혀 있기 때문입니다. 이들이 막혀 있는 상태에서 무리하게 단전호흡을 하면 부작용이 생깁니다.

절은 기운의 중심을 하복부로 내려 부작용 없이 단전호흡이 가능하게 합니다.

⑪ **마음수련** – 대부분의 사람들이 병이나 미병 상태라고 하였습니다. 이것은 기운의 중심이 위로 떠 있기 때문이라고도 하였습니다.

기운의 중심이 떠 있다는 것은 마음이 떠 있는 것과 깊은 관련이 있습니다. 병이나 미병 상태라는 것은 마음이 떠 있다는 것을 의미합니다. 마음이 떠 있으면 마음공부가 잘 되지 않습니다. 놓고 버리고 비우고 받아들이기가 되지 않습니다. 하심이 되지 않습니다. 기운의 중심을 내리는 절이 하심과 마음의 평화를 찾는 데 도움이 됩니다.

3. 절법

이렇게 좋은 절을 늘 생활화하고 있는 스님들은 다들 건강한가? 올바른 호흡법으로 바르게 해야 합니다.

단전호흡이 되는 절을 연구한 적이 있습니다. 완성 단계에서 나보다 앞서가는 사람이 있지 않을까? 라는 생각이 문득 들었습니다.

인터넷 검색을 하니 법왕정사 청견스님이라는 분이 나왔습니다. 절 만 배를 일상으로 하는데 무사하고 더 건강하다기에 마음이 갔습니다. 잘못된 방법으로 절을 만 배 이상 계속하면 몸이 무사하지 못합니다. 단전호흡까지 된다는 이야기에 찾아갔습니다.

스님은 절을 수행의 주요 방편으로 삼는 분이었습니다. 숫자는 정확하지 않습니다만 가령 100만 배를 목표로 절을 하는 중에 98만 배 정도 될 무렵부터 절이 그렇게나 하기 싫더랍니다. 이미 한 98만 배가 아까워 겨우겨우 참고 계속하였더니 어느 순간 절이 저절로 되더랍니다. 좀 더 보완된 완벽한 절이 저절로 되어졌다는 이야기를 듣고 스님의 절법을 받아들이기로 하였습니다.

지금 소개드리는 절법이 청견스님 절법입니다. 조계사나 큰 절을 다니며 스님들 절 교육하는 절법입니다.

이 절법을 널리 알려주신 청견스님께 감사드립니다.

1 **청견스님 절법**

유튜브 : 청견스님 절법 ⇒ 절하는 법 in (무한 공간)

① 0.2평의 기적. SBS. 1/6~6/6
 * 1/6 : https://youtu.be/wg9s7tqLW9s?list=PLQc5F8
ertYigCdrRQRBWqJnoQR2rpHnpw
 * 2/6 : https://youtu.be/-g3mKjYpneA
 * 3/6 : https://youtu.be/inajSzZF9fA
 * 4/6 : https://youtu.be/eUwdlDzzIvA
 * 5/6 : https://youtu.be/gyIpiGKjZC0
 * 6/6 : https://youtu.be/Ez80Mdprd4I

② 절을 기차게 잘 하는 법 : 월간 불광 30주년 기념 특강
https://youtu.be/ZT9sHACr6_M?list=PL6DGC98KkEB-
NabgwvWbox7naWrIGBXEO

③ 절법 정리 : https://youtu.be/7jeha0nvKLk

등에서 청견스님 절법을 직접 익힐 수 있습니다. 위 ①, ②, ③
을 보고 절법을 익혀오시면 단전호흡이 가능한 절법으로 포인
트를 잡아드리겠습니다.

2 **참고**

　다음을 참고하면 도움이 됩니다. 절을 익히는 순서대로 설명합
니다.

① 준비운동 - 절을 시작하기 전에 팔 어깨 목 발목 무릎 허리
등을 가볍게 풀어주는 것이 좋습니다.

② 반절 - 바른 동작이 중요합니다.

앉아서 하는 반절을 반복하며 손 짚는 위치, 접족례, 발모양, 몸통이 나가고 들어오는 것을 익힙니다.

③ 감사! - 접족례 시 양손이 정점에 이르면 손목을 바깥쪽으로 꺾어 주며 경의의 대상에게 '감사!'라며 감사하는 마음을 전합니다. 손바닥에 장심이라고도 하는 노궁혈이 있습니다. 감사하는 마음으로 손목을 꺾으면 손바닥에 있는 노궁혈이 열려 기운이 들어와 가슴을 열어줍니다.

④ 호흡 - 반절이 익숙해지면 호흡을 익힙니다.

날숨만 익히면 됩니다. 날숨은 접족례 시 내려가는 얼굴과 올라가는 손이 귀 부근에서 교차할 때 시작하여 일어서기 직전 상체를 세워 앉아 합장할 때까지 입으로 내쉬면 됩니다.

⑤ 가슴 풀기 - 호흡의 핵심은 들숨은 신경 쓰지 않고 날숨만 바르게 하는 것입니다. 익히는 도중에 숨이 차면 잠시 멈추고 심호흡을 하여 가슴을 풀고 계속합니다.

⑥ 익히기 - 호흡과 동작이 일치할 때까지 반절을 반복합니다.

⑦ 일어서기 - 날숨이 끝나는 동시에 일어섭니다.

엎드렸다가 앉고 일어서는 동작이 물 흐르듯이 리듬을 타고 이어져야 무릎에 무리가 가지 않습니다. 발가락이 많이 꺾일수록 힘이 적게 들고 발끝 힘으로 일어날 수 있습니다.

⑧ 사랑! - 일어날 때 발가락, 발바닥, 발뒤꿈치, 종아리, 허벅지, 항문으로 의식을 동작의 흐름에 맞춰 이동합니다. 일어서서 몸이 바로 서 정점에 이를 때 '항문'입니다. 항문 대신 '사랑!'

이 순간 중심이 회음에 잡히며 기운이 갈무리 됩니다.

⑨ **합장** - 다섯 손가락을 힘을 빼고 가지런히 붙여서 합장을 합니다. 어제가 중단전에 닿을 듯 말 듯 하게 하고 팔꿈치는 몸에 가볍게 붙입니다.

⑩ **내려가기** - 방석에 무릎이 닿을 때까지 합장을 한 채 상체를 세우고 무릎을 붙인 채 내려갑니다. 손, 팔, 어깨 등 온몸의 힘을 빼서 하복부에 기운이 오롯이 모이도록 내려가는 것이 중요합니다.

⑪ **발뒤꿈치 동작** - 엄지발가락은 붙이고 발뒤꿈치를 들어 부채살 모양으로 벌리면 무릎을 붙인 채 내려갈 수 있을 뿐만 아니라 새끼발가락을 자극할 수 있어서 절의 효과를 높일 수 있습니다.

⑫ **들숨** - 일어섰다가 앉을 때까지 흡, 흡의 들숨이지만 들숨은 신경 쓰지 않아도 됩니다. 날숨이 정확하고 동작이 익으면 들숨은 저절로 됩니다. 절을 하는 도중에 가슴이 답답하면 잠시 멈추고 심호흡을 하여 가슴을 풀고 계속합니다.

3 경의의 대상

접족례는 양 무릎, 팔꿈치, 머리를 바닥에 대고 절 받을 사람의 발을 양손으로 받들어 자기 머리에 대는 최고 경의를 나타내는 인도의 예법에서 유래하였습니다.

나의 머리 위 양손에 발을 올려놓을 경의의 대상이 누구냐는 생각해볼 일입니다. 부처님을 믿고 따르는 사람은 부처님이 될 수 있고 예수님을 믿고 받드는 사람은 예수님일 수 있습니다. 그럼 부처님, 예수님은 누구의 발을 올려놓았을까요? 부처나 예수가 다가가고자 했던 대상은? 결국 하늘, 하늘님입니다. 그리고 그 하늘님을 그대로 닮은 나의 본성, 나의 영, 나입니다. 새싹회 회원님들은 하늘님, 그 하늘이 깃든 나를 양손에 올려놓기를 권합니다.

4 어떻게, 얼마나

서서히 달구어진 쇠가 보다 쇠답고 단단하다고 합니다. 처음부터 무리하지 않기를 바랍니다. 반절에서 시작하여 온절까지 기본 동작들이 어느 정도 익혀지면 드디어 절을 합니다.

첫날은 11배를 합니다. 그렇게 3일간.
다음은 33배, 그렇게 3일간.
그 다음은 66배, 그렇게 3일.
드디어 111배.

절을 하면 처음에는 아픈 곳이 여기저기 생길 수 있습니다. 발가락, 발바닥, 발등뿐만 아니라 발목, 무릎, 고관절, 허리, 종아리 등이 아플 수 있습니다. 이럴 땐 동작에 무리가 없는지 살피고 기본을 바로잡아 웬만하면 계속합니다. 심하게 아프면 쉬어야 합니다. 절을 하는 중에 갑자기 어지럽거나 가슴이 답답하면 잠시 멈추고 심호흡을 한 후 족삼리, 곡지, 백회에 뜸을 뜨고 안정을 취합니다.

111배를 한 달 정도 하면 절이 익숙해집니다. 호흡과 동작이 어느 정도 맞습니다. 20분 내외의 시간이 걸리면 절이 어느 정도 익었다고 할 수 있습니다. 건강한 사람이 건강관리가 목적이라면 하루에 111배를 계속하면 됩니다. 병을 극복하거나 건강 그 이상을 원하면 다음은 333배입니다.

1시간 내외면 333배를 할 수 있습니다. 3일을 하면 1,000배, 한 달이면 10,000배. 만배를 1년 이상 하면 많은 병이 극복되고 5년 이상 하면 건강 부자가 됩니다. 1,000배나 3,000배를 일삼아 하는 사람들이 있습니다. 의미는 있으나 적극 권하지는 않습니다. 아프거나 건강 그 이상을 추구하는 사람도 일상으로 반복하기에 무리가 없는 하루 333배가 적당합니다.

5 와공

발이나 발목, 무릎이 아파 절을 할 수 없으면 누워서 하는 와공이 대안이 될 수 있습니다. 누워서 팔과 다리를 들고 손목과 발목을 꺾어 주면 손발에 있는 외단전 4개가 열려 하늘 기운을 받습니다. 그러면 가슴과 허리의 기혈 순환이 왕성하게 일어납니다. 기운의 중심이 하복부에 잡히고 허리, 골반, 고관절, 무릎, 발 등의 흐름이 좋아져 허리 이하가 다시 만들어집니다.

사람에 따라 다르기는 하나 처음에는 10분 있기가 힘듭니다. 힘이 들어 팔다리가 떨릴 때까지 있습니다. 다음 날도, 그 다음 날도 계속합니다. 일주일 중 하루는 한계에 도전합니다. 다리 위에 지구를 올려놓은 듯한 무게를 느끼고 발꿈치가 바닥에 닿기 직전까지 버팁니다. 다음에는 다시 팔다리가 떨릴 정도까지 하고 일주일 중 하루는 한계에 도전하고를 반복합니다.

이러다 보면 와공 자세로 팔다리를 들고 있는 시간이 조금씩 늘어납니다. 15분 정도까지 늘어나면 이젠 하복부까지 심호흡을 하며 와공을 합니다.

30분 이상이 가능할 때도 옵니다. 어느 순간 다리의 무게를 전혀 느끼지 못하는 때가 올 수 있습니다. 걸을 때나 계단을 오를 때 느끼는 몸의 가벼움은 상상 이상입니다. 허리 이하가 다시 만들어진 기분을 느낍니다. 이렇게 하여 절을 하지 못하는 이유가 없어지거나 완화되면 절을 하면 됩니다.

와공을 해야 하는 경우 준비운동을 하는 것이 좋습니다. 준비운동은 쿠션운동을 합니다. 와공이 본운동이고 끝나면 정리운동으로 발끝 부딪치기를 합니다.

하루하루 하기가 지겹고 귀찮을 수 있습니다. 처음이 그렇습니다. 하다 보면 몸에 익게 되어 하기가 쉬워지고 습관이 되면 하지 않는 것이 불편할 때가 옵니다. 몸이 조금씩 가벼워지고 마음이 편해져 이렇게 계속하면 건강 걱정은 안 해도 되겠다는 안도감에서 오는 기쁨은 단순한 이 운동을 땀 흘려 반복하는 사람만이 느끼는 행복입니다.

중병에 걸려 뭔가를 해야 하는데 다른 사람의 손에 끌려 다닐 뿐 내가 내 몸을 위해 확신을 갖고 할 수 있는 일이 없어서 불안했던 적이 있습니까? 치료가 불가능하다는 이야기를 듣고 절망했던 적이 있습니까? 절을 할 수 있다는 것을 감사하십시오. 절은 나의 건강을 보증해주는 확실한 보험입니다.

지겹고 성가신 그러나 해야만 하는 일을 해내는 사람이 다른 일도 할 수 있습니다. 뭔가를 이루어 내거나 성공하는 사람들은 꼭 그렇게 합니다.

4. 건강 그 이상

1 기운의 중심

갓난 아기는 아랫배에 원판 같은 단전이 있어서 온몸으로 기운을 받고 기운의 중심이 하복부에 잡힙니다. 3살 정도가 되면 원판 같던 단전이 동전 크기만 하게 줄어들고 5살 정도가 되면 점처럼 보일락 말락 하다가 좀 더 시간이 지나면 하복부 피부 밑에 책갈피 속 빛바랜 꽃잎처럼 세로로 세워져 기운을 받지 못하게 되고 기운의 중심은 배꼽 위로 올라가게 됩니다.

그래서 사람들은 대부분 기운의 중심이 배꼽 위로 떠 있습니다. 상복부나 가슴, 심하면 얼굴에 중심이 이동해 있는 사람들이 있습니다. 기운이 위로 뜨면 몸의 균형과 조화가 무너집니다. 기운의 중심이 얼굴까지 올라간 사람은 위험합니다.

절을 하면 이 기운의 중심을 아래로 내릴 수 있습니다. 기운의 중심이 하복부까지 내려오면 건강해집니다.

2 단전의 가동

몸에는 하단전 중단전 상단전 3개의 내단전과 양손 양발에 각각 1개씩 4개의 외단전이 있습니다. 단전은 기운의 중심과 깊은 관련이 있습니다. 기운의 중심이 하복부에 잡히면 단전이 가동됩니다. 단전이 가동되면 하늘의 기운을 온몸으로 받을 수 있습니다.

3 단전호흡

절은 온몸으로 하는 단전호흡입니다. 일어났다 앉고 엎드리기를 반복하며 기운의 중심을 하복부 아래로 끌어내리고 양손 양발에 있는 4개의 외단전이 열렸다 닫혔다를 반복하며 몸통에 있는 내단전들을 자극합니다.

하단전이 단전의 뿌리라고 할 수 있습니다. 기운의 중심이 하복부 아래 단전에 잡히면 하단전이 반응합니다. 중심이 하단전 아래 회음에서 안정이 되면 단전에 핵이 생깁니다. 단전의 불씨가 생겼다고 할 수 있습니다.

4 온몸의 열림

충맥은 백회에서 회음까지 몸통을 관통하고 기운의 중심을 잡아주는 중요한 맥입니다. 대부분의 사람들은 충맥이 흐릿하고 미미하게 점선처럼 이어져 있습니다. 하단전에 핵이 생기면 충맥이 또렷한 실선으로 변합니다. 백회에서 회음까지 기운의 도로가 생긴다고 할 수 있습니다.

이 때 제 기능을 잃고 세로로 세워져 있던 단전이 조금씩 원판의 모양을 회복하며 원래 자리로 돌아갑니다. 하늘 기운을 다시 받기 시작합니다.

충맥이 열리면 대맥 임독맥 순으로 기경팔맥이 열리고 혈로 구성된 12경락이 열리고 온몸의 세포가 열립니다. 하늘 기운을 받아 온몸에 공급할 도로가 뚫린다고 할 수 있습니다. 열리고 열리

고 열리는 과정에 수없이 많은 기운갈이를 하며 몸도 마음도 변합니다.

사람마다 기운을 받을 수 있는 그릇이 다릅니다. 단전의 크기와 관련이 있습니다. 그릇에 기운이 차서 익으면 백회가 열립니다. 하늘의 기운이 쏟아져 들어옵니다. 그동안 공들여 열었던 기경팔맥, 12경락, 세포 속으로 하늘기운이 꽂힙니다. 기통입니다!

5 기통

눈에 보이지 않는 기운을 따라 피가 흐릅니다. 기운의 흐름이 약하거나 막히면 피도 약하거나 막힙니다. 병이란 기운의 흐름이 온전하지 않아 해당 부위에 피가 제대로 공급되지 않기 때문에 일어납니다.

기통이란 온몸에 기운의 고속도로가 뚫려 개통하는 것을 의미합니다. 기통이 되면 몸의 변화들이 자동화 됩니다. 스스로 굴러갑니다. 몸의 모순들이 순차적으로 정리됩니다. 건강 걱정은 더 이상 하지 않아도 됩니다.

아들에게 서울 명동의 가장 비싼 빌딩과 기통이 된 단전 중 하나만 줘야 한다면 단연코 단전이라는 생각을 수십 년간 해오지만 지금도 변함이 없습니다.

기통이 되면 기운이 온몸으로 방사되어 주변 사람들과 나눌 수 있으며 다른 사람의 몸 상태를 진단하고 치유도 가능합니다. 예전엔 몰랐던 중요한 것들을 보거나 느낄 수 있습니다.

6 신통

하단전에 중심이 잡히고 열리면 중단전 상단전도 열립니다. 상
중하 3개의 내단전이 상호작용하며 끝없이 열어갑니다. 많은 변
화들이 일어납니다. 상단전이 열리면 새로운 눈을 하나 갖게 됩
니다. 머리 양쪽에 있는 목창까지 열리면 세 개의 눈을 갖게 됩니
다. 머릿속 간뇌를 중심으로 세 개의 눈이 가동됩니다.

기운을 볼 수 있습니다.
몸속을 볼 수 있습니다.
혼들을 볼 수 있습니다.
전생을 볼 수 있습니다.
사람 마음을 볼 수 있습니다.
…
신령스러워집니다.

7 마음열기

이 모든 흐름은 열어가는 과정입니다. 어디까지 열리느냐는
그 사람 마음에 달려 있습니다. 마음이 열리는 정도에 따라 단전
과 목창의 열리는 정도와 크기가 달라집니다.

마음을 연다는 것은 하늘에 가까이 간다는 것을 의미합니다.
하늘의 뜻을 알아가며 순응한다는 의미입니다. 마음을 열고 열
어 얼마나 멀리 가느냐, 얼마나 하늘 가까이 가느냐가 도의 완성
도를 좌우합니다.

8 우아일체

인간은 모두 도인입니다. 하늘 가까이 가는 것은 순천이고 하늘과 멀어지는 것은 역천입니다. 인간은 숙명적으로 하늘 가까이 가도록 설계되었습니다.

석가나 예수가 다름 아닌 하늘 가까이 간 사람들입니다. 나를 열고 열어 하늘과 나 사이에 경계가 허물어지고 하늘과 내가 하나 되는 것이 우아일체입니다. 그 길로 가야 합니다. 그 쪽으로 가기 위해 노력해야 합니다. 절이 그 쪽으로 가는 출발점이 될 수 있습니다.

•4장•

명상법

*

1 명상의 뜻

눈을 감고 차분한 마음으로 깊이 생각하는 것을 명상이라 합니다. 오감을 멈추거나 낮추고 생각과 마음을 텅 비우고 몸속의 흐름에 주목합니다. 마음을 열어 몸을 열고, 몸을 열어 마음을 여는 명상법을 안내합니다.

2 명상의 원리

우리 몸은 뼈와 근육 등 마음대로 움직일 수 있는 부분과 뇌나 내장 등 마음대로 움직일 수 없는 부분이 있습니다. 마음대로 움직일 수 없는 부분들이 우리 몸의 뿌리입니다.

우주는 음양오행의 원리에 의해 균형과 조화를 이루며 돌아가고 있습니다. 우리의 오장육부도 우주의 원리에 의해 스스로 돌아갑니다. 하늘이 하늘의 원리를 우리 몸속에 완벽하게 갖추어 놓았습니다. 그런데 내 몸은 왜 이렇게 완전하지 않은 걸까요? 마음속에 여러 가지 장애물들이 있기 때문입니다.

잡다한 생각들은 뇌를 경직시킵니다.
근심 걱정은 비장을 힘들게 합니다.
분노는 간을 뒤집습니다.
공포는 머릿속 가장 깊은 곳에 있는 간뇌와 몸의 배터리
역할을 하는 콩팥을 위축시킵니다.
욕심은 심장을 욕보입니다.

마음속에 침전되어 있는 부정적인 것들이 바위가 되어 부드럽고 가볍게 돌아가야 하는 하늘이 갖추어 준 완벽한 수레를 짓누릅니다. 무거워 바퀴를 돌리기가 힘듭니다. 이 바위들은 대체로 하늘과 멀어지는 선택들을 한 결과입니다. 하늘과 가까워지는 노력을 하겠다는 결심을 하고 하늘을 향해 마음의 문을 엽니다. 그런 다음 마음속 바위들을 하나하나 내려놓습니다.

버릴 것은 버리고 어쩔 수 없는 것은 받아들이며 할 수 없는 것은 내려놓는 마음의 구조조정을 해야 합니다. 마음을 밝은 쪽으로 두며 닫지 말고 열어야 합니다.

마음이 밝고 가벼워지면 몸도 가벼워집니다. 마음 열어 몸을 여는 과정입니다. 균형과 조화를 이루며 돌아가도록 설계된 본 모

습을 회복하는데 도움이 됩니다. 몸이 열리고 열리면 단전이 가동됩니다.

　단전은 하복부에 있습니다. 하늘이 인간에게만 준 귀한 선물입니다. 이 하단전이 열리며 중단전 상단전을 자극하고 상중하 단전이 상호작용하여 점점 커지며 또렷하게 자리 잡습니다. 없었던 것이 새로 만들어지는 것이 아니라 있었던 것이 제대로 가동되지 않고 있다가 잠에서 깨어나듯 제 모습을 회복하는 것입니다. 단전이 깨어나서 자리를 잡고 커지며 열려가는 과정에 기경팔맥이 열리고 모든 혈들(12경락)이 열리고 80조가 넘는 세포들이 열리는 순으로 진행되며 이를 반복합니다.

　예수도 석가도 옆으로 새지 않고 똑바르게 간 그 누구도 이런 과정을 밟았습니다. 어떤 이의 도의 깊이를 아는 방법은 간단합니다. 누가 하늘 가까이 갔는가요? 상중하단전의 크기와 기경팔맥, 혈, 세포들의 열린 정도를 보면 답이 나옵니다.
　높이 멀리 가기 위해서는 마음 열어 몸을 열고, 몸을 열어 마음을 추동하는 과정이 필수적입니다. 제대로 간 사람들은 다 그렇게 갔습니다.

3 방법
　① 몸, 마음 이완
몸을 충분히 풀어야 합니다. 준비운동으로 쿠션운동을 권합니다. 마음도 풀어야 합니다. 생각을 정리하고 많은 것을 내려놓습니다.

② 심호흡, 기운 내리기

· 심호흡 : 앉은 자세로 숨을 아랫배까지 들이쉬었다가 후~ 하며 입술로 내뱉기를 3번 반복합니다.

· 기운내리기 : 가부좌, 반가부좌 자세로 양손을 무릎 위에 놓고 손바닥이 하늘을 향하도록 한 후 다음 순서로 집중하면 기운이 아래로 내려가 안정됩니다.

머리~목~어깨~가슴~명치~배꼽~단전~엉덩이~허벅지~무릎~종아리~발바닥. 이 또한 3번을 반복합니다.

③ 삼태극 안으로 들어갑니다. 기운 공유할 사람이 있으면 삼태극 안으로 초대합니다.

④ '하늘님 감사합니다'라며 하늘님을 향한 마음의 문을 엽니다. 초대한 사람들이 있으면 '하늘님 감사합니다. 하늘님의 사랑을 이 사람들에게도 전합니다'로 하늘에 고합니다.

⑤ 간~심~비~폐~신 순으로 몸속을 살핍니다.

⑥ 삼태극으로 된 기운의 구와 그 속에 앉아있는 자기의 모습을 느낍니다.

⑦ 몸이 지구만큼 커지고 점점 더 커져 우주만 해져서 우주와 내 몸이 일체가 됩니다.

⑧ 삼태극 안에 우주가 있고 그 우주와 합체가 된 내가 있습니다. 하늘의 기운과 맑고 밝고 따뜻한 우주의 기운이 온몸을 채웁니다.

나와-몸, 마음- 내가 앉아있는 이 공간에 '사랑합니다, 사랑합니다'를 암송하며 명상을 이어갑니다.

⑨ 미간을 펴고 얼굴의 긴장을 풀고 입꼬리를 살짝 올려 미소를 머금고 턱을 가볍게 당깁니다.

⑩ 10분이 되면 '하늘님 감사합니다'를 마음으로 외며 심호흡 3번을 하고 몸을 부드럽게 풀어 마무리합니다.

⑪ 정리운동으로 발끝 부딪치기를 10분 정도 합니다.

⑫ 명상에 이어 기감수련을 더하면 더욱 좋습니다.

✔️ 삼태극 안에 초대된 사람들은 또 다른 나입니다. 내가 명상을 하며 기운을 받으면 그들도 나를 따라 기운을 직접, 간접으로 받습니다.

4 증상

① 압력 : 무거운 것이 내리누르는 듯한 압력을 느낄 수 있습니다.

② 열감 : 따뜻하거나 뜨거운 느낌이 들기도 합니다.

③ 진동 : 스멀스멀 뭔가가 기어가는듯하기도 하고 떨림이 일어나기도 하며 심한 진동이 올 수도 있습니다.

④ 상 : 눈을 감고 있는데 부처나 예수 사람 동물 사물 등의 형상이 나타나거나 스치고 지나가기도 합니다.

5 효과

① 몸 : 몸이 정화되어 맑아지고 자율조절기능이 향상됩니다.

② 마음 : 마음이 밝아지고 맑아지며 안정됩니다.

③ 능력 : 집중이 잘 되어 하는 일에 한계를 넘어갈 수 있습니다.

④ 단전가동 : 하늘 기운을 받아 몸에 확산시키고 안착시키는 역할을 하는 것이 단전입니다. 단전이 가동됩니다.

⑤ 하늘과 소통하는 존재를 체감 : 상중하단전이 열리고 영글어지면 새로운 눈이 생기고 내가 예전에 생각하던 존재 그 이상이라는 것을 확연히 알게 됩니다.

⑥ 신령스러워진다 : 상단전이 열리고 목창까지 깨어나면 예전에 알지 못했던 많은 것들을 알게 된다. 사람의 혼이나 전생을 볼 수도 있습니다.

6 주의점

① 몸, 마음 이완 : 충분히 풀고 시작해야 효과적입니다.

② 진동이 심하면 주체할 수 없을 정도로 심하여 부담스러우면 명상을 풀고 심호흡하여 정리합니다.

③ 상 흘려보내라 : 많은 상들이 나타날 수 있습니다. 하나하나에 의미를 두지 마십시오. 흐르는 구름이나 바람처럼 무심히 흘려 보내십시오.

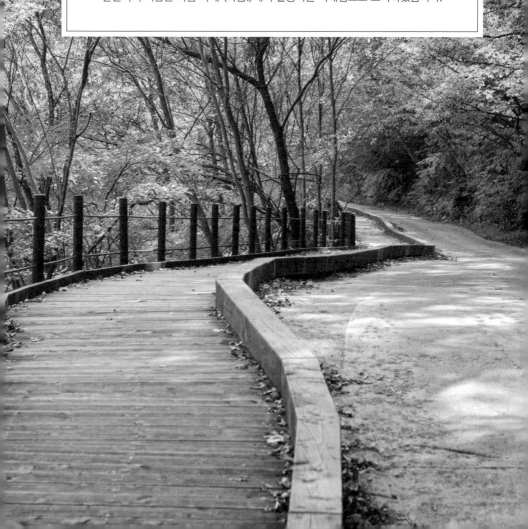

3부

체험담

여기에 소개된 체험담은 회원들이 실제로 겪은 일들을
사실 그대로 옮겨놓은 글입니다.
글쓴이의 이름은 다음 카페 〈마음!〉에서 활동하는 닉네임으로 표시하였습니다.

1장

전생치유 체험담

*

1. 피부가 젊어졌어요 / (자스민)

7월 월말 모임에서 피부변화에 대하여 간단하게 발표를 하려고 하였으나, 북 받히는 설움에 제대로 말씀도 못 드리고 끝을 냈습니다. 갑자기 왜 그랬을까? 나와 비슷한 아픔을 겪고 있는 분들에게 좀 더 상세하게 체험글로서 풀어내라는 뜻이 아니었나 생각해 봅니다.

오래 된 병이라 내용이 많이 길어질 거 같습니다. 어렸을 때부터 부스럼, 사마귀 등으로 피부가 좋지 않았던 편이었고요. 성장기에도 여름이면 햇빛알레르기처럼 목 주변에 두드러기와 가려움이 반복되었습니다. 그러다가 2000년쯤 귓볼에서 가려움으로 긁어 상처가 생기기 시작했고, 2004~2005년쯤에는 명치가 아프고, 가슴이 벌렁거리며(병원진료에도 이상이 없다고 하였음) 목 주변과 귀 뒤쪽이 가렵기 시작했고, 심지어 긁어서 상처가 나기까지 했습니다. 상처가 반복되면서 비듬처럼 하얀 각질이 떨어지고 특히, 겨울철에는 어두운색 옷을 많이 입다보니 머리 뒤쪽으로 떨어지는 각질 때문에 지저분하다는 인상을 많이 주다보니 스스로가 많이 움츠러들고 부끄러웠습니다.

미련하게 병원에 가지 않느냐고 핀잔도 자주 듣곤 했지만 피부과 병원 진료를 받는 동안에는 잠깐 나아졌다가 약을 끊고 나면 다시 반복되기도 했고, 약을 먹으면 속쓰림과 몽롱함이 동반되고, 피부가 검은색으로 착색이 심하여 자연스럽게 병원 가는 횟수가 줄어들었습니다. 그러면서 주변에서 소개해주고 얘기해주는 방법을 사용해 보기로 하고 달맞이기름, 오소리기름, 왕지네기름, 죽염수, 이지워터수, 아토피 화장품 기타 등등 사용과 체질개선을 위하여 키르기스스탄에서 가져온 실라짓이라는 천연 미네랄을 녹인 물 복용 및 사향공진단을 3개월간 복용하는 등 많은 민간요법과 제품들을 사용하였지만 소용이 없었습니다.

그러다가 2009년 겨울에는 평상시 젊은 여직원이 목에 상처가 나서 벌겋게 하고 있는 모습을 안타깝게 생각하던 주민이 청학동에서 수치료 수련을 위해서 유평마을에 오신 선생님이 계시는데 치유 한 번 받아보지 않겠냐고?

그 당시에는 눈에 보이는 곳보다는 다른 곳이 더 가렵고 상처가 난 시기였기에 간절한 마음으로 여건만 되면 토·일요일 두 달 정도를 유평계곡 얼음물 속에서 수치료를 받았습니다.

한여름에도 찬물에 샤워를 못하는 저로서는 엄청난 고통이었지만 참아냈고 그 이후로 조금 좋아지기까지 하였습니다. 그 시절 아기 때부터 아토피(목, 턱, 손목, 팔오금, 무릎 뒤 등)로 고생하던 중3 딸과 지루성 두피염 및 컴퓨터 등으로 열이 많던 중1 아들도 같이 데리고 다니면서 아이들은 계곡물에 발목까지 담그게 하고, 저는 반신욕으로 수치료를 하였습니다.

아이들이 귀찮을 만도 한데 의외로 그 먼 골짜기를 잘 따라와 주었고 치료도 받고 했는데 지금 생각해보니 아이들에게도 참 모질게 했다 싶고, 가슴이 많이 아프고 눈물이 납니다.

이렇게 피부과, 한의원, 민간요법 등 피부에 좋다는 것은 이것저것 다 해봤다고 생각했고 이제는 거의 포기하고, 이 또한 운명이려니 생각하고 받아들이며 생활하던 터에 운 좋게도 이곳 두 분 선생님을 만나게 되었습니다. 정말 저에게는 천운이라는 표현밖에는 없을 것 같습니다.

처음 치유 받고는 목의 붉은색과 가려움은 조금 가라앉았고 귀 뒤쪽과 머리 뒤쪽 가려움은 극에 달했습니다. 긁지 않기 위해 손끝으로 부드럽게 만지면서 미고사로 극복하려고 노력했습니다.

두 번째 치유 이후로는 목의 붉은색은 점점 줄어들어 검은색만 남았고 한 달이 지난 지금은 검은색으로 착색된 부분이 옅어져 원래 뽀얀 피부색으로 돌아오고 있습니다.

목의 가려움은 세 번째 치유 이후부터 줄어들더니, 한 달이 지난 지금은 없어졌고 귀 뒤쪽의 가려움은 계속된 치유의 반복으로 지금은 10에서 3정도로 줄어든 거 같습니다. 귀 뒤쪽의 가려움 또한 빠른 시일 내 좋아질 것을 믿고 있습니다.

그 원인이 전생에서 뱀이 나의 몸을 지나가고 감고 죽어서 그렇다고 하십니다. 몇 십 년간 갖은 방법으로도 치료가 되지 않던 것이, 한 달여 만에 전생 치유로 이렇게 깨끗한 몸으로 돌아온다는 것이 정말 신기합니다. 저처럼 피부로 고생하시는 분들에게 도움이 되기를 바라봅니다.

두 분 선생님 정말 고맙습니다. 목 부위 가려움이 없어진 것만 해도 너무 행복합니다. 미안합니다. 고맙습니다. 사랑합니다. 선생님~!

2. 머리통증과 목디스크 치유 / (똘이장군)

스트레스를 받으면 머리가 아프기 시작한 것은 7년 정도 됐습니다. 며칠 전부터 가정과 직장에서 스트레스가 심해져 머리 통증이 계속되었고 지난주 금요일엔 통증이 극심해 진통제를 먹어도 아무 효과가 없고 망치로 때리는 듯 아팠습니다. 지난 주말에 두분 선생님께 마음을 치유하고 몸을 치유한 후 지금까지 머리 통증 없이 지내고 있습니다. 머리가 깨질 것 같던 통증이 사라지니 정말 살 것 같습니다. 두 분 선생님 정말 감사합니다. 직장에 나가면 정신없이 바빠 미고사를 생각할 시간이 없어 운전 중에 외치고 다닙니다.

미안합니다.
고맙습니다.
사랑합니다.

목 디스크

제 목은 디스크에 협착에 석회화까지 되어서 심할 땐 오른손 마비가 되기도 하고 항상 손끝이 저렸습니다. 하루 종일 컴퓨터를 가지고 일을 하는데 오른손을 책상 위에 올릴 수 없어서 왼손으로 마우스를 사용한 지 4년이 넘었습니다. 아침에 자고 일어나면 목, 어깨, 등이 짐을 지고 있는 듯 무겁고 맞은 듯 아팠습니다.

그런데 지난주에 두 분 선생님께 마음과 몸을 치유하고 증상이 많이 없어졌고 어제 다시 두 분 선생님께 치유를 받고 오늘 아침에 일어나니 목이 너무 부드럽고 가벼워 마치 목이 그 자리에 없는 느낌입니다.

저절로 감사하며 시작하는 하루입니다. 두 분 선생님 고맙습니다. 미고사를 마음에 새기며 시작하는 하루입니다.

3. 낯선 평온함 / 신침(구*우 산청)

저도 언젠가 '기통 후 변화' 글을 쓰길 바라며 이야기를 시작합니다. 아직 체험담이라고 할 만한 것은 아니지만 그래도 글 올립니다.

4월 2일, 지리산박 선생님 댁에서 처음으로 큰선생님과 빙그레 선생님을 뵈었습니다.

4월 3일, 전생치유를 받기 시작하고, 단전호흡이 되는 절을 배웠습니다.

4월 5일, 절을 시작했습니다. 111배로 하려고 했는데 좀 가벼워서 333배를 했습니다. 현재 4월 24일이니 전생치유 시작한 지 딱 3주가 지난 시점입니다.

1 차분해지고 있습니다

평소 별 일 없이도 급히 걷거나 급히 움직이는 버릇이 있었습니다. 이제는 애쓰지 않아도 조금 느린 걸음과 느린 동작이 나오고, 차분해진 상태로 움직이고 있다는 것을 저 스스로 느낍니다. 상대방의 말과 행동에 빠르게 반응하던 것도 이젠 한 박자 쉬고 반응하고 있습니다.

굳이 수치로 표현하자면 이전의 급한 정도를 10이라고 할 때 지금은 4 정도.

2 화가 덜 납니다

2011년 12월, 더 이상 이런 식으로 살 수 없다는 절박함에 해결책을 찾기 시작한 동기는 분노조절장애였습니다. 거의 날마다 화가 난 상태로 지냈고, 집에서는 아내에게 미친놈처럼 화를 내고, 딸에게 수시로 화풀이하고, 직장인 한의원에서는 환자에게 눈 부라리며 말할 때가 많았습니다. 간호사는 수시로 바뀌었고, 짜증과 무기력에 익숙해져 삶이란 으레 그런 것이려니 하고 지냈습니다.

전에 한번 실토했지만 섭생법을 시작으로 개인 심리상담, 집단 심리치료, 명상수련 등등을 거쳐 2017년에 '가족세우기'를 만난 뒤에야 좀 안정이 되었습니다. 그래도 아내는 저를 여전히 화 잘 내고 성질 급한 사람이라고 합니다. 그런데 얼마 전부터 마음이 차분해지니 화가 이전보다 덜 납니다. 이것도 4 정도.

③ 목표가 달라졌습니다

두 분 선생님을 뵙기 전에는 돈 빨리 모아서 한의원 때려치우는 게 목표였습니다. 한의원을 그만두면 뭘 하면서 재미있게 살 건지 상상하는 일과, 아내와 부부관계를 지금보다 자주 하면 좋겠다는 소망이 전부였습니다. 그런데 두 분 선생님을 뵙고 나서 달라진 것 중에 하나는 꿈이 생겼다는 겁니다.

기통과 신통, 하늘동그라미, 영혼, 백, 심기혈정 등 멋진 이야기를 들으면서, 기연을 만나 단기간에 명의가 된 편작이 생각났습니다. 몸속의 기 흐름과 오장육부가 한 눈에 보이면서 침 한 방에 병을 치료하는, 말 그대로 일도쾌차의 기적을 날마다 보여주는 침의 고수가 되고 싶어졌습니다.

알려주신 대로 쭈욱 가면 될 거라는 믿음이 있습니다. 시간은 걸리겠지만 그냥 가기만 하면 되니까 마음이 편안합니다. 저녁 식사 후 가만히 앉아 낯선 평온함에 빠져 있다가, 갑자기 글을 쓰고 싶어졌습니다. 읽어주셔서 고맙습니다.

4. 봄날의 기적 / 봄날(김*선 진주3)

안녕하세요? 봄날입니다. 호된 마음의 병을 앓던 아들의 증세가 많이 호전되어 감사한 마음으로 경과글 올립니다. 작은 아들의 증상은 고등학교 다닐 때부터 생겼습니다. 스포츠 토토라는 도박 중독, 우울, 자해, 폐쇄공포, 불면증, 두통 등 너무나 많은 정신적, 신체적 문제를 드러내었습니다.

천운이 있었던지 새싹회를 만나고 큰선생님, 빙그레 선생님께 도움을 받은 후, 혜인스님과 인연이 닿았는데 처음 뵌 순간 아들을 맡기기로 결정했습니다.

1대 1 운기활공 치유를 시작한지 3개월째입니다. 혜인스님께서 보신 아들의 전생은 참으로 거칠었습니다. 자의인지 타의인지는 모르지만 많은 사람들을 해한 경험으로 머릿속에는 도끼자국이 깊게 패어 있었습니다. 그런 전생 때문인지 아이는 늘 불안과 공포, 두려움에 떨었습니다. 견디다 못하면 스스로 자기 몸을 해하기도 합니다. 그러다 극심한 두통을 호소하곤 했습니다.

그랬던 아들이 그동안 너무 좋아졌습니다. 매일 5~6알을 먹어야 했던 불안, 우울 약은 2개월째부터 2~3알로 줄었고 지금은 그마저 먹지 않습니다. 비상용으로 비치만 하고 있어요. 수면제도 마찬가지입니다. 3~4알정도 먹었는데 어느 때부턴가 1알로 줄더니 이제는 수면제가 아닌 수면유도제로 바꾸었습니다. 이제 유도제도 끊어야 할 것 같습니다.

일주일 전쯤부터는 수면제를 먹으면 오히려 잠이 깬다고 합니다. 24시간 함께 하지 않으니 확실치는 않지만 도박은 안 하는 것 같고요. 자기를 해치는 나쁜 마음도 전혀 없어 보여요.

어제는 근무 중에 전화가 걸려와 말하는 겁니다.
"엄마, 두통이 좀 있어서 혼자서 병원 갔어요."
너무 기쁘고 놀랐지만 차분히 물었어요.
"그래 괜찮대?"
"예. MRI기계에 혼자 들어갔어요. 검사결과 나왔는데 아무 이상 없대요."
기적 같았습니다.

기적은 더 크게 일어났습니다. 지난 주말의 이야기입니다. 제주도로 가족 여행을 가기로 했기에 저녁 6시쯤 목포행 출발 배를 타기 위해 집을 나서려는 순간이었습니다.
"엄마, 나는 안 가면 안 돼?"
한 달 전부터 예약을 한 건데 왜 그러냐고 물었어요. 돌아온 대답이 예전처럼 심한 불안은 아닌데 약을 끊은 후 처음 가는 여행이라 그래도 좀 불안하다는 것이었습니다. 아이가 아픈 이후 처음으로 함께 하는 여행이어서 조금 실망스러웠습니다. 하지만 그렇게 마음 내어 준 것만도 고마워서 그럼 다음에 가자하고 남편이랑만 집을 나섰습니다.

고속도로에 올라 한 시간쯤 지나자 전화가 왔습니다.
"나 인제 좀 진정이 됐는데 차 돌려서 못 오죠?"
아무리 생각해도 엄마 아빠랑 함께 가고 싶다는 것이었습니다. 시간을 보니 승선 시간이 촉박해서 돌아갈 수는 없었지만 다른 방법을 강구해 보았습니다.

"택시 보내 줄 테니 목포여객 터미널까지 올래?"

아이는 망설여지는 듯 5분간 생각하고 다시 전화하겠다며 끊었습니다. 역시 그렇지…. 기대감이 실망감으로 바뀌는 찰나 전화가 또 옵니다.

"아무래도 낯선 기사 아저씨 모는 택시 타고 목포까지는 못가겠어요."

다시 솟아올랐던 기대감이 또 실망감으로 바뀌었습니다만, 얼마나 함께 가고 싶을까? 가슴이 아렸습니다.

"알았어. 괜찮아. 좀 더 나아서 함께 가면 돼."

아쉽지만 남편과 저만 배에 탑승했습니다. 배가 출발한지 한 시간쯤 지났을 때입니다. 다시 전화가 옵니다.

"엄마 죄송한데요. 배가 떠났을 거니까 저 혼자 비행기 타고 제주도까지 가면 안 될까요?"

깜짝 놀라 진짜로 공항버스 타고 비행기 타고 제주 공항까지 올 수 있겠냐고 물었습니다.

"응. 갈 수 있을 것 같아요."

소름이 돋을 지경이었습니다. 남편은 일단 오든 안 오든 티켓팅하자고 했습니다. 그리고 아들한테 문자를 보냈습니다. 남편과 저는 가슴이 벅차서 막 눈물을 흘리다가 전화를 했습니다. 그랬더니 방금 전 항공사에서 티켓이 발매 되었다고 카톡이 왔답니다.

"승아! 잘 했다. 그럼 일단 잠 좀 자고 내일 제주공항에서 만나 이야기 하자."

전화를 끊고 나니 저절로 '하늘님 감사합니다! 작은아들 감사합니다!' 소리가 마구마구 나왔습니다.

다음날 아침 6시, 다시 전화가 옵니다.

"어제 수면제를 먹어서 잠이 안 와요. 그냥 가야겠는데 11시 50분까지 기다릴라 하니 지루해요. 좀 당겨 줄 수 없어요?"

너무 놀라운 일입니다. 최근 들어 수면제를 먹으면 잠이 깬다고 하더니 진짜로 그래서 이상하고 놀라웠습니다. 서둘러 항공사에 전화를 하니 직원들 근무가 시작되는 8시가 되어야 바꿀 수 있답니다. 그래서 혹시나 하고 그럼 공항에 직접 가서 바꿔보라고 하니 진짜로 한답니다.

"알았어요. 그럼 마산역까지 공항버스 타고 가서 티켓 다시 변경하고 연락드릴게요."

입이 떡 벌어질 일입니다. 기적은 이런 걸 두고 말하는 걸 겁니다. 설렘 반, 불안 반으로 기다리고 있으니 9시 50분발 비행기로 바꿨다는 문자가 옵니다.

"1시간 50분이나 남았는데 그 동안 뭐할 거야?"

하고 전화해서 물으니 아침 먹으러 간다고 이야기를 합니다.

아침 맛나게 먹고 나중에 공항에서 보자하고 전화를 끊으니 또 '하늘님 감사합니다! 우리 작은 아들 고마워!' 소리가 터져 나옵니다.

하늘님 감사합니다. 우리 작은 아들 승이가 자기 감옥에서 나와 세상 속으로 한 발 한 발 조심스레 걸어오고 있습니다. 아들이 올 때까지 계속 '감사합니다. 미안합니다. 고맙습니다. 사랑합니다'가 반복적으로 터져나옵니다. 우리 부부 일찌감치 제주공항에

도착해 기다리고 있었지만 하나도 지루하지 않았습니다.

우리에게 이런 일이 일어날 수 있을까? 남편과 저는 깊은 불안을 숨기고 서로 바라보며 웃었습니다. 세상에! 좀 있으니 진짜로 우리 작은아들이 짠! 하고 나타났습니다.

"엄마! 아빠!"

우리 부부를 향해 걸어오는 아들의 얼굴은 너무나 편해 보였습니다. 우린 달려가 아들을 안아주었습니다.

"괜찮았니?"

"네."

그러면서도 본인도 놀라워합니다. 어떻게 혼자서 낯선 사람이 모는 택시를 타고, 창구 직원과 묻고 대답하기를 해서 그 먼 바다를 넘어 스스로 왔다는 게 기분 좋다고 합니다. 그런데 참말로 신기합니다. 아들이 막 도착 했을 때 혜인스님께서 전화를 주셨습니다.

"봄날님! 기통을 축하합니다."

이건 정말이지 기적입니다. 남편과 저, 그리고 우리 아들 승이는 서로를 끌어안고 울었습니다. 이제 어둡고 막막했던 시간들이 저 하늘로 날아간 것 같습니다. 밝고 희망찬 일들만 생길 것 같습니다.

'엄마가 기통이 되는 날, 자기의 성에서 걸어 나온 우리 작은아들 승아! 너무 고맙고 사랑해.'

우리 아들처럼 마음의 병으로 고통 받는 많은 청소년들이 우리 아들처럼 기적의 은혜를 입기를 원합니다. 그럴 수 있도록 인연 닿는 분이 있으면 새싹회로 인도하는 일에 저도 발 벗고 나설

작정입니다.

큰선생님, 빙그레 선생님, 혜인스님, 우리 새싹회 회원님들 감사합니다! 혜인스님을 소개해준 친구 클로버에게도 고맙다는 말 전하고 싶습니다!

코로나 시기에 여행을 간다는 게 죄송스러워서 글을 안올리려다 제 사연이 조금이나마 도움이 되었으면 해서 올리기로 했습니다. 읽어주셔서 감사합니다. 미안합니다. 고맙습니다. 사랑합니다.

2장

빙의치유 체험담

*

1. 감사합니다 사랑합니다 / 신난다(김*연 부산)

전생치유를 신청하는지 한 달이 좀 넘어가는 것 같아요. 너무 큰 변화에 감사합니다. 사랑합니다. 소리가 저절로 나옵니다. 정말 감사합니다.

저는 대학생 큰딸이 우울증과 강박증으로 너무 힘든 시간을 보내고 있었고 딸의 정신적 문제가 꼭 다 제 탓만 같은 죄책감으로 저 또한 힘든 시간을 보내고 있었습니다. 한 달 전 딸의 상태는 개인병원에서는 혹시나 하는 만약의 경우 때문에 약도 몇일

분만 처방해주고 있는 상태였고 기분이 좋다가도 갑자기 방문을 잠그고 살고 싶지 않다고 소리를 지르며 울기를 반복하고 있었습니다.

부모로서 바라보기 힘든 일들이 여러 번 있었고 시간이 길어지며 가족들도 지쳐가고 있었습니다. 개인병원 선생님께서 대학병원으로 의뢰서를 적어주셨고 대학병원에서는 입원을 권유하셨습니다. 그런 상태에서 전생에 관심을 가지게 되었고 책과 영상을 검색하다 보니 써니즈를 통해 여기까지 오게 되었습니다.

빙그레선생님과 첫 통화에서 딸과 저의 전생을 듣게 되었고 듣는 순간 지금 현생의 저와 딸의 마음이 전생의 우리 마음과 똑같다는 생각이 들면서 전생을 믿지 않을 수가 없었습니다. 그때부터 딸을 바라보는 마음이 너무 편해졌고 여기 선생님들을 믿으면 딸이 좋아질 수 있을 거 같다는 확신이 들었습니다.

무당알이 100% 부화 직전이었다고 빙그레선생님께서 말씀해주셨던 그 날부터 딸은 거짓말처럼 죽고 싶다고 말하지 않았습니다. 중간에 두 번 정도 불안정해 보일 때가 있었지만, 그때마다 미고사를 혼자 열심히 했더니 한 번도 그런 적이 없었는데 자기가 먼저 다가와 미안해 엄마 내가 잘못했다는 말까지 하더라고요. 제가 그날 딸을 안고 얼마나 울었던지, 감사하다고 어디든 막 소리치고 싶더라고요.

큰선생님 전화도 아직 받지 않았는데 나에게 이런 기적 같은 일이 일어나다니 그저 감사합니다~하고 있는데, 며칠 전 기공유 받는다고 명상을 하고 나오는데 딸이 묻습니다.

"엄마 혹시 지금 나한테 무슨 치료를 하는 거야?"라고요.

가족들에게 비밀로 하고 전생치유를 신청한 상태라 깜짝 놀라서 왜 그렇게 묻냐고 하니 "엄마 나 이제 약을 안 먹어도 괜찮을 거 같고 병원 예약도 취소해도 될 거 같아."라고 말합니다. 그리고 제일 신기한 건 병원에서도 치료가 힘들다고 했던 강박감이 완전히 사라졌다고 얘기합니다. 이 글을 적는 지금도 너무 신기하고 감사합니다.

두 분 선생님 너무 감사합니다.

카페에 글도 보고 강의도 들으면서 많은 도움 받았습니다.

새싹회 회원분들 너무 감사합니다.

하늘님 감사합니다.

저에게도 이런 기적 같은 선물 주셔서 너무 감사합니다.

잊지 않고 평생 마음공부 하며 감사하게 살겠습니다.

·3장·
기통 후 치유 체험담

*

기통 후 치유능력이 생겨 본인 또는 다른 사람을 치유한 사례

1. 폐암 4기를 극복하며! / 지리산박(박*윤 산청)

　강 할머니는 76세로 진주 OOO병원에서 폐암 진단받고 4기중 말기이며 뼈로 전이됐다고 했습니다. 항암치료 안 받으면 6개월에서 1년 산다고 했답니다.

　그 당시 감사가득님이 난소암 수술 후 항암치료 중으로 할머니의 따님(율무님)이 감사가득님의 병문안 갔다가 '기치유'가 있다는 말을 듣고 가족들이 의논한 결과 어머니의 연세로 항암치료를 받으면 힘드실 것 같아서 항암을 포기하고 '기치유'를 받기로 결정했답니다.

2021년 1월 9일(토)에 첫 운기활공을 해드린 이후로 지난 5월 9일(일)까지 총 19회 '운기활공'을 해드렸습니다.

폐암말기 진단을 받고 마음고생하고 계시는 분에게 조그마한 도움이 될까 싶어서 그동안 '운기활공' 과정을 간단하게 안내해 드릴까 합니다.

우선 앉으시라고 한 후 등 뒤에서 제 나름대로의 방식으로 집중을 하면 폐세포 영상이 펼쳐집니다. 죽음 직전의 폐세포 색이 10점 정도라 하고 아주 건강한 세포를 100점이라고 한다면 할머니의 폐세포 점수가 15점으로 보였습니다.

2021년 2월 27일(토) 운기활공 중 기록입니다.

누우시라고 한 후 안대를 얹고 하늘님께 감사드리고 정식으로 '운기활공'을 합니다. 할머니의 뇌세포 에너지체(머리 에너지체)속에 근심걱정 생각의 잔상들이 많이 보입니다.

그렇게 해서 온몸세포들과 좌우 폐세포, 뇌세포들을 하나씩 확대해서 우주기운(우주불화살, 제가 만든 명칭입니다)이 내려오는 것을 확인한 후 구석구석 한군데씩 세포속의 쓰레기의 탁기운들을 청소합니다. 탁기운 덩어리들이 우주기운 속으로 해체되어 날아갑니다.

우주기운의 세포들이 아주 좋고 황금 세포벽입니다. 온몸세포 해체 청소작업이 시작됩니다. 머리와 어깨에 약한 에너지체가 보이고 온몸세포들이 해체되어 우주기운(우주불화살)을 받고 있습니다. 모두 붉은 세포입니다. 온몸세포들이 붉은 갑바처럼 우주불화살들을 받고 있는데 오른쪽 폐부위에서 흰 탁기운이 터져나옵니다.

온몸이 붉은 세포 덩어리와 빛으로 덮여집니다. 아주 멋집니다. 마지막으로 초강력파를 3회 발공합니다. 연두빛 파장이 머리 좌우에서 머릿속으로 들어갑니다. 온몸세포들이 우주불화살들을 아주 잘 받고 있습니다. 온몸세포 속에 있던 탁기운들이 여기저기서 터져서 올라갑니다. 끝까지 우주에서 불덩어리가 내려와서 온몸세포 속으로 들어갑니다.

2021년 3월 6일(토) 운기활공 중 기록입니다.
좌우 폐에 흰빛(밝은빛) 덩어리가 들어있습니다. 폐세포 점수는 35점으로 보입니다! 우주기운이 약간 어둡습니다. 세포 알맹이는 좋은데 검은 저항성 탁기운들이 2/3까지 차있습니다.

온몸세포 해체 청소작업이 시작됩니다. 머리에 에너지체가 보이고 좌우 폐에 아이보리(흰빛) 빛 덩어리가 2개가 보입니다. 뇌세포들이 알맹이는 좋은데 좀 검게 보입니다. 상반신 전체가 빛 덩어리로 변하면서 온몸세포(폐세포를 포함한 온몸세포)들이 해체되어 청소작업을 하고 있습니다.

초강력파를 3회 발공합니다. 좌우 폐에 빛 덩어리가 강하게 보입니다. 연두색 빛 파장 덩어리가 가슴 위에서 몸속으로 들어갑니다. 온몸세포들이 징그럽게 똘망똘망하게 보입니다.

온몸 위에 아이보리 빛 파장이 가득합니다. 이런 식으로 매회 30분간 우주에서 내려오는 빛을 보면서 집중을 해드렸습니다.

기 치유 후 상담

강OO 할머니의 기운이 너무 좋아서 와공이나 절을 시작하시라고 할머니와 따님에게 말씀드렸습니다. 본인과 딸이 승낙, 찬성하고 태인에게서 와공 하는 법과 절하는 법, 반절 하는 법을 배우고 가셨습니다. 따님(율무님)에게 암세포 수치가 나오는 정밀 혈액검사 받기를 권유했습니다.

2021년 6월 1일

신장이식 경과관련 병원에 가니까 그때 혈액검사를 하겠다고 했습니다. 정밀혈액검사결과가 나오면 마음! 카페에 다시 글을 올리겠습니다.

숙제하고 검사받는 심정으로 기다려집니다. 글쓰기를 허락하신 따님에게 감사드립니다. 자료가 너무 많아서 줄였는데도 긴 글이 되었습니다. 끝까지 읽어 주셔서 감사합니다.

2. 암세포와의 기싸움! / 지리산박(박*윤 산청)

본 사례는 감사가득님의 암 치유사례입니다. 본인의 허락을 받아 올립니다. 허락해주신 감사가득님께 감사드립니다.

성명 : 최00님(닉네임 감사가득)
나이 : 47세

1 증상

① 난소암 진단 후 적출했으나 간으로 전이된 상태.
② 미열, 고체온, 병원에선 해열제 금지처방. 손발이 뜨겁고 온몸의 피가 뜨거운 것 같습니다. 전두엽이 아픕니다.
③ 다리 림프절제술 받았습니다.
④ 잠은 3~4시간 자면 깹니다.
⑤ 2020년 11월 현재 33배 하는 중.
⑥ 복용약 : 항암중임.

2 운기활공

2020년 11월 11일 1회차 운기활공
하늘님께 감사기도 드리고 발공을 시작합니다. 빛의 알갱이가 보입니다. 활공자의 전두엽이 너무 아픕니다. 간 우측에 검은 탁 기운이 보입니다.

우주에서 붉은 불기둥이 만들어집니다. 간쪽에 검은 탁기운들이 움직이기 시작합니다. 검은 것들이 심장 에너지체를 빙 둘러가리고 있지만 중심부 에너지는 건강하게 남아있습니다. 머리 에너지체 속에 집착성 파장도 보입니다. 붉은빛과 어두운 세력들의 싸움이 시작됩니다.

2020년 11월 22일(일) 2회차 운기활공

· **문진 :** 힘이 없습니다. 항암의 부작용으로 손끝 발끝이 저리고 마취된 것 같습니다. 머리 아픈 것은 많이 나았습니다. 알러지 때문에 항암이 실패하고 다음날 받았습니다. 내일 피검사 하러 갑니다. 항암의 부작용으로 잠도 자다가 깨다가 합니다.

· **운기활공**

하늘님께 감사기도 드리고 발공을 시작합니다. 에너지가 모두 빠졌습니다. 대맥, 부정맥도 잡힙니다. 손끝, 발끝을 잡고 CST(두개천골요법) 시행합니다. 머릿속, 뇌가 심하게 흔들거립니다. 정상세포와 암세포들이 정지상태로 보이고 움직임이 없고 한쪽으로 몰려있습니다. 온몸에 막이 여러 겹 둘러쳐 있습니다. 잘 안 됩니다. 정상세포와 암세포들이 쇼크를 받아서 움직임이 없습니다.

2020년 11월 25일(수) 3회차 운기활공

· **운기활공**

온몸세포 주변의 탁기운들을 제거합니다. 가슴에 붉은 에너지체가 생기고 머릿속에도 밝은 에너지가 보입니다.
온몸세포들이 모두 붉어집니다. 붉은 세포(면역세포)들이 무리지어 움직이기 시작합니다.

우주에서 빛에너지들이 폭포수처럼 쏟아져 내려옵니다. 붉은 면역세포들이 진회색의 암세포들을 공격하기 시작합니다. 우주 기운, 불기둥 속에 다시 아주 붉은 자주색, 진한 에너지체 기둥이 만들어집니다.

이불 위에 다시 기의 파장막이 덮입니다. 검붉은 에너지체가 엄청 크게 부풀어 오릅니다. 간에서 붉은 세포들이 움직이기 시작해서 진회색의 탁기운(암세포로 보임)들을 몰아내기 시작합니다. 붉은 면역세포들의 움직임이 활발해집니다.

2020년 12월 3일(목) 4회차 운기활공

· **문진** : 111배를 단숨에 한다고 했습니다. 3일짼데 30분 걸린다고 합니다.

· **운기활공**

암세포들이 떼거리로 보입니다. 노린내도 심하게 납니다. 정상세포들을 둘러싸고 있는 검은 것들이 많습니다. 하지만 정상세포들의 활동성이 좋습니다. 정상세포와 암세포들이 서로 싸우고 있습니다. 암세포들이 밀리고 있습니다. 우주에서 붉은 기운들이 내려와서 암세포들을 찍어 누릅니다. 암세포들의 세력이 조금 줄어들었습니다. 20% 정도.

간의 세포들이 항암으로 열을 받아 움직임이 느립니다. 암세포들의 막 제거 작업을 시작합니다. 암세포들이 밀리다가 안 되겠는지 갑자기 변신하여 몸 전체를 이불처럼 덮어서 막을 쳐 버립니다.

암 세포막 제거작업을 시작합니다. 잘 벗겨지지 않는 양파껍질처럼 1개를 제거해도 또 남아있고를 계속합니다. 제거해봅니다. 암 세포막 제거작업 후 기를 받아 간세포들의 움직임이 살

아닙니다. 암세포들이 나가지 않으려고 합니다.

우주에서 조각퍼즐 같은 기운들이 내려옵니다. 수학공식을 표기해 놓은 모양입니다. 온몸세포들의 움직임이 매우 활발합니다. 조각퍼즐같이 보이는 기운들이 뭔가를 새로 만들고 있습니다, 소리 없이.

몸의 에너지가 좋아 보입니다. 정상세포들이 자체 보호막을 치고 있습니다. 초강력파를 3회 발공했으나 시원찮습니다. 암 세포막을 걷어내는 작업을 계속합니다. 70% 정도 사라집니다. 전두엽이 너무 아픕니다.

★ 운기활공 후 명상을 하는데 암세포로 보이는 것들이 빙 둘러싸고 있다가 모두 검은색으로 변신하여서는 하나씩 떨어져서 올라갑니다. '가긴 가는데 너 두고 보자'는 표정으로 새까만 눈깔처럼 째려보다가 올라갑니다. 징그럽기도 하고 무섭기도 합니다. 그날 저녁을 먹으려고 하는데 눈앞이 깜깜해지고 힘이 빠져나갔습니다.

"아빠? 왜 그래? 힘이 없어 보여."

딸 미르의 물음에도 밥은 못 먹고 대신 막걸리로 배 채우고 잤습니다.

2020년 12월 9일 5회차 운기활공

· **문진** : 조금씩 좋아지고 있다고 합니다.

· **운기활공**

온몸세포 주변의 탁기운들을 제거합니다. 진회색 파동들이 많습니다. 온몸세포들의 반응이 아주 좋습니다. 우주에서 붉은 빛 에너지들이 폭포수처럼 쏟아져 내려옵니다. 머리만 제외하고 붉은 이불이 덮이는 듯합니다.

붉은 기둥 속에 다시 연두색 불기둥이 형성되고 정상세포들의 속도가 빨라집니다. 연두색 불기둥의 모양은 00자동차 마크와 비슷하게 보입니다.

기의 이불이 덮어집니다. 연두색 불기둥이 가슴, 폐, 간위에 형성됩니다. 간세포가 충격을 받아서 약간 검은색이 보이지만 움직임이 보이고 연두색 불기둥이 간으로 들어가서 처음에는 간을 받치는 모양으로 있다가 간으로 쏙 들어가서 작업을 시작합니다.

5분 뒤 연두색 불기둥이 또다시 간으로 들어갑니다. 배 위에는 연한 황색의 원형 에너지체가 형성됩니다.

소화계 계통을 치유하는 것으로 보입니다. 간세포들이 붉은색을 띠기 시작하고 형태를 회복하려고 열심히 움직이고 있습니다.

✅ 암세포들을 제거하는 데 조금씩 자신감이 생깁니다.

감사가득님은 현재 건강하게 투병하고 있으며 마음도 편안하시답니다. 허락해주신 감사가득님께 다시 한 번 감사드립니다.

이 글은 창작이 아니며 제 눈으로 본 사실을 그대로 표현한 것입니다. 이 글과 관련하여 모든 책임과 비난은 제가 받겠습니다. 감사합니다.

3. 골밀도가 상승했어요 / 혜인(최*인 진주3)

기통 직후, 큰선생님께서 말씀하셨습니다.

"기통을 하면 6개월마다 골다공증 검사를 한 번 해 보세요."

2년 전, 경추 5~6번 디스크 파열로 수술을 한 적 있는데 그때 골밀도 측정을 한 수치가 있었기에 잘 되었다 싶었습니다. 기억하건대, 경추와 골반 중 골반이 꽤 좋지 않았던 걸로 기억하고 있습니다.

비록 2년이라는 시간이 흘렀지만 그간 칼슘제를 먹은 적 없고 뼈를 보할 만한 영양소를 부러 섭취하지 않았기 때문에 만약, 골밀도가 상승했다면 분명히 기통의 효과일 것이었습니다. 해서 기통 만 6개월이 된 오늘 골밀도 검사를 했습니다. 척추 -0.4, 골반 -0.3으로 수치가 나왔습니다.

2019년 5월에 한 검사지를 찾아보니 척추는 정상범위, 골반은 -1.7이었네요. 결론적으로 골반 골밀도 수치가 1.4나 상승했다는 겁니다. 참고로 골밀도 범위는 -1.1 이상일 때 골감소증, -2.5 이상일 때 골다공증입니다.

나이가 들면 낙상이 참 무섭습니다. 골밀도가 약해지기 때문입니다. 골밀도가 상승한다는 것은 뼈의 강도와 더불어 관절이 튼튼해진다는 것과 같습니다. 버석거리는 뼈가 단단해지고 관절이 튼튼해지면 키가 커질 것은 당연한 일입니다.

내 키가 1센티 더 자란다? 어떠세요? 신나지 않으신가요? 평균 수명이 자꾸 길어져 노인인구가 늘어나는 이즈음, 기통으로 골밀도가 상승한다는 것을 증명할 수 있었던 오늘이 참 은혜롭습니다.

기통 6개월차 선물 멋지지요?

하늘님, 감사합니다.

선생님, 감사합니다.

새싹회, 감사합니다.

4. 전생 거지의 삶과 피부병 / 럭키(하*서 산청)

작년 여름 8월 중순부터 지금까지 피부 트러블과 가려움증으로 고생하고 있는 아들에게 기 공유를 하였습니다.

하늘님 감사합니다. 하늘님의 사랑. 삼태극 안에서 아들에게 하늘님의 사랑을 전합니다. 사랑합니다. 사랑합니다. 사랑합니다. 감사합니다.

피부 트러블 발생 시작부터 안봉리에서 전생치유를 하고 전신 피부병이 70% 정도 호전 되었는데도 자꾸만 긁어서 상처가 생겼습니다.

지금은 트러블이 많이 올라오지는 않으나 나머지 30% 때문에 여전히 많이 가려워하고 긁으며 고생을 하고 있기에 가렵지만 않게라도 해 주소서! 라는 마음으로 마음을 모아 봅니다. 손톱 밑이 보입니다. 손톱 하나하나 아래에 혀를 낼름낼름거리는 새까만 실뱀, 뱀 새끼들이 꼽혀져 있습니다.

오! 맙소사.

아들의 손톱 밑에 새까맣게 득실거리는 뱀 새끼들이 혀를 날름날름거리며 있었습니다. 이 혓바닥이 피부에 닿을 때마다 아들의 피부는 빨갛게 더 부풀어 올라왔고 가려움으로 피 떡칠을 했습니다.

어릴 때 가려워서 많이 긁으면 엄마가 손독 오른다고 했던 게 생각났습니다. '손독이 뱀독? 헉! 이 뱀 새끼들을 다 뽑아내야 하는데… 어떻게 뽑아내야 할지… 쪽집게로 입을 꼭 찍어서 뽑아내야 할까? 녹여서 똥으로 흘러 보내야 할까. 참 난감하네!'라고 느끼고 있었습니다. 찬란한 빛이 내려오더니 손톱 밑으로 향하여 들어가더니 검은 연기가 한없이 뿜어져 나왔습니다. 가슴에서 저도 모르게 감사의 눈물이 울컥 하고 올라 왔습니다. 감사합니다. 감사합니다. 하늘님 감사합니다.

피부 속에 들어 있던 수많은 벌레들을 다 녹여서 흘려보냈기에 피부 속이나 딱지 속을 보면 비워져 있었습니다. 그런데 왜 시원하게 빨리 낫지 않을까요? 아들의 전생 중 거지의 삶이 보입니다. 구걸해서 얻어 온 밥을 입에 마구 밀어 넣고, 쑤셔 넣는 모습이 보입니다.

아들에게 구걸해서 살았던 거지의 삶이 있었다니! 저의 귀한 아들이 왜? 믿을 수가 없습니다. 받아들일 수가 없습니다. 인정할 수가 없습니다. 제가 잘 못 본 것이라고 믿고 싶습니다. 하지만 아들은 구걸해서 얻어 온 밥과 온갖 음식들, 상한 음식들을 무작위로 미친 듯이 입에 밀어 넣다가 급체하고 두드러기가 올라오고 때굴때굴 구르고 난리를 쳐 보지만 도와주는 이 하나 없이 비참하고 처참하게 죽어가는 모습이 보입니다.

아들은 평소 편식이 심하고 음식을 골고루 맛있고 복스럽게 먹지 않는 스타일입니다. 거지의 삶을 살면서 이것저것 아무거나 먹고 죽을까봐 두려워서 음식을 골고루 맛있게 먹을 수가 없었습니다. 편식 및 음식관리 부주의로 인한 생긴 가려움과 피부 트러블임을 알 수 있었습니다.

아들 기억 속에 잠재되어 있는 거지의 삶과 음식에 대한 두려움과 불안을 지워보고 삭제하였습니다. 다 낫지 못한 나머지 30%의 피부 트러블과 가려움을 어떻게 하면 낫게 할 수 있을까

하여 시내에 있는 피부과는 다 다녀보고 연고 및 약을 처방 받아서 바르고 먹어 보았습니다. 큰 종합병원에서 여러 가지 검사를 해 보았지만 결과는 원인을 알 수 있는 알레르기라고 하였습니다.

한의원에서 한약을 지어 먹여보고 침을 맞혀도 보았는데 피부가 진정이 되면서 갈아 앉는 듯하면서 다시 재발하였습니다. 바닷물을 떠 가지고 와서 샤워를 시켜 보았고, 편백수 또는 소금물, 베이킹소다를 푼 물에 샤워를 하였습니다. 피부 건조, 아토피에 좋다고 하거나 보습이 잘 되는 바디 크림을 구하여 발랐는데도 가려움은 여전하였습니다.

여러 가지의 많은 방법과 노력을 해 보았음에도 불구하고 크게 효과를 보지 못하고 있었습니다. 이제는 명상을 통하여 그 원인을 알게 되었습니다. 이제는 덜 가려워하려나, 덜 긁으려나… 하는 기대와 희망이 생깁니다.

감사합니다. 감사합니다. 감사합니다. 사랑합니다.

이렇게 명상으로 아들을 치유한 후 차츰차츰 피떡칠되었던 트러블이 진정하게 되었고 가려움도 많이 줄었습니다. 밤에 가려워서 긁는다고 잠을 잘 자지 못했는데, 많이 긁지 않고 잘 자는 편이 되었습니다. 긁어서 상처로 남아 있던 자리는 새살로 채워지고 있습니다.

국물, 매운 것, 딱딱 한 것, 야채, 채소 등을 가리고, 계란찜, 프라이, 김, 두부구이만 먹던 아들은 이것저것 가리지 않고 먹으려고 시도하고 있고, 밥도 두 공기나 먹으면서 맛있고 복스럽게 먹습니다. 이런 변화에 그저 감사하고 고맙습니다. 행복합니다.

감사합니다, 고맙습니다. 사랑합니다.

5. 아버님이 더 위험해요 / 태인(전*인 산청)

폐암 4기 말기암을 앓고 계시는 어머니를 치유해드리기 위해 따님과 상담을 시작했습니다.

병원에서는 항암 외엔 다른 방법이 없다고 항암을 종용하고 있었습니다. 다행히 감사가득님과 친분이 있어, 감사가득님의 암 치유가 조금씩 좋아지고 있던 차라 항암을 미뤄놓고 상담하던 중, 오토바이 사고를 당하신 아버님 이야기를 얼핏 듣는데 어떤 강한 느낌을 받았습니다.

본인들의 생각에서는 폐암 4기를 앓는 어머님이 위중하다고 생각하는 것은 당연했지만, 태인의 입에서 나온 말은 '어머님보다 아버님께서 더 위중하신 것 같은데요'였습니다. 긍정적이고 착한 따님은 '그런가요, 그럼 두 분 다 치유 받을 게요'라고 말씀하셨습니다.

두 분의 치유는 2021년 1월 9일부터 시작했는데, 아버님(84)은 태인이 담당하고, 어머님(76)은 지리산박님이 맡게 되었습니다.

아버님께서는 오토바이 사고로 머리를 다치셔서 혈액을 풀어주는 약을 드시고 계시는 중이었습니다. 치유 첫날, 아버님 몸 기운 측정을 해보니 기력이 많이 쇠진되어 있는 상태였습니다. 치유방에 오실 때 따님의 부축을 받고 들어오셨고 누우실 때도 혼자 눕지 못해 부축을 받고 누우셔야만 했습니다. 몸은 많이 불편하셨지만 첫 치유는 만족했습니다. 아버님께서 기 치유를 시작하고 5분 만에 깊은 잠을 주무시고 기운도 편안하게 잘 들어갔기 때문입니다.

세 번째 치유를 시작한 날 여전히 편안한 가운데 기 치유를 했는데, 놀랍게도 끝마치고 나서, 오늘 치유받는데 기를 느끼셨다고 말씀하셨습니다. 기가 아픈 무릎 쪽으로 오더라는 것입니다. 오토바이 사고로 머리도 다치셨지만 왼쪽 무릎도 아픈 상태였습니다.

네 번째 치유 시 또 놀라운 말씀을 하셨습니다. 먹던 약을 끊었다는 것입니다.

아버님은 치유가 되시는 것이 매회 차마다 눈에 띄게 달라져 보였고, 계단을 오를 수 없어 평길을 쭉 돌아서 오시던 것이 어느 순간부터 치유를 마치고 계단으로 내려가시는 것입니다. 그것도 따님의 부축 없이, 나 너무 잘 걷지, 하시는 마음이 그대로 전해져 보는 사람을 즐겁고 보람차게 만들어주셨습니다.

처음 상담할 때, '3개월 정도 하면 좋아질 것 같아요' 했는데 정말로 3개월 치유하시고 많이 편해지셨습니다. 따님께서도, 아버님 진짜 많이 좋아지시고 전에는 목욕도 해드렸는데 지금은 혼자 하시고 걷기 운동도 홀로 하신다고 말씀하셨습니다.

자연 속에서 행복한 하루하루를 보내고 계시는 아버님을 생각하면서 그동안 치유했던 후기를 올려보았습니다.

감사합니다.

마무리글

*

도인의 삶

삶이란 나의 본 모습을 찾아가는 여행이다.

나는 누구인가?

어디서 와서 어디로 가는가?

어떻게 가야 하는가?

이 물음들은 사람이라면 누구나 갖고 살아간다.

몇천 년 전에도 몇백 년 전에도 지금도 사람들은 길을 묻고 있다.

그래서 길을 묻고 길을 찾아 떠나는 우리는 모두 도인이다.

지금 힘이 든다면 다음 사실은 명확하다.

① 등에 진 짐이 무겁다.
② 길을 잃었다.
③ 잃어버린 길을 눈으로 찾고 있다.

정리하자면 길을 잃었는데
눈으로 찾고 있다는 것이다.
전 지구인이 수천 년간 찾지 못한 길이라면
찾는 방법을 달리해야 한다.
마음으로 찾아야 한다.
마음으로 찾아
좌표를 정하고
자동항법장치를 달 수 있다면 좋겠다.
가는 길 고비고비에
내비게이션이 작동할 수 있으면 더욱 좋겠다.

태어나고 부모형제를 선택하고
건강, 학교, 직장, 결혼, 승진,
보수, 재산, 인복, 퇴직, 죽음 등은
인생에 매우 중요한 일들이다.
이들이, 세상살이가 뜻대로 되지 않는다.
보다 정확하게 말하면
뜻대로 되는 일도 있고 되지 않는 일도 있는데
되지 않는 일이 훨씬 더 많다.

내 인생에 중요한 것들이
나의 의지와 상관없이
주어지는 것이라는 생각을 지울 수 없다.
보이지 않는 손이 있는 것 같다.

과연 그런가?
그렇다.
그렇다면 누구에 의해서?
신과 하늘에 의해서.
여기서 신이란 나의 혼이고
하늘이란 나의 영을 말한다.

나라는 존재는
200의 백과 2,000의 혼과
20,000의 영으로 되어 있다.
현상계에서는 200의 백 만이 발현되고
2,000, 20,000은 나 안의 나로 존재한다.
나의 세상살이는 2,000의 혼과
20,000의 영이 설계한 작품이다.
2,000 그 이상의 원리에 의해 돌아간다.
현상계에서 발현되는 인간의 머리는 200 미만이다.
200 미만의 머리로 2,000 이상의 바다를
살아내기가 쉬운가?
힘들고 상처받지 않을까?
근심, 걱정, 불안, 공포, 우울, 슬픔, 아만, 악, 분노, 집착, 욕심,

내면아이, 천벌, 종교의 영, 만신 등은
200이 살아내며 받은 상처의 흔적들이다.
2,000 그 이상의 세상에
200 미만의 머리로 살아내야 한다니
누가 이런 설계를 했을까?
하늘님이다.
아니, 하늘님이 술에 취했나,
아니면 심술을 부리는가?
그럴 리야 있을까?
그렇다면 우리 대부분은
중요한 것을 놓치고 있는 것이 아닐까?
하늘님의 뜻을 읽지 못하고 있는 것은 아닐까?

태국 방콕 근처에
높이가 3m, 무게가 5.5t이나 되는
세계 최대의 황금불상이 있었다.
그런데 오늘날 미얀마라고 하는 버마가 쳐들어오고 있다.
마을과 도시를 파괴하고
사람을 학살하고 재산을 약탈하는
침략군이 점점 다가오고 있다.
약탈자들이 황금불상을 그대로 둘 리가 만무하다.
큰일이다.
황금불상을 모시는 스님들 입장에서 큰일이 났다.
불상이 워낙 커서 옮길 수가 없다.
머리를 썼다. 회반죽을 덮어씌웠다.

스님들의 재치로 황금은 회반죽이 되어
불상은 약탈의 화를 면했지만
그 사실을 아는 스님들은
학살의 칼날을 피하지 못하고 모두 죽었다.
그 후로 이 불상은 회반죽으로 된 진흙 불상으로 알려지게 되었다.
그렇게 200년 가까이 세월이 흐른 1950년대에
불상을 옮기는 과정에서 실수로 떨어뜨렸는데
밤에 금이 간 회반죽 사이로 새어 나온 금빛을 보고
회반죽을 뜯어보니 황금불상이었다.
이 이야기가 전 세계로 알려지고
인간의 본성에 대해 관심을 갖고 있던 사람들에게
많은 영감을 주었다.

'우리는 진흙이 아니라 황금이 아닐까?
내 안에 황금과 같은 귀한 내가 있는 것은 아닐까?'

하늘은 인간으로 하여금
2,000 이상의 바다에 200 미만의 머리로 살아가게 설계하였다.
인생은 고해의 바다라는 말이 있다.
바람 불고 파도치는 2,000 이상의 바다는
200 미만의 머리로 살기에는 너무 어렵고 힘들지 않은가?
현상계에 빠져 일렁이는 이기심과 욕망에 눈이 먼
200이 도저히 감당할 수 없는 2,000의 세상살이!
나 안의 나, 2,000, 20,000인 나의 본 모습을 찾으라는 뜻은 아닐까?
내 안의 내가 깨어나면 2,000 그 이상의 세상도 살아내지 않을까?

그럼 진짜 내 안에 2,000인 내가 있는가?

황금불상이 있는가?

몸은 마음대로 움직일 수 있는 영역과

마음대로 움직일 수 없는 영역이 있다.

그런데 오장육부나 중요한 기능을 하는 것들은

마음대로 움직일 수 없도록 되어있다.

200이 직접 관여하지 않는데도 기차게 잘 돌아간다.

200 이상의 지성이 관리하는 것은 아닐까?

누구나 한두 번쯤은 예지나 텔레파시를 경험했을 것이다.

200의 영역으로 설명할 수 있는가?

새싹회에는 기통자들이 연일 나오고 있다.

기통 후 실습과정으로 원격 운기활공을 한다.

카페에 댓글을 단 사람들의 닉네임만 보고 기를 공유한다.

댓글을 다는 사람들이 100명이 넘는다.

기를 보내는 사람은

이들 중 직접 아는 사람은 10명이 채 안 된다.

나머지 90여 명은 얼굴도 이름도 알지 못한다.

그런데 기운이 귀신같이 찾아간다.

200의 영역으로만 설명이 가능한가?

10명의 사람을 앞에 두고 운기활공을 한다.

이 10명은 물론 서울, 부산, 경주, 진주, 뉴욕 등 다른 장소에 있다.

눈을 감고 명상에 들어가면 바로 내 앞 한 공간에 머물게 된다.

운기활공을 하면 10명에게 각기 다른 기운들이 들어간다.
그 사람들에게 필요한 기운이 다르기 때문이다.
이는 10명의 진단과 치유가 동시에 일어나는 것을 의미한다.
우리가 아는 200만으로 가능한 일인가?

기통을 하고 어느 정도 열리면
전생을 보고 미래를 예지하고 몸속을 보거나 느끼는 것이 가능
해진다.
멀리 미국이나 일본, 지구 반대편에 있는 사람의
몸 냄새나 몸 상태, 마음 상태를 감지하고 치유할 수 있다.
진흙 불상으로 있을 수 있는 일인가?

내 안에 2,000 그 이상이 있다는 것에 동의하는가?
참 괜찮은 내가 있다는 것을 받아들이는가?!
그렇다면 200짜리보다 2,000 이상인 내가
2,000 이상인 세상을 헤치고 살면 되지 않을까?
애초부터 그렇게 살라고 설계된 것은 아닐까?
내가 얼마나 귀한 존재인지를 알아가는 과정이
인생살이이지 않을까?

몸은 마음을 닦는 도량이라고 했다.
몸이 돌아가는 원리를 잘 이해하면
마음을 어떻게 가다듬어야 하는지를 알 수 있다.
팔, 다리, 목 등은 비교적 마음대로 움직일 수 있는 반면에
오장육부, 뇌 등은 마음대로 움직일 수 없다.

왜일까?

보다 중요하니까.

하늘은 보다 중요한 것들은 200에게 맡기지 않았다!

인생살이도 그렇지 않을까?

보다 중요한 것들은 200의 영역이 아니지 않을까?

경험으로 이미 알지 않는가?

하늘은 200에게만 다 주지는 않았다.

그런데 200은 자기가 유일한 주인이고 대장이고 전부라고 생각
한다.

자기가 다 해결해야 하는 걸로 알고 있다.

내 안에 참 괜찮은 내가 있다는 것을

이해하고 받아들여야 한다.

내 안의 내가 살아나 왕성하게 활동할 수 있도록 길을 열어야 한다.

자기가 전부라 생각하며

바들바들 떨며 잡고 있는 핸들을 놓을 수 있어야 한다.

바람 불고 파도치는 2,000의 바다를 항해하기 위해

몸부림치며 잡고 있는 그 핸들을 제발 좀 놓아보자.

할 수 없는 일, 어쩔 수 없는 일, 해서는 안 되는 일들은

내려놓고 받아들이고 버리고 흘려보내라.

200의 영역이 아닐 수 있다는 것을 눈치라도 채라.

할 수 있는 일 중 꼭 해야 하는 일에만 관여해라.

나머지는 자동항법장치를 해서 그 흐름에 맡겨보자.

그렇게 하면 핸들이 아무렇게나 돌아갈 것 같은가?

절대 그렇지 않다.

내 안의 2,000이 살아난다.

200 대신 2,000이 핸들을 잡는다.

전생치유를 하면

긴장되어 있던 혈과 세포들이 무장해제를 한다.

자유로워진 혈과 세포가 어디를 향하는지 아는가?

놀랍게도 하늘을 바라본다.

이들에게 하늘을 알아보는 지성이 있다.

우리 몸에서 아무래도 제일 중요한 부위가 머리라고 할 수 있다.

머리에서 가장 중요한 부위는

뇌 속 가장 깊은 중심부일 것이다.

그곳에 송과체가 있다.

송과체는 인간을 우주와 하늘과 연결하는 안테나 역할을 한다.

인간에게 가장 중요한 일이

우주와 하늘을 알고 그 일원으로 연결하여

소통하는 일이라는 것을

우리의 인체는 말하고 있다. 이 해석이 무리인가?

이곳은 200이 너무 설치면 잠자는 상태가 된다.

200 대신 2,000이 살아나 핸들을 잡으면 활성화되고 불이 들어온다.

명상이 가능해진다.

우주와 하늘과 연결되며 정보와 에너지를 주고받는다.

우리 몸은 혈과 세포, 모든 장기들이 하늘을 향하고 있다.

우주와 하늘과 하나로 연결되어 돌아가도록 설계되었다.
눈에 보이는 세상에 마음이 뺏긴 200만이
이 사실을 모르고 있다.
200이 중간에서 방해하지 말고
핸들을 놓아줌으로써 자연스럽게 좌표가 나온다.
하늘이다!
여기서 말하는 하늘이란
부처나 예수가 다가가고자 했던 궁극의 대상이다.
절대자이다. 하늘님이다.
바로 그곳에 나의 본성, 나의 하늘이 있다.

하늘은 나를 너무나 잘 안다.
머리에서 발끝까지, 속마음까지 나보다 더 나를 잘 안다.
수많은 생을 살아오며 한 나의 모든 행동뿐만 아니라
행동으로 드러내지 않은 마음씀씀까지 나에 대해 모르는 것이
없다.
그러기에 하늘 앞에 가리거나 숨기거나 핑계 대거나 변명할 필
요가 없다.
떼를 쓰고 억지 부릴 대상이 아니다.
이 하늘이 내 편 되는 삶을 살아라.
하늘 향해 마음 열고 하늘에 다가가는 삶을 살아라.
그렇게 하는 것이 순천 하는 삶이고 나다운 삶이다.
하늘과 멀어지는 삶이 역천이고 나답지 않은 삶이다.
하늘을 거스르고 나답지 않은 삶을 살며 행복할 수 있을까?
하늘이 좌표이고 그곳으로 다가가는 삶이 길이다!

어떻게 하면 하늘 가까이 갈 수 있을까?
어떻게 하면 하늘이 내 편 되어줄까?

1 좋은 사람이 돼라

나의 눈으로,
다른 사람의 눈으로,
우주와 하늘의 눈으로 나를 봐라.
나의 성을 허물고 공동체에 이바지하며 덕을 쌓아라.

2 하늘 방송국에 채널을 고정하고 자주 접속해라

하늘과 친해져라. 하늘과 대화하고 치대라.
아는가?
하늘은 나에게 관심이 많다는 것을.
몇천 년 전이나 몇백 년 전이나 지금이나,
슬플 때나 기쁠 때나 외로울 때나
항상 내 곁에서 나를 지켜보며 나를 짝사랑하였다는 것을.
아는가?
하늘은 내게 줄 것이 너무 많다는 것을.
나를 감싸고 있는 이 하늘과 우주는 허공이 아니다.
내 몸에 내 마음에 필요한, 금이나 은이나 보석보다 더 값진 것들
로 가득 차 있다.

몸 열고 마음 열면
폭포수처럼 쏟아져 들어올 귀한 것들이
수천 년 수만 년간 나를 기다리고 있다.

우리는 가장 중요한 언어를 배우지 못했다.
하늘과의 대화가 익숙하지 않다.
늦지 않았다.
지금부터 하나하나 익혀 나가면 된다.
대화하고 대화해라.
처음에는 아무런 응답이 없으리라.
응답이 없는 것이 아니라 내가 알아듣지 못하는 것이다.
그래도 계속하라.
언젠가는 느낌으로 또 언젠가는 소리로 또 언젠가는 모습으로
하늘을 만날 수 있으리라.
이 부분이 어려우면 나와의 깊은 대화를 하라.
나와의 깊은 대화가 하늘과의 대화로 연결된다.
왜냐하면 우리들 마음속에 하늘마음이 이미 들어와 있기 때문이다.

하늘 쪽으로 좌표를 정하고
200이 놓고 놓아서 2,000이 핸들을 잡는 자동항법장치를 가동
해서 가더라도
중요한 갈림길을 만날 수 있다.
이때에 하늘과의 대화는
내비게이션 역할을 할 것이다.

하늘 향해 간다고 해서 바람 없고 파도 없을까?
그게 어디 바다인가?

그저 감사하며 기쁘게 받아들여라.
그것이 죽음일지라도.
정녕 가고자 하는 쪽이 길이라면
내 앞에 닥쳐오는 파도는
치러야 할 최소치일지 모른다.
1,000만 원 빚을 1만 원에 퉁 치는 것일 수도 있지 않을까?

좌표가 있고 내비게이션도 있다.
이제 200은 핸들을 최대한 놓아라.
내 안의 2,000이 핸들을 잡는 자동항법장치를 가동하자.
그저 감사하며 2,000이 2,000의 바다를 항해하는 것을 감상하자.
이렇게 하면

1 **마음이 편해진다**

바들바들 떨며 핸들을 잡았을 때를 떠올려 보라.
자유롭고 해방감을 느낀다.

2 **몸이 건강해진다**

몸은 마음의 거울이다.
마음이 편해지면 당연히 몸이 건강해진다.

뿐만 아니라 몸의 중요한 기능들은 2,000의 영역이다.
2,000이 활성화되니까 몸속의 중요한 기능들이 살아난다.

③ 일이 저절로 되어 진다

꼬여있던 일들이 풀리고 좋은 일들이 일어나기도 한다.
이는 두 가지로 생각해볼 수 있다.
먼저 길로 접어들었다는 의미이다.
길이니까 가시덤불이나 바위들이 적고 걸어가기가 수월해진다
는 것이다.
다음은 2,000의 역할이다.
2,000은 200이 잠자는 동안에도 일을 한다.
2,000이 살아나 왕성하게 활동하며 좋은 일을 만들기도 한다.

④ 행복감을 느낀다. 감사하는 마음이 저절로 생긴다

나는 나에게 좋은 사람인가?
너무 못살게 굴지는 않는가?
귀하게 대하고 사랑하는가?
나에게 나는 천 년이고 만 년이고 함께 할 영원한 동반자이다.
그에 걸맞은 대우를 하는가?
내 내면의 소리에 귀 기울이는가?
자유로운 내 영혼을 얼마나 존중하는가?
나의 영과 혼, 온몸의 세포들이 하늘을 향하고 있다.
하늘을 닮은 나의 본성을 회복하는 것보다 더 중요한 일이 이

세상에 달리 있는가?

200은 놓아라.
하늘을 알고 하늘을 향하는 내 안의 내가 살아나게 하라.
좌표를 확실하게 잡고 자동항법장치를 가동하며 내비게이션이
작동하게 하라.
그래서 내 안의 내가 항행하게 하라.
이것이 저절로 되는 삶이고
이것이 무위자연이며
이것이 도이다.
인간은 숙명적으로 길을 찾는 사람들이다.
이렇게 사는 삶이 도인의 삶이다.

전생치유 그리고 기통

지 은 이 무영(無影), 무인(巫人)
발 행 일 2021년 12월 10일
초   판 2021년 11월 30일
제 3 쇄 2022년 7월 10일
발 행 인 이문희
디 자 인 성수연, 이수미
펴 낸 곳 도서출판 곰단지
주   소 경남 진주시 동부로 169번길 12, 윙스타워 A동 1007호
전   화 070-7677-1622
F A X 070-7610-7107
전자우편 gomdanjee@hanmail.net
I S B N 979-11-89773-30-4